NEW TOPIK
新韓檢 初級
單字大全

全音檔下載導向頁面

https://globalv.com.tw/mp3-download-9789864544141/

進入網頁並註冊登入後,按「全書音檔下載請按此」連結,可一次性下載音檔壓縮檔,或點選檔名線上播放。
全 MP3 一次下載為 zip 壓縮檔,部分智慧型手機需安裝解壓縮程式方可開啟,iOS 系統請升級至 iOS 13 以上。
此為大型檔案,建議使用 WIFI 連線下載,以免占用流量,並請確認連線狀況,以利下載順暢。

머리말

외국인 학생들에게 한국어를 가르치면서 어휘 교육에 참고할 만한 자료나 학생들에게 선뜻 추천해 줄 만한 어휘 학습 교재가 없어 내심 안타까웠다. 일차적으로 한국어를 제2언어 또는 외국어로 공부하는 초급 학습자들과 그 학습자들을 가르치는 교사들을 위한 어휘집이 필요할 것 같다는 생각에서 이 책을 집필하게 되었다.

이 책에서 다룬 단어들은 약 2,000여 개로 다음과 같은 기준으로 선정하였다. 첫째, 국내 9개 대학부속 한국어 교육기관 및 사설학원 두 곳에서 사용하고 있는 한국어 초급(1~2급) 교재의 단어 중 3개 이상의 기관 교재에 사용된 단어를 선정하였다. 둘째, 외국인 학습자들이 우선적으로 학습해야 하는 어휘를 선정하기 위해 첫 번째 선정한 어휘들을 국립국어원 '한국어 학습용 어휘 목록(초급 어휘)'과 '제3~8회 한국어능력시험(TOPIK, 어휘/문법 영역)'에 출제된 어휘들과 비교하여 중복되는 어휘들을 추출하였다. 추출된 단어는 14개 주제별로 분류하였고 수록된 예문은 주제와 관련하여 한국어 교재에서 실제 사용된 것들과 실생활에서 자주 사용되는 유용한 예문들을 제시하고자 하였다. 또한 반의어, 유의어, 높임말, 낮춤말, 관련어, 참고어 등 다양한 관련 어휘를 추가하여 학습자들의 어휘력 신장에 도움을 주고자 하였다.

많은 분들의 도움이 없었다면 이 책이 나오기 어려웠을 것이다. 애써 주신 다락원의 사장님과 한국어 출판부 편집진 여러분께 진심으로 감사드린다. 꼼꼼하게 번역을 해 주신 Ryan Lagace 선생님(영어), 김영자 선생님(중국어), 오자키 다쓰지 교수님(일본어)께 감사를 드린다. 또한 학습자의 눈높이에서 조언을 해 준 Patrick 씨, 시바타 카즈에 씨, 이순신 씨, 주정매 씨에게도 감사의 말을 전한다. 마지막으로, 2년여 간에 걸친 긴 집필 과정을 묵묵히 사랑으로 지켜봐 주고 응원해 준 가족들, 책의 집필 방향과 내용에 대해 조언을 해 주신 연세대학교 강승혜 교수님, 한국어를 가르치는 입장에서 조언을 해 주고 교정을 봐 준 신현미, 선은희, 이희정 선생님을 비롯해 곁에서 힘이 되어 준 동료들, 친구들에게 진심으로 고마움을 전한다.

저자 일동

前言

　　教授外國學生韓語時，發現字彙教育上沒有值得參考的資料，或是值得欣然推薦給學生的字彙學習教材，內心惋惜不已。筆者認為，首要之際，就是要有一本專為將韓語作為第二種語言或做為外語學習的初級學習者，以及教導這些學習者的教師所編寫的單字書，於是筆者著手這本書的撰寫。

　　本書收錄的單字約 2,000 多個，以下列基準選定：第一，在韓國九所大學附設韓語教育機構與私人補習班兩個地方使用的韓語初級（1～2 級）教材的單字中，被超過三所教育機構選定的單字。第二，為了挑選外國學習者必須優先學習的字彙，將第一階段挑選出來的單字，與國立國語院《韓語教育用字彙目錄（初級字彙）》及第 3～8 回韓國語文能力測驗（TOPIK，字彙／文法）中出題的單字予以比較，選出重複的單字。篩選出來的單字，分類為十四個主題，收錄的例句皆與主題有關，不僅有韓語教材裡實際使用的句子，還有日常生活中的常用例句。此外，另新增反義詞、類義詞、尊待語、謙卑語、關聯詞、參考語等各種相關單字，裨有曾於學習者字彙力的提升。

　　這本書如沒有眾人的幫助，將很難完成。這裡要向勞心費神的多樂園社長與韓語出版部編輯團隊表達誠摯的謝意。也要感謝細心翻譯的 Ryan Lagace 老師（英文）、金英子老師（中文）、Ozaki Tatuzi 老師（日文）。此外，還要感謝站在學習者角度給予建議的 Patrick、Sibata Kazue、Lee Sun-Sin、Joo Jong-Mae 等人。最後，還要謝謝寫書的兩年多之間，一直默默用愛支援並鼓勵的家人、對編寫方向和內容給予建議的延世大學 Kang Seoung-Hye 教授、站在韓語教師立場給予建議和訂正的 Shin Hyun-Mi、Sun Eun-Hee、Lee Hee-Jung 老師等人，以及在身旁賦予力量的同事跟朋友們。

全體作者

本書架構與活用

這本書是專為將韓語當作外語學習的學習者,以及教授韓語的教師們所編寫的初級單字書。本書收錄的單字數量,包含延伸單字約有兩千多個字。這些單字是適合初級程度必須要學習的字彙。本書單字將初級階段經常接觸的單字分成十四大主題,按照韓文字母順序排列。大主題又分成多個小主題,讓學習者可以將同一主題的相關單字分類學習。藉此,學習者可以更系統化、更有效的形成語義場,更有效率的學習單字。

- 九所大學教育機構及兩家私人補習班教材的共同單字(出現在超過三本教材的單字)
- 第3〜8回韓國語文能力測驗(TOPIK,字彙／文法)出題單字
- 國立國語院《韓語教育用字彙目錄(初級字彙)》

詞類
- 代 代名詞
- 名 名詞
- 動 動詞
- 形 形容詞
- 副 副詞
- 感 感嘆詞
- 冠 冠形詞
- 詞 詞綴

發音
(ː 是長音標示)

不規則種類

小主題
小主題相關例句
中文翻譯

格資訊
(動詞、形容詞前單字的格標示)

附錄相關資訊頁碼

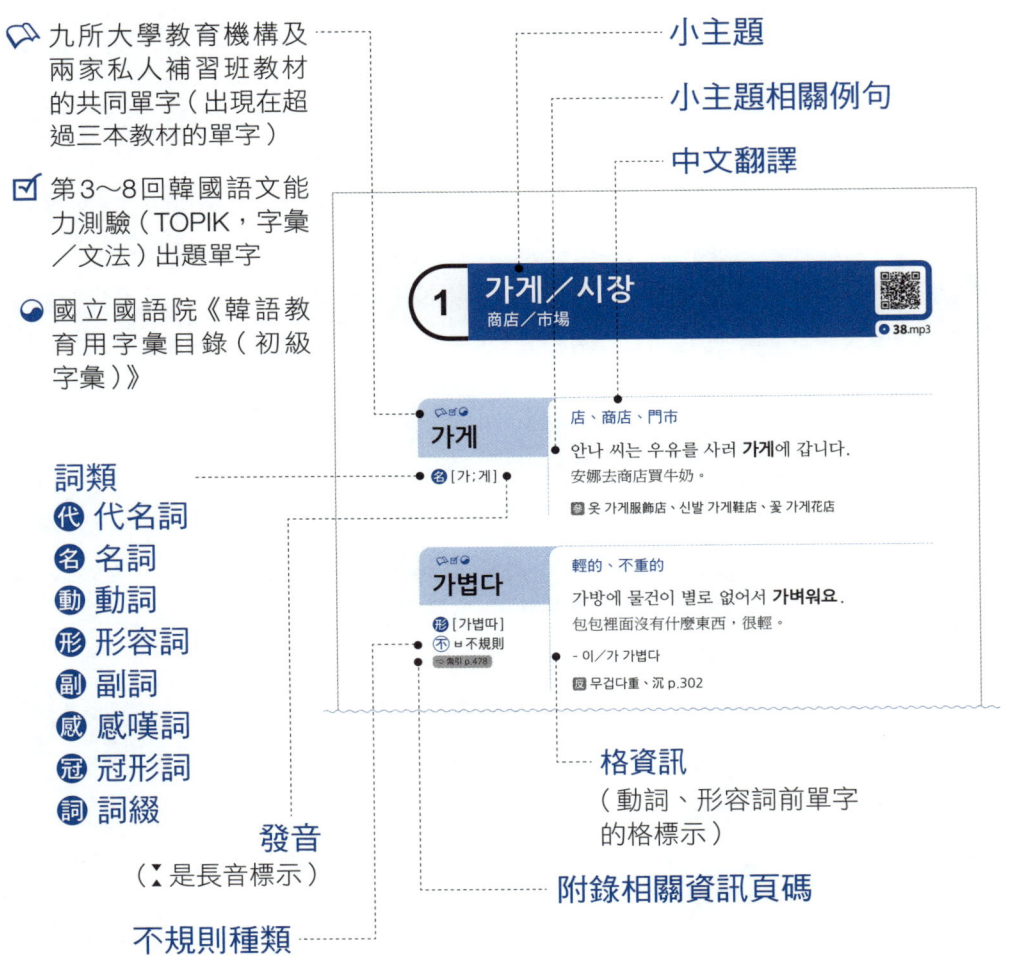

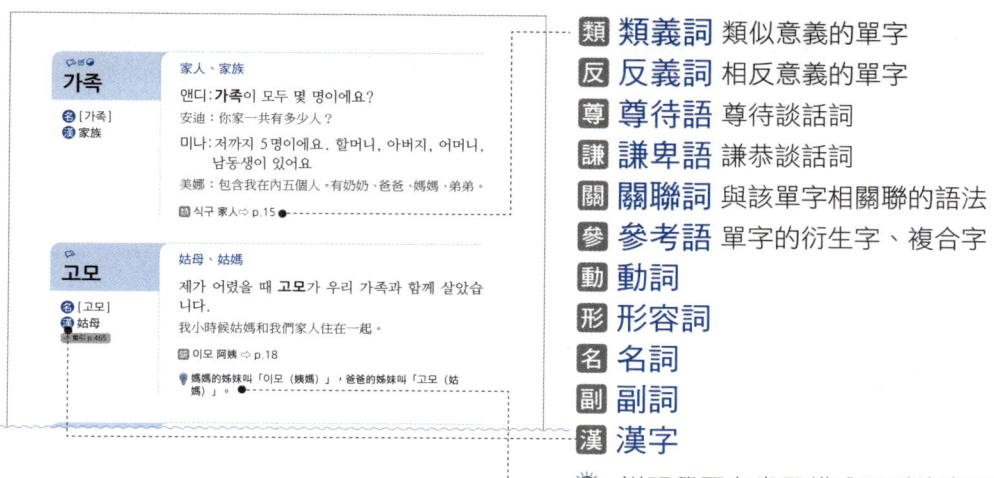

- 類 **類義詞** 類似意義的單字
- 反 **反義詞** 相反意義的單字
- 尊 **尊待語** 尊待談話詞
- 謙 **謙卑語** 謙恭談話詞
- 關 **關聯詞** 與該單字相關聯的語法
- 參 **參考語** 單字的衍生字、複合字
- 動 **動詞**
- 形 **形容詞**
- 名 **名詞**
- 副 **副詞**
- 漢 **漢字**

- 說明學習者常用錯或混淆的事項
- 實用補充資訊

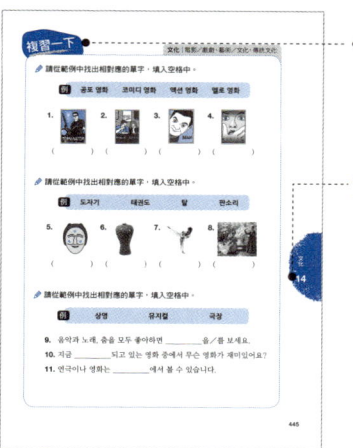

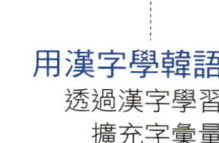

大主題

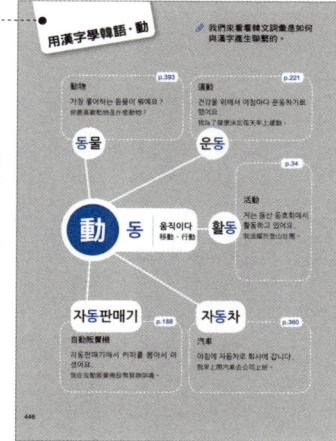

用漢字學韓語
透過漢字學習
擴充字彙量

附錄

延伸單字 國名、顏色、運動、家族稱謂表、身體部位名稱、穿戴動詞、生肖、星期、月份、數字、連接詞、縮寫、反義詞、類義詞、量詞、韓國地圖、首爾地圖

不規則動詞・形容詞活用表 不規則動詞與形容詞的活用表

正確解答 來確認一下答案吧！

索引 按韓文字母順序整理

目錄

前言 2
이 책의 구성 및 활용 4
本書架構與活用

01 | 사람
人

1 가족／친척 家人／親戚 12
2 감정 感情 21
3 성격 性格 29
4 외모 外貌 36
5 인생 人生 43
6 직업 職業 51
7 친구／주변 사람 朋友／周遭的人 ... 57
• 用漢字學韓語 • 親 64

02 | 교육
教育

1 교실 용어 教室用語 66
2 수업 上課 73
3 시험 考試 84
4 학교 學校 92
5 학습 도구 學習用品 101
• 用漢字學韓語 • 學 106

03 | 건강
健康

1 병원／약국 醫院／藥局 108
2 증상／증세 症狀／病情 116
• 用漢字學韓語 • 人 122

04 | 식생활
飲食生活

1 간식 零食 124
2 과일／채소 水果／蔬菜 127
3 맛 味道 131
4 식당 餐廳、食堂 134
5 요리 料理 142
6 음료／차 飲料／茶 146
7 음식 食物 149
8 재료 材料 156
• 用漢字學韓語 • 食 162

05 | 일상생활
日常生活

1 약속하기 約定 164
2 인간관계 人際關係 170
3 직장 생활 職場生活 180
4 하루 일과 每日行事 193
• 用漢字學韓語 • 員 200

06 | 여가 생활
休閒生活

1. 여행 旅行 ……………………… 202
2. 운동 運動 ……………………… 215
3. 음악 音樂 ……………………… 226
4. 취미 興趣 ……………………… 229
- 用漢字學韓語 · 出 ……………… 234

07 | 날씨
天氣

1. 계절 季節 ……………………… 236
2. 일기 예보 天氣預報 …………… 239
- 用漢字學韓語 · 新 ……………… 248

08 | 시간
時間

1. 날짜 日期 ……………………… 250
2. 시간 時間 ……………………… 259
- 用漢字學韓語 · 日 ……………… 274

09 | 패션
時尚

1. 미용 美容 ……………………… 276
2. 소품 小飾物 …………………… 280

3. 의류 服裝 ……………………… 286
- 用漢字學韓語 · 物 ……………… 295

10 | 경제 활동
經濟活動

1. 가게／시장 商店／市場 ……… 298
2. 경제 經濟 ……………………… 311
3. 쇼핑 購物 ……………………… 318
- 用漢字學韓語 · 入 ……………… 325

11 | 교통／통신
交通／通信

1. 길 찾기 尋路 …………………… 328
2. 방향 方向 ……………………… 335
3. 우편 郵遞 ……………………… 339
4. 위치 位置 ……………………… 342
5. 전화 電話 ……………………… 349
6. 탈것 交通工具 ………………… 353
- 用漢字學韓語 · 通 ……………… 366

12 | 장소
場所

1. 건물 建築物 …………………… 368
2. 길 道路 ………………………… 374

目錄

3 도시 都市 ·········· 377
4 동네 社區 ·········· 380
5 서울 首爾 ·········· 385
• 用漢字學韓語・場 ·········· 390

13 | 집／자연
家／自然

1 동식물 動植物 ·········· 392
2 자연환경 自然環境 ·········· 397
3 전기／전자 제품 電器／電子產品 ·········· 401
4 집안 家內 ·········· 405
5 집안 물건／가구 家裡的物品／家具 ·········· 408
6 집안 구조 室內結構 ·········· 414
7 집안일 家務事 ·········· 418
• 用漢字學韓語・家 ·········· 426

14 | 문화
文化

1 대중 매체 大眾媒體 ·········· 428
2 사회 社會 ·········· 431
3 영화／연극 電影／戲劇 ·········· 435
4 예술／문학 藝術／文化 ·········· 439
5 전통문화 傳統文化 ·········· 441
• 用漢字學韓語・動 ·········· 446

15 | 기타
其他

1 기타 其他 ·········· 448

부록
附錄

추가 어휘　延伸單字 ·········· 462
• 국가명 國名 ·········· 462
• 색깔 顏色 ·········· 464
• 운동 運動 ·········· 464
• 가계도 家族關係表 ·········· 465
• 신체 부위 명칭 身體部位名稱 ·········· 466
• 착용 동사 穿戴動詞 ·········· 466
• 띠 生肖 ·········· 467
• 요일 星期 ·········· 467
• 월 月份 ·········· 467
• 숫자 數字 ·········· 468
• 접속 부사 連接副詞 ·········· 468
• 준말 縮寫 ·········· 469
• 반의어 反義詞 ·········· 470
• 유의어 類義詞 ·········· 473
• 단위 명사 量詞 ·········· 474
• 전국 지도 韓國地圖 ·········· 475
• 서울 지도 首爾地圖 ·········· 476

불규칙 동사・형용사 활용표
不規則動詞・形容詞活用表 ······ 477

정답 正確解答 ······ 481

색인
索引

ㄱ ······ 485
ㄴ ······ 488
ㄷ ······ 490
ㄹ ······ 492
ㅁ ······ 492
ㅂ ······ 494
ㅅ ······ 496
ㅇ ······ 500
ㅈ ······ 504
ㅊ ······ 507
ㅋ ······ 508
ㅌ ······ 509
ㅍ ······ 509
ㅎ ······ 510
기타 其他 ······ 511

01 사람 人

1 **가족／친척** 家人／親戚
2 **감정** 感情
3 **성격** 性格
4 **외모** 外貌
5 **인생** 人生
6 **직업** 職業
7 **친구／주변 사람** 朋友／周遭的人

用漢字學韓語・親

1 가족／친척
家人／親戚

01.mp3

가족
名 [가족]
漢 家族

家人、家族

앤디: **가족**이 모두 몇 명이에요?
安迪：你家一共有多少人？

미나: 저까지 5명이에요. 할머니, 아버지, 어머니, 남동생이 있어요
美娜：包含我在內五個人。有奶奶、爸爸、媽媽、弟弟。

類 식구 家人 ⇨ p.15

고모
名 [고모]
漢 姑母
⇨ 索引 p.465

姑母、姑媽

제가 어렸을 때 **고모**가 우리 가족과 함께 살았습니다.
我小時候姑媽和我們家人住在一起。

關 이모 阿姨 ⇨ p.18

 媽媽的姊妹叫「이모（姨媽）」，爸爸的姊妹叫「고모（姑媽）」。

나
代 [나]
⇨ 索引 p.465

我

나는 아직 점심 안 먹었어. 너는 먹었어?
我還沒吃午飯。你吃了嗎？

謙 나+가 ⇨ 내가

12

남동생

名 [남동생]
漢 男同生
⇨ 索引 p.465

弟弟

저는 **남동생**이 한 명, 여동생이 한 명 있어요.
我有一個弟弟，一個妹妹。

反 여동생 妹妹 ⇨ p.17

남편

名 [남편]
漢 男便
⇨ 索引 p.465

丈夫

제 **남편**은 요즘 회사에 일이 많아서 집에 늦게 와요.
我先生最近公司有很多事，所以比較晚回家。

反 아내 妻子 ⇨ p.15

누나

名 [누;나]
⇨ 索引 p.465

姊姊（弟對姊姊的稱呼）

우리 **누나**는 저보다 두 살이 많아요
我姊姊比我大兩歲。

關 언니 姊姊 ⇨ p.17

💡 稱呼年紀比自己大的姊姊時，弟呼「누나」，妹呼「언니」。

동생

名 [동생]
漢 同生

弟弟、妹妹

제 **동생**은 운동을 잘하는데 저는 못해요
我弟弟擅長運動，但我不擅長。

參 남동생 弟弟、여동생 妹妹、사촌 동생 堂兄弟姊妹／表兄弟姊妹

가족 / 친척 • 家人／親戚

딸
名 [딸]
➡ 索引 p.465

女兒

우리 집은 **딸**만 둘입니다.
我們家只有兩個女兒。

反 아들 兒子 ➡ p.16
參 큰딸 大女兒、작은딸 小女兒、막내딸 最小的女兒

막내
名 [망내]

老么

저는 형이 두 명, 누나가 한 명 있어요. 제가 **막내**예요.
我有兩個哥哥，一個姐姐。我是老么。

反 맏이 [마지] 老大

모시다
動 [모ː시다]

陪同、奉陪

부모님을 **모시고** 공항에 갔어요.
送父母去機場了。

- 을/를 모시다

謙 데리다 陪同、帶
關 모시고 가다／오다 送您去／過來、모시고 살다 奉養、모셔다 드리다 服侍

부모
名 [부모]
漢 父母

父母

요즘에는 결혼 후에 **부모**와 함께 사는 사람들이 별로 없어요.
現在結婚後跟父母住在一起的人不多。

尊 부모님 父母親

14

삼촌

名 [삼촌]
漢 三寸
➪ 索引 p.465

叔叔、叔父

우리 **삼촌**은 아버지보다 10살이 적어요.
我叔叔比爸爸小十歲。

💡 雖然正確的唸法是「삼촌」，但有很多人會唸「삼춘」。

식구

名 [식꾸]
漢 食口

家人、家庭成員

우리 **식구**는 모두 5명이에요.
我們家一共有五口人。

類 가족 家人 ➪ p.12

아기

名 [아내]

嬰孩

아기의 웃는 얼굴이 정말 귀여워요.
寶寶的笑臉真可愛。

💡 雖然正確的發音是 [아기]，但有很多人會唸 [애기]。

아내

名 [아내]
➪ 索引 p.465

妻子

저는 대학교에 다닐 때 제 **아내**를 처음 만났습니다
我上大學的時候認識我的妻子。

類 집사람 內人
反 남편 先生、老公 ➪ p.13

💡 稱呼別人的太太須尊稱為「부인（夫人）」。

가족 / 친척・家人／親戚

아들

名 [아들]
⇨ 索引 p.465

兒子

제 이모는 **아들**이 세 명 있습니다.
我姨媽有三個兒子。

反 딸女兒 ⇨ p.14
參 큰아들大兒子、작은아들小兒子、막내아들最小的兒子

아버지

名 [아버지]
⇨ 索引 p.465

父親、爸爸

앤디 씨 **아버지**는 지금 미국에 계세요.
安迪先生的父親現在在美國。

反 어머니母親 p.17
敬 아버님父親
參 아빠爸爸

아이

名 [아이]

孩子

공원에서 **아이**들이 놀고 있어요.
孩子們在公園裡玩。

사촌 언니는 **아이**가 셋이에요.
表姊有三個孩子。

反 어른 長輩 ⇨ p.16

어른

名 [어;른]

大人、長輩

할아버지가 우리집에서 제일 **어른**이세요
爺爺是我們家最年長的長輩。

反 아이孩子 ⇨ p.16

16

어머니

名 [어머니]
⇨ 索引 p.465

母親

저는 오늘 **어머니**께 편지를 썼습니다.
我今天給媽媽寫了一封信。

反 아버지父親 ⇨ p.16
敬 어머님母親
參 엄마媽媽

언니

名 [언니]
⇨ 索引 p.465

姊姊

안나 : 올가 씨는 **언니**가 있어요？
安娜：奧爾加你有姊姊嗎？

올가 : 아니요, 저는 오빠만 한 명 있어요.
奧爾加：沒有，我只有一個哥哥。

關 누나姊姊 ⇨ p.13

엄마

名 [엄마]

媽媽

엄마가 보고 싶어서 어제 전화를 했어요.
因為想念媽媽，所以昨天打了電話。

反 아빠爸爸
敬 어머니母親 ⇨ p.17

여동생

名 [여동생]
漢 女同生
⇨ 索引 p.465

妹妹

제 **여동생**은 대학생이고, 남동생은 고등학생이에요.
我妹妹是大學生，弟弟是高中生。

反 남동생弟弟 ⇨ p.13

人
01

17

가족 / 친척・家人／親戚

오빠

名 [오빠]
⇨ 索引 p.465

哥哥

오빠는 아버지를 닮았고, 저는 어머니를 닮았어요.

哥哥長得像爸爸，我長得像媽媽。

關 형 哥哥 ⇨ p.19

💡 妹妹稱哥哥為「오빠」，弟弟稱哥哥為「형」。

우리

代 [우리]

我們

우리 가족은 서울에 살아요.

我們一家人住在首爾。

謙 저희 我們 ⇨ p.18

💡 韓國人在說「我的媽媽（내엄마），我的國家（내나라）」的時候，一般以「我們的媽媽（우리엄마），我們的國家（우리나라）」表示。

이모

名 [이모]
漢 姨母
⇨ 索引 p.465

姨媽、阿姨、姨母

우리 엄마와 **이모**는 별로 안 닮았어요.

我媽媽和阿姨長得不太像。

關 고모 姑媽、姑姑 ⇨ p.12

저희

代 [저히]

我們

저희 부모님은 여행을 자주 다니세요

我父母經常去旅行。

謙 우리 我們 ⇨ p.18

💡 「저희 나라」是錯誤的，正確應該是「우리 나라」。
💡 「저（我）」的複數是「저희（我們）」、「나（我）」的複數是「우리（我們）」。

조카
名 [조카]

侄子、侄女、外甥、外甥女

저는 다음 달에 **조카**가 생겨요.
下個月我侄子出生。

친척
名 [친척]
漢 親戚

親戚

저는 명절에는 **친척**들이 많이 살고 있는 부산에 가요.
我過節的時候去親戚多數居住的釜山。

할머니
名 [할머니]
⇨ 索引 p.465

祖母、奶奶

저희 **할머니**는 올해 여든이세요.
我奶奶今年八十了。

反 할아버지 祖父 ⇨ p.19
尊 할머님 祖母 **參** 친할머니 祖母、외할머니 外祖母

할아버지
名 [하라버지]
⇨ 索引 p.465

祖父、爺爺

저희 **할아버지**는 3년 전에 돌아가셨어요.
我爺爺三年前去世了。

反 할머니 奶奶 ⇨ p.19
尊 할아버님 祖父 **參** 친할아버지 祖父、외할아버지 外公

형
名 [형]
漢 兄
⇨ 索引 p.465

哥哥

우리 **형**은 작년에 군대에 갔어요.
我哥哥去年入伍了。

參 오빠 哥哥 ⇨ p.18

人 | 家人／親戚

✎ 請寫出與劃線部分意思相同的單詞。

> 우리 ㉠가족은 모두 다섯 명이에요. ㉡어머니와 아버지, 형, 누나 그리고 저예요.

1. ㉠ (　　　　　)　　**2.** ㉡ (　　　　　)

✎ 請從下列題目中的單詞說明，選出對應的單字，並寫在空白處。

> 例　고모 이모 삼촌 조카 할머니 할아버지 딸 누나 여동생

3. 이 사람은 아버지의 여동생이나 누나입니다.
_____

4. 이 사람은 아버지의 어머니입니다.
_____

5. 이 사람은 언니, 누나, 오빠, 형, 동생의 딸이나 아들입니다.
_____

6. 이 사람은 어머니의 여동생이나 언니입니다.
_____

✎ 下列選項中，請找出非反義詞的組合。

7. ① 아이 － 어른
　　② 남편 － 아내
　　③ 딸 － 아들
　　④ 가족 － 친척

2 감정
感情

02.mp3

걱정
名 [걱정]

擔心、憂慮、掛念

피터 씨는 하숙집을 못 구해서 **걱정**입니다
彼得找不到寄宿家庭而憂心。

- 이／가 그립다
- 이／가-을／를 그리워하다

動 걱정하다 擔心

그립다
形 [그립따]
不 ㅂ不規則
➡ 索引 p.478

思念的、懷念的

안나 씨는 1년 전에 한국에 왔습니다. 그래서 지금 고향이 **그립습니다**.
安娜一年前來到韓國，因此她現在很想念故鄉。

- 이／가 그립다
- 이／가-을／를 그리워하다

動 그리워하다 思念
名 그리움 懷念

기분
名 [기분]

心情、情緒

상을 받았는데 **기분**이 어때요?
你獲獎，心情怎麼樣？

關 기분이 좋다／나쁘다 心情好／心情不好

21

감정・感情

기쁘다

形 [기쁘다]
不 으不規則
⇨ 索引 p.480

高興的、愉快的

여러분을 알게 되어서 참 **기쁩니다**.
認識你們真高興。

- 이/가 기쁘다
- 이/가 -을/를 기뻐하다

動 기뻐하다 高興
名 기쁨 高興
反 슬프다 傷心 ⇨ p.24

깜짝

副 [깜짝]

嚇一跳

친구가 갑자기 큰 소리로 불러서 **깜짝** 놀랐어요.
朋友突然大聲叫我，嚇我一跳。

參 깜짝 파티 驚喜派對

놀라다

動 [놀;라다]

吃驚、驚訝

처음 본 외국 사람이 한국말을 잘해서 **놀랐어요**.
第一次見到的外國人韓語說得很好，讓我很驚訝。

- 이/가 (깜짝) 놀라다

느끼다

動 [느끼다]

感覺

어머니의 편지를 읽고 어머니의 사랑을 **느꼈어요**.
讀著媽媽的信，感受到媽媽的愛。

- 이/가 -을/를 느끼다

名 느낌 感覺

22

답답하다

形 [답따파다]

煩悶、憋悶

하숙방이 좁고 창문이 없어서 **답답해요**.
寄宿的房間很窄，沒有窗戶覺得煩悶。

한국말을 잘 못해서 **답답해요**.
韓語說得不好而鬱悶。

- 이/가 답답하다

무섭다

形 [무섭따]
不 ㅂ不規則
⇨ 索引 p.478

恐怖的

저는 **무서운** 영화를 싫어해요.
我不喜歡恐怖電影。

- 은/는 - 이/가 무섭다
- 은/는 - 을/를 무서워하다

動 무서워하다 害怕、恐懼

부럽다

形 [부럽따]
不 ㅂ不規則
⇨ 索引 p.478

羨慕的

저는 한국말을 잘하는 안나 씨가 **부러워요**.
我很羨慕韓語說得好的安娜。

- 은/는 - 이/가 부럽다
- 은/는 -을/를 부러워하다

動 부러워하다 羨慕

불안

名 [부란]

不安、不安定

시험 때문에 **불안**해서 잠을 못 잤어요.
我因考試感到不安而睡不著覺。

- 이/가 불안하다

形 불안하다 不安、擔憂、擔心、動盪　　動 불안해하다 不安

ㅅ 01

감정 • 感情

사랑
名 [사랑]

愛、愛情

저는 **사랑**하는 사람과 결혼하고 싶어요.
我想和心愛的人結婚。

- 이/가 - 을/를 사랑하다

動 사랑하다 愛

상쾌하다
形 [상쾌하다]

爽快

운동한 후에 샤워를 하면 기분이 **상쾌해요**.
運動後洗澡的話，心情舒暢。

- 이/가 상쾌하다

섭섭하다
形 [섭써파다]

不捨的

고향에 돌아가는 것은 기쁘지만, 친구들과 헤어져서 **섭섭해요**.
回老家是高興，但要跟朋友們分開覺得依依不捨。

- 이/가 섭섭하다

슬프다
形 [슬프다]
不 으不規則
⇨ 索引 p.480

傷心的

어제 본 드라마가 너무 **슬펐어요**.
昨天看的電視劇太悲傷了。

- 이/가 슬프다
- 이/가 슬퍼하다

動 슬퍼하다 悲傷、傷心
名 슬픔 傷感

신나다

形 [신나다]
漢 神나다

開心

아이들이 놀이 공원에서 **신나게** 놀았습니다.
孩子們在遊樂園裡玩得很開心。

- 이/가 신나다

심심하다

形 [심심하다]

無聊的

어제 약속이 없어서 하루 종일 집에 혼자 있었어요. 그래서 너무 **심심했어요**.
我昨天沒有約會，一整天一個人在家而感覺很無聊。

- 이/가 심심하다

외롭다

形 [외롭따/웨롭따]
不 ㅂ不規則
⇨ 索引 p.478

孤單的

저는 혼자 살아서 가끔 **외롭습니다**.
我一個人住，所以有時候感覺孤獨。

- 이/가 외롭다
- 이/가 외로워하다

動 외로워하다 感到孤獨
名 외로움 孤單、孤寂

우울하다

形 [우울하다]
漢 憂鬱하다

憂鬱的

안나씨는 취직 시험에 계속 떨어져서 **우울합니다**.
安娜因就業考試一直沒考上而感覺鬱悶。

- 이/가 우울하다
- 이/가 우울해하다

動 우울해하다 憂鬱
參 우울증 憂鬱症

감정 • 感情

울다

動 [울다]
不 ㄹ不規則
⇨ 索引 p.477

哭

올가 씨는 슬픈 영화를 보고 **울었어요**.

奧爾加看了悲傷的電影後就哭了。

- 이／가 울다

名 울음 哭泣、哭聲

웃다

動 [욷;따]

笑

피터 씨는 항상 **웃으면서** 이야기를 합니다.

彼得總是笑著說話。

- 이／가 웃다

名 웃음 笑容

즐겁다

形 [즐겁따]
不 ㅂ不規則
⇨ 索引 p.478

快樂的

저는 한국 생활이 **즐겁습니다**.

我在韓國生活很愉快。

- 이／가 즐겁다

動 즐거워하다 高興、喜歡

지루하다

形 [지루하다]

無聊的、冗長的

매일 똑같은 일을 하면 **지루해요**.

每天做同樣的事情的話覺得無聊。

- 이／가 지루하다

動 지루해하다

26

창피하다

形 [창피하다]
漢 猖披하다

羞愧的、丟臉的

길에서 넘어져서 **창피했어요**.
在路上摔倒了,很丟臉。

- 이／가 창피하다

動 창피해하다 丟臉

편안하다

形 [펴난하다]
漢 便安하다

舒服的

시험이 끝나서 마음이 **편안해요**.
考試結束了,心情很舒暢。

- 이／가 편안하다

反 불편하다 不舒服 ⇨ p.357

행복

名 [행복]
漢 幸福

幸福

사랑하는 사람과 결혼해서 **행복**해요.
因為和心愛的人結婚覺得很幸福。

- 이／가 행복하다

形 행복하다 幸福
動 행복해하다 甜蜜蜜的
關 행복을 느끼다 感到幸福

화

名 [화]
漢 火

怒氣、生氣、怨氣

친구가 저한테 거짓말을 해서 **화**가 났어요.
朋友對我說謊,所以我生氣了。

- 이／가 화가 나다
- 이／가 -에게 화를 내다

關 화를 풀다 消氣、화를 참다 忍耐不生氣

複習一下

人 | 感情

✎ 請回答下列問題。

1. 請看圖片並完成對話。

가 지금 기분이 어때요?
나 _____.

① 지루해요　② 외로워요　③ 슬퍼요　④ 행복해요

2. 請選出可以與劃線部分，相似意思的選項。

> 저는 미국에 있는 가족들이 그립습니다.

① 저는 가족들이 보고 싶습니다.
② 저는 가족들에게 섭섭합니다.
③ 저는 가족들이 부럽습니다.
④ 저는 가족들 때문에 답답합니다.

✎ 請選出可填入空格的正確選項。

3. 친구가 거짓말을 했어요. 그래서 화가 _____.

① 났어요　② 생겼어요　③ 들었어요　④ 나왔어요

4. 길에서 옛날 남자 친구를 만났습니다. 정말 깜짝 _____.

① 느꼈어요　② 놀랐어요　③ 기뻤어요　④ 즐거웠어요

3 성격
性格

03.mp3

강하다
形 [강하다]
漢 強하다

強的

피터 씨는 책임감이 **강한** 사람입니다.
彼得是個責任心很強的人。

- 이/가 강하다

개인
名 [개;인]
漢 個人

個人

요시코 씨는 **개인**적인 얘기를 잘 안 합니다.
吉子不怎麼談私事。

關 개인적個人的、개인적이다私人的

거짓말
名 [거;진말]

謊話

거짓말을 잘하는 사람은 믿기 어렵습니다.
愛說謊的人難以相信。

- 이/가 - 에게 거짓말하다

動 거짓말하다 說謊

겁
名 [겁]
漢 怯

膽怯、懼

저는 **겁**이 많아서 놀이기구를 못 타요.
我很膽小,不敢乘坐遊樂設施。

關 겁이 나다感到害怕、겁을 내다恐懼害怕、겁이 많다很膽小、겁이 없다無懼大膽、겁을 먹다被嚇到

게으르다

形 [게으르다]
不 르不規則
➪ 索引 p.478

懶惰的

게으른 사람은 성공하기가 어렵습니다.
懶惰的人很難成功。

- 이/가 게으르다

反 부지런하다勤勞 ➪ p.31

급하다

形 [그파다]
漢 急하다

急

저는 성격이 **급해서** 가끔 실수를 해요.
我個性很急躁，偶爾會犯錯。

- 이/가 급하다

농담

名 [농담]
漢 弄談

玩笑

왕위 씨는 재미있는 **농담**을 잘해요.
王宇先生很會開有趣的玩笑。

- 이/가 - 에게 농담하다

動 농담하다開玩笑。
關 농담이 심하다玩笑開過頭／玩笑開大了。

다르다

形 [다르다]
不 르不規則
➪ 索引 p.478

不同的、不一樣的

저는 조용한데 제 동생은 말이 많아요. 우리는 성격이 **달라요**.
我很安靜，但我的弟弟、妹妹話很多，我們的個性不一樣。

- 와/과 - 이/가 다르다
- 이/가-와/과 다르다

反 같다一樣 ➪ p.448

명랑하다

形 [명낭하다]
漢 明朗하다

開朗、明朗、爽快

리에 씨는 **명랑하고** 공부도 열심히 하는 학생입니다.

理惠小姐是位開朗又努力學習的學生。

- 이／가 명랑하다

參 명랑 소설搞笑小說、명랑 만화搞笑漫畫

부끄럽다

形 [부끄럽다]
不 ㅂ 不規則
⇨ 索引 p.478

羞愧的、害羞的、丟人的

올가 씨는 **부끄러워서** 얼굴이 빨개졌어요.

奧爾加害羞地臉都紅了。

- 이／가 부끄럽다

부지런하다

形 [부지런하다]

勤快、勤奮

요시코 씨는 **부지런해서** 쉬지 않고 열심히 일합니다.

吉子很勤快，不停地努力工作。

- 이／가 부지런하다

反 게으르다懶惰 ⇨ p.30

불친절하다

形 [불친절하다]
漢 不親切하다

不親切的、不熱情的、冷淡的

손님에게 **불친절한** 식당에는 다시 가고 싶지 않아요.

我不想再去不親切待客的餐廳了。

- 이／가 - 에게 불친절하다

反 친절하다親切

성격・性格

생각
名 [생각]

想法、念頭、打算

안나 씨는 **생각**도 깊고 마음도 넓어요.
安娜深思熟慮且心胸寬大。

- 을/를 생각하다
- 이/가 생각나다

動 생각하다 想、생각나다 想起來

서두르다
動 [서두르다]
不 르不規則
⇨ 索引 p.478

急、趕緊、急急忙忙地做

저는 모든 일을 **서둘러서** 빨리 끝내요.
所有的工作我都積極快速完成。

- 을/를 서두르다

성격
名 [성격]
漢 性格

性格、個性

올가 씨는 **성격**이 좋아서 친구가 많아요.
奧爾加個性很好，所以朋友很多。

關 성격이 좋다/나쁘다 性格好/壞、성격이 강하다 性格強、성격이 급하다 性格急躁

습관
名 [습꽌]
漢 習慣

習慣

어려서부터 좋은 **습관**을 가져야 해요.
從小就應該要養成好習慣。

關 습관이 있다/없다 有習慣/沒有習慣、습관을 가지다 有習慣、습관을 고치다 改掉習慣

32

신경

名 [신경]
漢 神經

心思、（對某事的）感受或想法、神經

별일 아니니까 **신경** 쓰지 마세요.
不是什麼大事，請不要在意。

關 신경을 쓰다 費心、신경이 쓰이다 使人擔心

인기

名 [인끼]
漢 人氣

人氣、聲譽、名譽、聲望

요즘은 재미있는 사람이 **인기**가 많아요.
最近有趣的人很受歡迎。

關 인기가 있다／없다 有人氣／沒有人氣、인기가 높다／많다 很有名望／很有人氣
參 인기 가요 人氣歌謠、인기 가수 人氣歌手

자랑

名 [자랑]

誇耀、驕傲、自豪

피터 씨가 이번 시험에서 일등을 했다고 **자랑**했어요.
彼得炫耀這次考試他得了第一名。

- 을／를 자랑하다

動 자랑하다 誇耀
參 자랑거리 值得驕傲／炫耀的事情

자신

名 [자신]
漢 自信

自信

저는 모든 일에 **자신**이 있는 사람이 좋아요.
我喜歡對所有事情都有信心的人。

關 자신이 있다／없다 有信心／沒有信心
參 자신감 自信心

성격 • 性格

착하다
形 [차카다]

善良

저는 **착한** 사람과 결혼하고 싶어요.
我想和善良的人結婚。

참다
動 [참ː따]

忍耐、忍受、容忍、忍住

많이 아플 때는 **참지** 말고 병원에 가세요.
很痛的時候，不要忍著，去醫院吧。

- 이/가 - 을/를 참다

천사
名 [천사]
漢 天使

天使

제 동생은 **천사**처럼 착해요.
我弟弟像天使一樣善良。

친절
名 [친절]
漢 親切

親切、熱情

리에 씨가 **친절**하게 잘 도와줬어요.
理惠親切地幫我。

形 친절하다 親切、熱情
反 불친절 不親切、不熱情

활동
名 [활똥]
漢 活動

活動、行動、活躍

저는 좀 더 **활동**적인 사람이 되고 싶어요.
我想做個更活躍的人。

關 활동적이다 活躍的

複習一下

人 | 性格

01

✎ 下面請找出意思相同的選項，並畫線連結起來。

1. 친절하다 • • ① 자주 화를 내고 잘 웃지 않습니다.
2. 서두르다 • • ② 일을 빨리 하고, 빨리 끝내려고 합니다.
3. 무섭다 • • ③ 다른 사람을 잘 도와줍니다.

✎ 請選出可填入題目底線的正確單字。

4.
> 왕위　리에 씨, 요즘 어떻게 지내세요?
> 리에　잘 지내요. 왕위 씨는요?
> 왕위　저는 좀 바쁘게 지냈어요. 매일 아침 일찍 운동하고 저녁에는 아르바이트를 해요.
> 리에　어, 그래요? 왕위 씨는 정말 _____.

① 착하군요　② 부지런하군요　③ 무섭군요　④ 서두르는군요

5.
> 피터　준이치 씨, 빨리 오세요!
> 준이치　네, 지금 가요.
> 피터　배가 고프니까 빨리 갑시다.
> 준이치　피터 씨는 정말 성격이 _____.

① 게으른 것 같아요　　② 명랑한 것 같아요
③ 급한 것 같아요　　　④ 참는 것 같아요

✎ 請選出可填入畫底線處的正確單字。

6.
> 안나 씨는 아침에 늦게 일어나고, 공부도 열심히 안 합니다.
> 안나 씨는 _____.

① 불친절합니다　② 급합니다　③ 게으릅니다　④ 착합니다

4 외모
外貌

 04.mp3

귀엽다
形 [귀ː엽따]
不 ㅂ不規則
⇨ 索引 p.478

可愛的、惹人愛的、討人喜歡的

아기 얼굴이 정말 **귀여워요**.
孩子的臉真的很可愛。

- 이／가 귀엽다

길다
形 [길ː다]
不 ㄹ不規則
⇨ 索引 p.477

長的

저기 머리가 **긴** 분이 누구세요?
那邊長頭髮的那位是誰？

- 이／가 길다

反 짧다 短 ⇨ p.41

날씬하다
形 [날씬하다]

苗條、修長

요시코 씨는 키가 크고 **날씬해요**.
吉子身高又高又苗條。

- 이／가 날씬하다

反 뚱뚱하다 胖 ⇨ p.38

네모
名 [네ː모]

四角形

이 사진에서 얼굴이 **네모**난 사람이 제 동생이에요.
這張照片中，臉方形的人，是我的弟弟／妹妹。

形 네모나다 呈方形

36

다이어트
名 [다이어트]

減肥、節食

건강을 위해서 **다이어트**를 하려고 해요.
為了健康，我想要減肥。

💡 在韓國，「다이어트」一詞通常用作「減肥」的意思。

닮다
動 [담ː따]

像、相似

저는 아버지보다 어머니를 더 많이 **닮았어요**.
比起爸爸，我長得更像媽媽。

- 이/가 - 와/과 닮다
- 와/과 - 이/가 닮다
- 이/가 - 을/를 닮다

💡 此單詞「닮다」，經常使用過去時制「닮았다」。

동그랗다
形 [동그라타]
不 ㅎ 不規則
➡ 索引 p.480

圓的、圓圓的

홍하 씨는 얼굴이 **동그래요**.
紅河的臉是圓的。

- 이/가 동그랗다

參 동그라미 圓形、圓圈

똑같다
形 [똑깓따]

一模一樣的、無異的、完全相同的

저는 제 동생하고 키가 **똑같아요**.
我的身高和弟弟／妹妹一模一樣。

- 이/가 똑같다
- 이/가 - 와/과 똑같다

反 다르다 不一樣 ➡ p.30
副 똑같이 一模一樣地、絲毫不差、同樣地

人
01

37

외모 • 外貌

뚱뚱하다
形 [뚱뚱하다]

胖的、肥胖的

준이치 씨는 옛날에는 **뚱뚱했는데** 지금은 날씬해졌어요.

順一以前雖然很胖，但現在變苗條了。

- 이／가 뚱뚱하다

反 날씬하다苗條 ⇨ p.36

마르다
形 [마르다]
不 르不規則
⇨ 索引 p.478

瘦的、消瘦的、乾的

그 사람은 너무 **말라서** 아파 보여요.

他太瘦了，看起來身體不好。

- 이／가 마르다

💡「날씬하다」是指看起來，身材瘦得勻稱好看；「마르다」是指瘦得太過頭，有點不好看。「마르다」一詞，常使用過去時制「말랐다」。

모습
名 [모습]

樣貌、容貌、狀態

결혼식 때 신랑, 신부의 **모습**이 정말 행복해 보였어요.

婚禮上的新郎和新娘，看起來真的很幸福的樣子。

모양
名 [모양]
漢 模樣

模樣、樣式

어떤 머리 **모양**을 좋아하세요?

你喜歡什麼樣的髮型呢？

목소리
名 [목쏘리]

嗓音、聲音

왕핑 씨는 **목소리**가 좋아요.
王平的聲音很好聽。

비슷하다
形 [비스타다]

相似的、類似的、差不多的

오늘 커피숍에서 제 형하고 얼굴이 **비슷한** 사람을 봤어요.
今天在咖啡廳裡面，看到了和我哥哥長得很像的人。

- 이／가 비슷하다
- 이／가-와／과 비슷하다

살
名 [살]

肉

요즘 운동을 안 해서 **살**이 많이 쪘어요.
最近不怎麼運動，所以胖了很多。

關 살이 찌다／빠지다 發胖／變瘦、살을 빼다 減肥

생기다
動 [생기다]

發生、長相

왕위 씨는 어떻게 **생긴** 사람을 좋아하세요?
王宇喜歡長什麼樣的人?

갑자기 급한 일이 **생겨서** 약속을 취소했어요
因為突然有急事發生，所以取消約會了。

- 이／가 - 게 생기다
- 이／가-처럼 생기다
- 이／가 생기다

關 잘생기다 長得帥、못생기다 長得醜

💡 「생기다」此單詞，常使用過去時制形態「생겼다」。

외모 • 外貌

예쁘다

形 [예;쁘다]
不 으不規則
索引 p.480

漂亮的、美麗的

수지 씨는 웃는 모습이 **예뻐요**.
秀智笑的樣子很漂亮。

- 이／가 예쁘다
- 이／가-처럼 예쁘다

작다

形 [작;따]

小的

저는 코와 입이 **작아요**.
我的鼻子和嘴巴很小。

- 이／가 작다

反：크다 大 ⇨ p.41

잘생기다

形 [잘생기다]

英俊的、（長得）好看的

요시코 씨의 남자 친구는 정말 **잘생겼어요**.
吉子的男朋友長得真帥。

- 이／가 잘생기다
反 못생기다 長得醜

💡 「잘생기다」此單詞，常使用過去時制形態「잘생겼다」。

젊다

形 [점;따]

年輕的、年少的、青年的

요즘 시골에는 **젊은** 사람들이 많이 없어요.
現在在鄉下的年輕人不多了。

- 이／가 젊다
- 이／가 - 보다 젊다

40

짧다

形 [짤따]

短的

머리를 **짧게** 자르고 싶어요.
我想把頭髮剪短。

- 이/가 짧다

反 길다 長 ⇨ p.36

크다

形 [크다]
不 으不規則
⇨ 索引 p.480

大的、(個子)高的

제 형은 키가 **커서** 농구를 잘해요.
我哥哥個子高，籃球打得很好。

- 이/가 크다

反 작다 小 ⇨ p.40

키

名 [키]

身高、個子

안나 씨는 **키**가 몇이에요?
安娜你多高呢？

關 키가 크다 個子高／작다 個子矮

튼튼하다

形 [튼튼하다]

結實的、堅固的、健壯的

몸이 **튼튼한** 사람이 공부도 잘합니다.
身體健壯的人，學習也很好。

- 이/가 튼튼하다

類 건강하다 健康.

	몸 (身體)	물건 (物品)
튼튼하다 (結實)	O	O
건강하다 (健康)	O	X

人

01

複習一下

人 | 外貌

✎ 下面請找出正確的反義詞，並畫線連結起來。

1. 크다　　•　　•　① 짧다

2. 길다　　•　　•　② 작다

3. 뚱뚱하다　•　•　③ 날씬하다

✎ 請選出適合填入空白處的單字。

4.
> 우리 형은 키가 180cm예요. 제 키도 180cm예요.
> 우리는 키가 ＿＿＿＿＿＿.

① 닮았어요　② 똑같아요　③ 잘생겼어요　④ 비슷해요

✎ 請問下列單字中，哪個選項不適合填入空白處？

5.
> 가　여보세요.
> 나　리에 씨? 저 피터예요.
> 가　저는 리에가 아니에요. 리에 엄마예요.
> 나　아, 죄송합니다. 목소리가 ＿＿＿＿＿＿ 리에 씨라고 생각했어요.

① 튼튼해서　② 비슷해서　③ 똑같아서　④ 예뻐서

5 인생
人生

05.mp3

결혼
名 [결혼]
漢 結婚

結婚、婚姻

친구 **결혼** 선물로 뭐가 좋을까요?
朋友的結婚禮物送什麼好呢？

動 결혼하다 結婚
參 결혼 반지 結婚戒指、결혼 선물 結婚禮物、결혼 사진 結婚照、결혼식 婚禮、결혼기념일 結婚紀念日

고민
名 [고민]
漢 苦悶

苦惱、煩悶

요즘 취직 문제 때문에 **고민**이 많아요.
最近因為就業問題很苦惱。

動 고민하다 煩惱
參 고민 상담 煩惱諮詢、고민 해결 解決煩惱
關 고민이 있다／없다 有煩惱／沒有煩惱、고민이 많다 很多煩惱

고생하다
動 [고생하다]
漢 苦生

辛苦、受罪、受苦

처음에는 한국어를 몰라서 **고생했어요**.
起初我不懂韓語而吃了些苦頭。

군대
名 [군대]
漢 軍隊

軍隊、部隊

한국 남자들은 보통 몇 살에 **군대**에 가요?
韓國男生一般都是幾歲去當兵呢？

43

인생 • 人生

꿈
名 [꿈]

夢、夢想

어젯밤에 무서운 **꿈**을 꾸었어요.
昨晚我做了一個可怕的夢。

제 어릴 때 **꿈**은 피아니스트가 되는 거였어요.
我小時候的夢想是成為一名鋼琴家。

💡 「어젯밤에 무슨 꿈을 꾸었어요?（昨晚做了什麼夢呢？）」裡面的「꿈」,是睡覺時做的夢。但是「요시코 씨는 꿈이 뭐예요?（吉子的夢想是什麼呢？）」意思是「以後想做什麼事情？」

나이
名 [나이]

年齡、年紀

리에 씨가 올가 씨보다 **나이**가 세 살 많아요.
理惠比奧爾加大三歲。

敬 연세 年齡、年紀（尊待語）
參 나이 차이 年紀差異

데이트하다
動 [데이트하다]

約會

왕핑 : **데이트할** 때 어디에 자주 가세요?
王平：你約會的時候經常去哪裡？

준이치 : 여자 친구가 영화를 좋아해서 극장에 자주 가요.
順一：我女朋友喜歡看電影，所以常去電影院。

돌잔치
名 [돌잔치]

周歲宴

아기 **돌잔치**에 친척들과 친구들을 초대했어요.
舉辦周歲宴的時候邀請了親朋好友。

參 돌상 舉辦周歲宴所使用的桌子

되다
動 [되다/뒈다]

成為、成、做為

저는 어렸을 때 의사가 **되고** 싶었어요.
我小時候想當醫師。

한국에 와서 한국말을 잘하게 **되었어요**.
來韓國後,韓語變流利了。

- 이/가 되다
- 이/가 -(으)로 되다
- 게 되다

바라다
動 [바라다]

祝(願)、希望、期盼

건강하게 잘 지내시기를 **바랍니다**.
祝您健康平安。

- 을/를 바라다
- 기를 바라다

💡 韓國人通常把「바라요(希望)」說錯成「바래요」,「바랐어요」說錯成「바랬어요」。

생년월일
名 [생녀눠릴]
漢 生年月日

出生年月日

여기에 이름, 주소, **생년월일**을 적어 주세요.
請在這裡寫上姓名、地址、出生年月日。

생신
名 [생신]
漢 生辰

誕辰、壽辰、生日(恭敬詞)

다음 주 월요일이 아버지 **생신**인데 무슨 선물이 좋을까요?
下週一是父親壽辰,要送什麼禮物好呢?

謙 생일 生日 ⇨ p.46

인생 • 人生

생일
名 [생일]
漢 生日

生日

생일 축하합니다.
祝您生日快樂。

尊 생신誕辰 ⇨ p.45
參 생일 파티生日派對、생일 선물生日禮物

성별
名 [성;별]
漢 性別

性別

아기가 태어나면 보통 제일 먼저 **성별**을 물어봐요.
孩子出生後，通常最先問的是性別。

신랑
名 [실랑]
漢 新郎

新郎

결혼식에서 **신랑**은 신부의 왼쪽에 서요.
婚禮上，新郎站在新娘的左邊。

反 신부新娘 ⇨ p.46

신부
名 [신부]
漢 新婦

新娘

웨딩드레스를 입은 **신부**가 정말 아름다워요.
穿著婚紗的新娘真是美麗。

反 신랑新郎 ⇨ p.46

신혼

名 [신혼]
漢 新婚

新婚

두 사람은 하와이로 **신혼**여행을 떠났어요.

兩個人去夏威夷度蜜月了。

參 신혼여행蜜月旅行、신혼부부新婚夫妻、신혼 생활新婚生活、신혼집新房

어리다

形 [어리다]

小、年幼

앤디 씨는 저보다 두 살 **어려요**.

安迪小我兩歲。

- 이／가 어리다
- 이／가-보다 어리다

關 나이가 적다 年紀小

어린이

名 [어리니]

兒童、小孩、孩童

앤디: **어린이**날이 몇 월 며칠이에요?

安迪：兒童節是幾月幾號？

안나: 5월 5일이에요.

安娜：5月5日。

反 어른大人／成人 ⇨ p.16

연세

名 [연세]
漢 年歲

年齡、歲數（尊待語）

피터: 어머니 **연세**가 어떻게 되세요?

彼得：令堂貴庚？

안나: 올해 쉰셋이세요.

安娜：今年53歲。

謙 나이年紀 ⇨ p.44

47

인생 • 人生

운

名 [운;]
漢 運

運氣、命運、運勢

왕핑：난 정말 **운**이 없어요.
王平：我真的很運氣不好。

앤디：왜요?
安迪：怎麼了?

왕핑：우산을 가지고 나온 날에는 날씨가 좋고, 우산을 안 가지고 나온 날에는 꼭 비가 와요.
王平：我帶雨傘出門的時候，天氣都很好。沒帶雨傘出門的時候，一定都會下雨。

關 운이 있다 有運氣／없다 沒有運氣、운이 좋다 運氣好／나쁘다 運氣不好
參 행운 幸運

이민

名 [이민]
漢 移民

移民、移居

요즘 한국 사람들이 **이민**을 많이 갑니다.
最近韓國人移民出去的很多。

關 이민을 가다 移民出去、이민을 떠나다 移民出去、이민을 오다 移民過來

잔치

名 [잔치]

宴會、宴席

아버지의 60번째 생신 **잔치**를 호텔에서 했어요.
爸爸的60歲生日宴會在酒店舉行。

參 생일잔치 生日宴會、축하 잔치 慶祝會、돌잔치 周歲宴

💡 韓語中，提到周歲宴會或長輩的壽宴時，比起「파티（派對）」這個字，更常使用「잔치（宴會）」一詞。

죽다

動 [죽따]

死、死亡

우리 집 강아지가 어제 **죽었어요**.
我們家的小狗昨天死了。

名 죽음 死亡
反 살다 活著 ⇨ p.406、태어나다 出生 ⇨ p.49
敬 돌아가시다 往生、回去、歸天

축하

名 [추카]
漢 祝賀

祝賀、慶賀、道賀

리에 : 결혼 **축하**합니다.
理惠：恭喜你結婚。

앤디 : **축하**해 주셔서 감사합니다.
安迪：謝謝你。

類 축하하다
參 축하 인사 祝賀問候、축하 카드 賀卡、축하 파티 慶祝派對

취직

名 [취;직]
漢 就職

就業、就職

왕핑 씨는 대학교를 졸업한 후에 좋은 회사에 **취직**했어요.
王平大學畢業後，在一家好公司工作。

類 취직하다、취직되다
參 취직 시험 就業考試

태어나다

動 [태어나다]

出生、誕生

저는 부산에서 **태어나서** 서울에서 자랐어요.
我在釜山出生，在首爾長大。

反 죽다 死、死亡、熄滅 ⇨ p.49

複習一下

人 | 人生

✏️ 請從下列選項中選出可正確填入空格的單字。

1.
> 가 올가 씨, 동생 ㉠ _____ 가 몇 살이에요?
> 나 올해 스물한 살이에요.
> 가 그럼, 어머니 ㉡ _____ 는 어떻게 되세요?
> 나 쉰다섯이세요.

① ㉠ 연세 ㉡ 나이　　② ㉠ 연세 ㉡ 연세
③ ㉠ 나이 ㉡ 연세　　④ ㉠ 나이 ㉡ 나이

✏️ 請從範例中選出正確單字並填入括弧裡。

> 例　결혼하다　취직하다　태어나다　죽다　데이트하다

2.  (　　　) ⇒ 3.  (　　　) ⇒ 4.  (　　　)

5.  ⇒ (　　　) ⇒ 6.  (　　　)

✏️ 請選出與範例列舉單字有關的選項。

7.
> 例　신랑　　신부　　신혼　　축하

① 결혼　　② 돌잔치　　③ 취직　　④ 생일

6 직업
職業

가수
名 [가수]
漢 歌手

歌手

요즘 한국에서 가장 인기 있는 **가수**가 누구예요?
最近韓國最紅的歌手是誰?

간호사
名 [간호사]
漢 看護士

護理師

병원에서 **간호사**가 제 팔에 주사를 놓았어요.
在醫院裡,護理師在我的手臂上打針。

경찰
名 [경찰]
漢 警察

警察

길을 잃어버려서 **경찰**에게 길을 물어봤어요.
迷路了而向警察問路。

類 경찰관 警官
參 경찰서 警察局

공무원
名 [공무원]
漢 公務員

公務員

저는 작년에 **공무원** 시험에 합격해서 지금 서울 시청에서 일하고 있어요.
我去年通過公務員考試,現在在首爾市政府上班。

직업・職業

과학자
名 [과학짜]
漢 科學者

科學家

어렸을 때 아인슈타인 같은 **과학자**가 되고 싶었어요.
我小時候想成為像愛因斯坦一樣的科學家。

교수
名 [교;수]
漢 教授

教授

피터 : 아버지께서는 무슨 일을 하세요?
彼得：令尊從事什麼工作？

리에 : 대학 **교수**세요.
理惠：大學教授。

군인
名 [구닌]
漢 軍人

軍人

우리 오빠는 지금 **군인**이에요.
我哥哥現在是軍人。

參 군대 軍隊

기술자
名 [기술짜]
漢 技術者

技師、技術人員

그 회사에서는 여러 나라에서 온 **기술자**들이 함께 일하고 있어요.
在那間公司，來自世界各地的技術人員一起工作。

類 엔지니어 工程師

기자
名 [기자]
漢 記者

記者

요시코 씨는 일본 신문사 **기자**인데 한국에서 일하고 있어요.

曜子是日本新聞社的記者，她在韓國工作。

參 방송 기자廣播記者、신문 기자新聞記者、잡지 기자雜誌記者

농부
名 [농부]
漢 農夫

農夫

요즘 시골에는 젊은 **농부**들이 별로 없어요.

近年來鄉村地區年輕農夫不多。

參 농사農務、농업農業

님
尊 님]

人稱尊待後綴

일본에서는 가르치는 사람을 '선생'이라고 부르지만, 한국에서는 '선생**님**'이라고 해야 해요.

在日本稱呼授業的人為「선생（先生）」，但在韓國必須稱呼「선생님」。

參 사장님社長、원장님院長、교수님教授、과장님科長

배우
名 [배우]
漢 俳優

演員

어제 본 영화**배우**의 이름을 알고 싶어요.

我想知道昨天看的那部電影演員的名字。

參 여자 배우女演員、남자 배우男演員、영화배우電影演員、연극배우戲劇演員

人 01

53

직업 • 職業

변호사

名 [변ː호사]
漢 辯護士

律師

저는 **변호사**가 돼서 힘이 없고 가난한 사람들을 도와주고 싶어요.

我想當律師幫助無力貧困的人。

參 판사法官、검사檢察官

비서

名 [비ː서]
漢 秘書

秘書

비서가 사장님은 지금 자리에 안 계신다고 했어요.

秘書說老闆現在不在座位上。

승무원

名 [승무원]
漢 乘務員

空服員、服勤員

비행기 **승무원**이 아주 친절해서 좋았어요.

空服員十分親切，我很開心。

參 비행기 승무원空服員、기차 승무원火車服勤員、배 승무원船服務員

우체부

名 [우체부]
漢 郵遞夫

郵差

오늘 오후에 **우체부** 아저씨가 소포를 배달해 주셨어요.

今天下午郵差大叔送包裹來。

參 우체국郵局

54

은행원
名 [은행원]
漢 銀行員

銀行員

저는 한국에 오기 전에 일본에서 3년 동안 **은행원**으로 일했어요.
我來韓國之前，在日本做了三年的銀行職員。

의사
名 [의사]
漢 醫師

醫師

병원에 가서 **의사** 선생님한테 진찰을 받았어요.
我去醫院接受醫師的診療。

尊 의사 선생님

주부
名 [주부]
漢 主婦

主婦

저희 어머니는 **주부**세요.
我母親是主婦。

類 가정주부家庭主婦

직업
名 [지겁]
漢 職業

職業

직업을 선택할 때 무엇이 가장 중요해요?
選擇職業時，什麼最重要？

參 직업 군인職業軍人、직업 선수職業選手

화가
名 [화;가]
漢 畫家

畫家

피카소는 세계적으로 유명한 **화가**예요.
畢卡索是世界級知名畫家。

人 01

複習一下

人 | 職業

✏️ 請找出與下面圖片適合的單詞選項，並畫線連結起來。

1. •　　　• ① 간호사

2. •　　　• ② 화가

3. •　　　• ③ 배우

4. •　　　• ④ 경찰

5. •　　　• ⑤ 변호사

✏️ 請閱讀題目的單詞說明，從範例中選出對應的職業，並寫在空白處。

例　가수 승무원 기자 농부 과학자 공무원 교수 의사

6. 저는 노래를 잘합니다. 텔레비전에서 저를 볼 수 있습니다. （　　　）

7. 저는 비행기 안에서 일합니다. 저는 여러 나라 말을 할 수 있습니다.
（　　　）

8. 저는 대학교에서 학생들을 가르칩니다. （　　　）

9. 저는 신문사에서 일합니다. 사람들에게 새로운 뉴스를 알려 줍니다.（　　　）

10. 저는 병원에서 일합니다. 아픈 사람들을 치료합니다. （　　　）

7 친구／주변 사람
朋友／周遭的人

07.mp3

교포

名 [교포]
漢 僑胞

僑胞

한국 **교포**들은 일본, 미국, 중국에서 가장 많이 살고 있어요.

韓國僑胞在日本、美國、中國等地最多。

그분

代 [그분]

那位

앤디：미나 씨한테 처음 한국어를 가르쳐 주신 분이 누구세요?

安迪：最初教你韓語的人是誰？

미나：**그분**은 안 선생님이신데 지금은 미국에서 한국어를 가르치고 계세요.

美娜：是安老師，他現在在美國教韓語。

謙 그 사람那個人
參 이분這位⇨ p.61、저분那位⇨ p.62

남자

名 [남자]
漢 男子

男人、男生

한국 **남자**들은 대부분 군대를 가야 해요.

韓國男人大多都得當兵。

反 여자女人、女生⇨ p.61

친구 / 주변 사람 • 朋友／周遭的人

너
代 [너]

你

나는 청소를 할게. **너**는 식사 준비를 해.
我來打掃，你準備餐點。

💡 當所指對象為兩人以上時，要說「너희（你們）」。
💡 너＋가→네가
　　近來年輕人講話時，常說「니가」代替「네가」。

누구
代 [누구]

誰

리사：저기 의자에 앉아 있는 분이 **누구**예요？
麗莎：坐在那張椅子上的是誰？

앤디：**누구**요？아, 폴 씨예요. 호주 사람이에요.
安迪：誰？啊，保囉。他是澳洲人。

💡 當指稱多數人時，說「누구누구」。
💡 누구＋가→누구가→누가

동창
名 [동창]
漢 同窓

同學

저는 초등학교 **동창**들하고 1년에 한 번씩 만나요.
我們小學同學們一年見一次面。

參 동창생校友／同學、동창회同學會

들
詞 [들]

～們

요즘 세일 기간이라서 백화점에 사람**들**이 많아요.
最近是促銷期間，百貨公司人很多。

사람

名 [사람]

人

저는 미국 **사람**이 아니에요. 영국 **사람**이에요.
我不是美國人，而是英國人。

선배

名 [선배]
漢 先輩

前輩

폴 씨는 앤디씨의 학교 **선배**예요.
保羅是安迪學校的學長。

半 후배後輩、學弟、學妹
尊 선배님
參 학교 선배學校學長姐、과 선배系學長姊、직장 선배公司先進

숙녀

名 [숙녀]
漢 淑女

淑女

신사, **숙녀** 여러분, 이 비행기는 10분 후에 인천 국제공항에 도착할 예정입니다.
各位先生、女士，本航班預計將在十分鐘後抵達仁川機場。

反 신사紳士 ⇨ p.59

신사

名 [신사]
漢 紳士

紳士

영국을 **신사**의 나라라고 해요.
有云英國為紳士之國。

反 숙녀淑女 ⇨ p.59

친구 / 주변 사람 • 朋友／周遭的人

씨

詞 [씨]
漢 氏

氏、先生、小姐

리사 : 앤디**씨**, 혹시 폴 **씨** 전화번호 알아요?

麗莎：安迪，你知道保羅的電話號碼嗎？

앤디 : 저는 모르는데요. 요시코 **씨**한테 한번 물어 보세요.

安迪：我不知道，你問問曜子。

아가씨

名 [아가씨]

小姐

리사 : 앤디씨, 여자 친구 있어요?

麗莎：安迪，你有女朋友嗎？

앤디 : 아니요, 좋은 **아가씨** 있으면 한 명 소개해 주세요.

安迪：沒有，如果你有不錯的姑娘請介紹一位給我。

아저씨

名 [아저씨]

大叔、叔叔

아저씨, 콜라 두 병하고 사이다 한 병 주세요.

大叔，請給我兩瓶可樂跟一瓶七喜。

反 아주머니 大嬸 ⇨ p.60、아줌마 大嬸

아주머니

名 [아주머니]

大嬸、嬸嬸

(식당에서) **아주머니**, 여기 반찬 좀 더 주시겠어요?

(在餐廳裡) 大嬸，這邊請再給一些小菜。

反 아저씨 ⇨ p.60
縮 아줌마 大嬸

여자

名 [여자]
漢 女子

女人、女生

보통 **여자**가 남자보다 더 오래 산다고 해요.
據說通常女生比男生長壽。

反 남자 ⇨ p.57

위로하다

動 [위로하다]
漢 慰勞하다

安慰

시험에 떨어져서 슬퍼하는 친구를 **위로해** 주었어요.
我給沒考上而難過的朋友慰問。

- 이/가 - 을/를 위로하다

이분

代 [이분]

這位

이분은 내 고등학교 때 선생님이세요.
這位是我高中時的老師。

參 그분 那位 ⇨ p.57, 저분 那位 ⇨ p.62

저

代 [저]

我、鄙人、在下

저는 앤디입니다. 미국에서 왔습니다.
在下安迪,來自美國。

💡 在年長者面前說「저」取代「나」。
💡 저+가→제가

人
01

61

친구 / 주변 사람 • 朋友／周遭的人

저분

代 [저분]

那位

안나：**저분**은 누구세요？
安娜：那位是誰？

피터：**저분**은 우리 선생님이세요.
彼得：那位是我的老師。

謙 저 사람
參 이분 這位 ⇨ p.61、그분 那位 ⇨ p.57

친구

名 [친구]
漢 親舊

朋友

저는 한국 **친구**를 많이 사귀고 싶어요.
我想交很多韓國朋友。

친하다

形 [친하다]
漢 親하다

（關係）親近、熟悉

앤디씨와 피터씨는 지난 학기에 같은 반에서 공부했어요. 그래서 아주 **친해요**.
安迪跟彼得上學期是同班同學，所以他們很要好。

- 이／가 - 와／과 친하다
- 와／과 -이／가 친하다

혼자

名 [혼자]

獨自、自己一個人

준이치：가족하고 같이 사세요？
順一：你跟家人一起住嗎？

요시코：아니요, **혼자** 살아요.
吉子：沒有，我自己一個人住。

複習一下

人 | 朋友／周遭的人

01

✎ 下列選項中，請找出非反義詞的組合。

1. ① 남자 – 여자　　② 아저씨 – 아주머니
　 ③ 신사 – 숙녀　　④ 선배 – 동창

✎ 請從範例中選出符合對話意思的對應單字，並寫在空白處。

| 例 | 이분 | 그분 | 저분 |

2. 앤디 씨, 인사하세요. ＿＿＿은 올가 씨예요.

3. 글쎄요. ＿＿＿은 모르는 사람인데요. / 혹시 앤디 씨를 아세요?

✎ 下面請找出意思相同的選項，並畫線連結起來。

4. 교포 •　　　　• ① 저보다 먼저 학교에 입학한 사람입니다.

5. 동창 •　　　　• ② 다른 나라에 살고 있는 한국 사람입니다.

6. 선배 •　　　　• ③ 같은 학교를 졸업한 사람입니다.

63

用漢字學韓語・親

✏️ 我們來看看韓文詞彙是如何與漢字產生聯繫的。

親　**친**　**친하다**　親、親近、親密、要好

친구　p.62

朋友

한국 친구를 많이 사귀고 싶어요.
我想交很多韓國朋友。

친척

親戚　p.19

한국에서는 설날에 친척들이 모두 모입니다.
在韓國過年時，親戚全都聚在一起。

친하다　p.62

親、親近、親密、要好

친한 친구가 한국에 와서 같이 여기저기 구경했어요.
要好的朋友來韓國，一起四處走走。

불친절하다　p.31

不親切、冷淡

불친절한 식당에는 다시 가고 싶지 않아요.
我不想再去不友善的餐廳了。

친절　p.34

親切、熱情、和藹

그 가게 점원은 참 친절해요.
那家店的店員真親切。

64

02 교육 教育

1 **교실 용어** 教室用語
2 **수업** 上課
3 **시험** 考試
4 **학교** 學校
5 **학습 도구** 學習用品

用漢字學韓語・學

1 교실 용어
教室用語

08.mp3

네
感 [네]

是、嗯

선생님 : 앤디 씨, 숙제했어요?
老師：安迪，你寫作業了嗎？

앤디 : **네**, 했어요.
安迪：是，寫了。

類 예 是⇨ p.69
反 아니요 不是⇨ p.68

다시
副 [다시]

再、再次、重新

다시 한 번 말씀해 주시겠어요?
您可以再說一次嗎？

단어
名 [다너]
漢 單語

單詞、單字

한국말을 잘하려면 **단어**를 많이 알아야 해요.
想要說好韓語，就必須認識很多單字。

듣다
動 [듣따]
不 ㄷ 不規則
⇨ 索引 p.477

聽、聞

잘 **듣고** 따라 하세요.
請仔細聽然後跟著說。

-이/가 -을/를 듣다
-에게서 -을/를 듣다

名 듣기 聽、聽力

들리다

動 [들리다]

聽見、被聽到、聲音傳來

너무 시끄러워서 선생님 목소리가 잘 안 **들려요**.
太吵了,老師說的話不是很清楚。

-이/가 들리다

關 듣다 ⇨ p.66

따라 하다

動 [따라하다]

跟著做

선생님 말을 잘 듣고 **따라 해** 보세요.
請仔細聽老師說的話,並試著跟著說。

-이/가 -을/를 따라 (서) 하다

뜻

名 [뜯]

意思、意義

이 단어의 **뜻**을 잘 모르겠어요. 설명해 주세요.
我不清楚這個單字的意思,請解釋給我聽。

類 의미 意義、含意 ⇨ p.88

맞다

動 [맏따]

符合、契合、中標的

선생님 : 왕핑 씨, 전화번호가 234-5678이에요?
老師:王平,你的電話是 234–5678 嗎?

왕핑 : 네, **맞아요**.
王平:是,對了。

反 틀리다 錯誤、不對、不正確 ⇨ p.90

教育 02

67

교실 용어 • 教室用語

아니다
形 [아니다]

不是的

저는 선생님이 **아니에요**. 학생이에요.
我不是老師，我是學生。

-이/가 아니다

아니요
感 [아니요]

不

리에：내일 학교에 와요?
理惠：你明天來學校嗎？

피터：**아니요**, 안 와요.
彼得：不，不來。

反 네는 ⇨ p.66, 예는 ⇨ p.69

앉다
動 [안따]

坐

여러분, 모두 자리에 **앉으세요**.
各位，請大家就坐。

-이/가 -에 앉다

反 서다 站、立 ⇨ p.358

알다
動 [알ː다]
不 ㄷ不規則
⇨ 索引 p.477

知道、理解、了解、認識

준이치：요시코 씨, 이 단어의 의미를 **알겠어요**?
順一：吉子，你知道這個單字的意思嗎？

요시코：네, **알겠어요**.
吉子：是，我知道。

-을/를 알다

反 모르다 不知道、不認識、不懂 ⇨ p.77

여러분
代 [여러분]

各位、大家

선생님 : **여러분**, 안녕하세요?
老師：各位同學好。

학생들 : 네, 안녕하세요?
學生們：是，老師好。

예
感 [예;]

是、嗯

선생님 : 피터 씨!
老師：彼得！

피터 : **예**, 선생님.
彼得：是，老師。

類 네 ⇨ p.66
反 아니요 ⇨ p.68

외우다
動 [외우다／웨우다]

背、記起來

한국어를 배울 때 단어 **외우는** 것이 제일 힘들어요.
學韓語時，背單字最累。

-을／를 외우다

이유
名 [이;유]
漢 理由

理由

한국어를 배우는 **이유**가 뭐예요?
你學韓語的理由是什麼？

教育 02

교실 용어 • 教室用語

이해
名 [이;해]
漢 理解

理解

한국에 처음 왔을 때에는 수업 시간에 하나도 **이해**할 수 없었어요.

剛來韓國的時候，上課一個字也聽不懂。

-을/를 이해하다

動 이해하다 理解

읽다
動 [익따]

讀、唸

책 25쪽을 **읽어** 보세요.

請讀書本第二十五頁。

-을/를 읽다

名 읽기 閱讀

자리
名 [자리]

位子、位置、地方

리사: 여기 누구 **자리**예요?

麗莎：這是誰的位子？

앤디: 폴 씨 **자리**예요.

安迪：保羅的位子。

💡 當說「자리 있어요?」的時候有兩個意思。一是「제가 여기 앉아도 돼요? (我可以坐這裡嗎?)」二是「표가 있어요? (有票嗎?) 或「빈 자리 있어요? (有空位嗎?)」的意思。

조용히
副 [조용히]

安靜地

지금 시험을 보고 있어요. **조용히** 해 주세요.

現在正在考試，請安靜。

形 조용하다 安靜、平靜、文靜、從容、幽靜

질문

名 [질문]
漢 質問

問題、質疑、疑問

준이치 : 선생님, **질문** 있어요.
順一：老師，我有問題。

선생님 : 네, 말씀하세요.
老師：是，請說。

動 질문하다
關 질문이 있다／없다

펴다

動 [펴다]

翻開、打開、展開

책 36쪽을 **펴세요**.
請翻開書本第三十六頁。

-을／를 펴다

關 책을 펴다翻開書、손을 펴다打開手、우산을 펴다撐開傘

複習一下

教育 | 教室用語

✐ 請從範例中找出與圖片相符的動詞並填入空白處。

> 例　　듣다　　읽다　　조용히 하다　　책을 펴다

1. (　　　　　)

2. (　　　　　)

3. (　　　　　)

4. (　　　　　)

✐ 請從範例中找出正確單字並填入空白處。

> 例　　자리　　질문하세요　　다시　　따라 하세요

5. 선생님, 잘 모르겠어요. (　　　　　) 설명해 주세요.

6. 선생님의 말을 듣고 똑같이 (　　　　　).

7. 잘 모르는 것이 있으면 선생님께 (　　　　　).

8. 여러분, (　　　　　)에 앉아 주세요.

2 수업
上課

09.mp3

가르치다
動 [가르치다]

教、講授、指導

저는 한국에서 아이들한테 영어를 **가르치고** 있어요.
我在韓國教孩子們英語。

- 을/를 - 에게 가르치다.

反 배우다 學習、效仿 ⇨ p.95

가지다
動 [가지다]

帶、拿、擁有、持有

오늘 한국어 회화 책을 **가지고** 왔어요?
你今天有帶韓語會話書嗎?

- 을/를 가지다.

關 가지고 가다／오다 帶去／帶來、가지고 타다 帶著搭乘、가지고 놀다 拿著玩
縮 갖다

강연회
名 [강:연회]
漢 講演會

演講、演說會

어제 한국과 일본 문화에 대한 **강연회**에 참석했어요.
我昨天參加一場有關韓國與日本文化的演講。

결석
名 [결썩]
漢 缺席

缺席

선생님: 올가 씨, 어제 왜 **결석**했어요?
老師:奧爾加,你昨天怎麼缺席?

올가: 감기에 걸려서 학교에 못 왔어요.
奧爾加:我因為感冒無法來學校。

動 결석하다   反 출석 出席

73

수업・上課

궁금하다
形 [궁금하다]

想知道的、好奇的、掛念的、納悶的

캉 씨가 시험을 안 봤네요. 그 이유가 **궁금해요**.
康先生沒考試啊。我想知道原因。

- 이/가 궁금하다

끝
名 [끋]

盡頭、最後

복도 **끝**에 화장실이 있어요.
走廊的盡頭有洗手間。

反 시작 開始⇨ p.186、처음 第一次／最初⇨ p.272

끝나다
動 [끈나다]

結束

방학이 언제 **끝나요**?
假期什麼時候結束？

- 이/가 끝나다

反 시작하다 開始、시작되다 開始了

끝내다
動 [끈내다]

結束、終結

저녁 6시에 약속이 있어서 숙제를 5시까지 **끝내야** 해요.
晚上6點有約會，所以要在5點之前完成作業才行。

- 을/를 끝내다

反 시작하다 開始

노력하다

動 [노려카다]
漢 努力하다

努力

어려운 발음도 자꾸 **노력하면** 잘하게 될 거예요.
即使是困難的發音，只要努力不懈也能夠學好的。

늦다

形 動 [늗따]

遲的、晚的、遲到

수업 시간에 **늦지** 않으려고 택시를 탔어요.
為了不要上課遲到而搭了計程車。

오늘은 **늦었으니까** 내일 아침에 다시 이야기합시다.
今天晚了，明天早上再說吧。

- 이／가 - 에 늦다
- 이／가 늦다

대답하다

動 [대;다파다]
漢 對答하다

回答

선생님이 하는 질문에 **대답해** 보세요.
請回答老師問的問題。

- 에 대답하다

反 질문하다提問、質疑、묻다詢問 ⇨ p.330

떠들다

動 [떠;들다]
不 ㄹ 不規則
⇨ 索引 p.477

吵、喧嘩

수업 시간에 큰 소리로 **떠들면** 안 돼요.
上課時間不能大聲喧譁。

수업・上課

마치다
動 [마치다]

結束

수업을 **마치고** 보통 친구들과 함께 점심을 먹어요.
下課後通常和朋友們一起吃午飯。

- 을/를 마치다

말
名 [말:]

話

요시코 씨는 수업 시간에 말을 너무 **많**이 해서 시끄러워요.
吉子在上課時間講太多話，很吵。

尊 말씀 ⇨ p.76
反 글 文字、文章 ⇨ p.84

말씀
名 [말:씀]

話、教誨、高論、（謙稱自己說的）微言

왕핑：선생님, 죄송하지만 다시 한 번 **말씀**해 주시겠어요?
王平：老師，不好意思，您可以再說一次嗎?

선생님：네, 천천히 다시 말해 줄게요.
老師：好，我再慢慢說一次。

謙 말 ⇨ p.76
動 말씀하다 稟告
關 말씀드리다 報告、稟告

말하다
動 [말:하다]

說、說話、表達

이걸 한국말로 뭐라고 **말해요**?
這個用韓語怎麼說呢?

- 을/를 -에게 말하다

76

모르다

動 [모ː르다]
不 르不規則
⇨ 索引 p.478

不知道、不懂、不認識

모르는 단어는 선생님께 물어보세요.
不懂的單詞，可以問老師。

- 을/를 모르다

反 알다 知道 ⇨ p.68

물어보다

動 [무러보다]

詢問、探詢

질문이 있으면 쉬는 시간에 **물어보세요**.
有問題的話，可以在休息時間問。

- 에게 - 을/를 물어보다

尊 여쭤보다

발음

名 [바름]
漢 發音

發音

리에 씨는 한국말 **발음**이 정확해요.
理惠的韓語，發音很正確。

動 발음하다
關 발음이 좋다/나쁘다 發音好/不好、발음이 정확하다 發音正確

발표

名 [발표]
漢 發表

發表

지금부터 한국 역사에 대해서 **발표**하겠습니다.
現在開始，我將要針對韓國歷史來發表。

- 을/를 발표하다
- 에 대해 (서)   발표하다

動 발표하다 發表

教育 02

77

복습

名 [복씁]
漢 復習

複習

수업 시간에 배운 것을 집에서 날마다 **복습**해요.
上課時學到的東西，在家裡每天都複習。

- 을/를 복습하다

動 복습하다
反 예습 預習 ⇨ p.80

빌리다

動 [빌리다]

借予、貸予、租予

앤디 씨, 사전 좀 **빌려**주세요.
安迪，請借我字典。

친구에게 한국어 책을 **빌려**주었습니다.
把韓語書借給朋友。

- 이/가 -에게 -을/를 빌리다

參 빌려 오다/가다 借來/借走、빌려주다 借給

설명

名 [설명]
漢 說明

說明、解釋

선생님이 새 단어의 뜻을 **설명**해 주셨습니다.
老師說明了新單字的意思。

- 을/를 -에게 설명하다

動 설명하다

수업

名 [수업]
漢 授業

上課

학교 **수업**이 끝나면 보통 뭐 하세요?
平常學校下課後，你都在做什麼？

動 수업하다 授課
關 수업을 하다 授課、수업을 받다 上課、수업을 듣다 聽課

숙제

名 [숙쩨]
漢 宿題

作業、功課

요즘 학교 **숙제**가 너무 많아서 힘들어요.
最近學校的作業太多了，很累。

動 숙제하다 做作業
關 숙제를 내다 繳交作業

쓰다

動 [쓰다]
不 으 不規則
⇨ 索引 p.480

寫、戴

저는 매일 공책에 일기를 **써요**.
我每天會在筆記本上寫日記。

- 을/를 - 에 쓰다

名 쓰기 寫作 ⇨ p.88

💡 「쓰다」有多種含義。
① (편지를) 쓰다 寫信
② (맛이) 쓰다 味道苦 ⇨ p.132
③ (물건을) 사용하다 使用東西
④ (모자, 우산, 안경을) 쓰다 戴 (帽子、雨傘、眼鏡) ⇨ p.466

알아듣다

動 [아라듣따]
不 ㄷ 不規則
⇨ 索引 p.477

聽懂

안나 씨의 말은 너무 빨라서 **알아듣기** 힘들어요.
安娜說的話太快，很難聽得懂。

- 이/가 - 을/를 알아듣다

💡 「알아듣다」的意思是「듣고 이해하다 (聽到並理解)」。

수업・上課

연습
名 [연습]
漢 演習、練習

練習、演習

저는 한국어 듣기 **연습**을 하기 위해 영화나 드라마를 많이 봐요.
我為了練習韓語聽力，看了很多電影或戲劇。

- 을/를 연습하다

動 연습하다 練習

열심히
副 [열씸히]
漢 熱心히

認真、努力

안나 씨는 **열심히** 공부해서 시험을 잘 봤어요.
安娜努力讀書，考試考得很好。

예습
名 [예;습]
漢 豫習

預習

내일 학교에서 배울 부분을 **예습**했어요.
預習了明天在學校要學的部分。

- 을/를 예습하다

動 예습하다 預習
反 복습 複習 ⇨ p.78

자세하다
形 [자세하다]
漢 仔細하다

仔細、詳細

자세한 설명을 들으면 쉽게 이해할 수 있어요.
如果聽詳細的說明，就容易理解了。

- 이/가 자세하다

副 자세히 仔細地

80

적다

動 [적따]

寫、記

여기에 이름과 주소를 **적으세요**.
請在這裡寫下姓名和地址。

- 에 -을/를 적다

類 쓰다 寫 ⇨ p.79

제목

名 [제목]
漢 題目

題目

지금 읽고 있는 소설책 **제목**이 뭐예요?
你現在正在看的小說書名是什麼呢？

參 영화 제목 電影名稱、소설 제목 小說書名、
수필 제목 隨筆標題

졸다

動 [졸;다]
不 ㄹ不規則
⇨ 索引 p.477

打瞌睡

너무 피곤해서 수업 시간에 **졸았어요**.
太累了，上課的時候打瞌睡了。

- 이/가 졸다

졸리다

動 [졸;리다]

犯睏、想睡覺

졸리는 사람은 화장실에 가서 세수하고 오세요.
想睡覺的人，請去洗手間洗個臉再回來。

- 이/가 졸리다

수업 • 上課

준비
名 [준비]
漢 準備

準備

올가가 씨는 오늘 발표 **준비**로 바빠요.
奧爾加正因今天的發表會準備而忙著。

- 을/를 준비하다
- 이/가 준비되다

動 준비하다準備、준비되다做好準備

중
名 [중]
漢 中

中、~中

수업 **중**에는 전화하면 안 돼요.
上課中不能打電話。

- 중
- 중이다

參 수업 중上課中、운전 중開車中、통화 중通話中、공부 중讀書中

지각
名 [지각]
漢 遲刻

遲到

아침에 늦게 일어나서 수업에 **지각**했어요.
早上晚起床，上課遲到了。

- 에 지각하다

動 지각하다遲到
參 지각생遲到的學生
關 학교에 지각하다上學遲到、수업에 지각하다上課遲到、회사에 지각하다上班遲到

찾다
動 [찯따]

尋找、查、尋、覓

사전에서 모르는 단어를 **찾아**봤어요.
在詞典裡面找了不懂的單詞。

- 을/를 찾다

關 찾아보다找找看、찾아가다去尋找、찾아오다來尋找

82

複習一下

教育 | 上課

✎ 請從範例找出符合下列說明的正確單字，填入括弧中。

| 例 | 지각 | 결석 | 복습 | 예습 |

1. 학교에 안 가요.　　　　　　　　（　　　　　）
2. 학교나 회사에 늦게 가요.　　　　（　　　　　）
3. 학교에서 배울 것을 미리 공부해요. （　　　　　）
4. 학교에서 배운 것을 다시 공부해요. （　　　　　）

✎ 閱讀下列短文並回答問題。

> 오늘 피곤해서 수업 시간에 너무 ㉠ _____. 그래서 선생님께서 "오늘 수업을 10분 일찍 ㉡ _____."라고 ㉢ 말했지만, 저는 너무 피곤하고 정신이 없어서 ㉣ 잘못 들었어요. 수업이 ㉤ _____ 친구들이 모두 나갔지만 저는 계속 교실에 있었어요.

5. ㉠에 들어갈 알맞은 말을 고르십시오.

　① 떠들었어요　② 찾았어요　③ 노력했어요　④ 졸렸어요

6. ㉡과 ㉤에 들어갈 알맞은 말을 고르십시오.

　① ㉡ 끝나겠어요 ㉤ 끝내고　② ㉡ 끝내겠어요 ㉤ 끝나고
　③ ㉡ 끝나겠어요 ㉤ 끝나고　④ ㉡ 끝내겠어요 ㉤ 끝내고

7. ㉢의 높임말은 무엇입니까?

　① 말씀　　② 이야기　　③ 발표　　④ 대화

8. ㉣과 바꿔 쓸 수 있는 말은 무엇입니까?

　① 못 떠들었어요　　② 못 물어봤어요
　③ 못 알아들었어요　④ 못 찾았어요

3 시험
考試

🔊 10.mp3

각
冠 [각]
漢 各

各

각 학교마다 교과서가 달라요.
每個學校的教科書都不一樣。

參 각 사람每個人、각 학교各個學校

글
名 [글]

文章、字

자신의 생각을 **글**로 써 보세요.
試著把自己的想法寫下來。

反 말話語
參 글쓰기寫作

글자
名 [글짜]

字、文字

칠판에 적혀 있는 **글자**가 너무 작아요.
黑板上寫的字太小了。

내용
名 [내용]
漢 內容

內容

이 책이 무슨 **내용**인지 잘 모르겠어요.
我不太清楚這本書的內容。

답하다

動 [다파다]
漢 답하다

回應、應答、回覆

다음 글을 읽고 질문에 맞게 **답하십시오**.
請閱讀下面的文章,並正確回答問題。

- 에 답하다

反 묻다 問 ⇨ p.330
類 대답하다 回答 ⇨ p.75

문장

名 [문장]
漢 文章

句、文章

다음 단어를 사용하여 **문장**을 완성하시오.
請用下列單詞來完成句子。

문제

名 [문제]
漢 問題

問題

이 **문제**는 너무 어려워서 잘 모르겠어요.
這問題太難了,我不懂。

關 문제가 쉽다/어렵다 問題簡單/難、문제를 풀다 解題
參 연습 문제 練習題

물음

名 [무름]

問題

다음 글을 읽고 **물음**에 답하십시오.
請閱讀下面的文章,並回答問題。

動 묻다 問 ⇨ p.330

教育 02

시험 • 考試

밑줄
名 [믿쭐]

下線、底線

다음 문장에서 **밑줄** 친 부분과 같은 것을 고르세요.

請從下列句子當中，選出與劃底線部分意思相同的選項。

關 밑줄을 치다畫底線、밑줄을 긋다畫底線

반대
名 [반대]
漢 反對

相反、反對

시계 **반대** 방향으로 돌아가며 선생님 질문에 답해 보세요.

按照逆時針方向的順序，輪流回答老師的問題。

저는 올가씨 생각에 **반대**해요.

我反對奧爾加的想法。

動 반대하다反對、반대되다被反對
反 찬성贊成
參 반대말反義詞

보기
名 [보기]

例子

보기와 같이 문장을 바꾸십시오.

請依照範例，改寫句子。

부분
名 [부분]
漢 部分

部分

이 글의 마지막 **부분**을 다시 써 보세요.

這篇文章的最後部分，你再寫一遍。

反 전체整體、全部

빈칸
名 [빈칸]

空格

빈칸에 들어갈 말을 쓰세요.
請在空格裡填入的正確的字。

關 빈칸을 채우다填滿空格、빈칸에 쓰다寫在空格裡

숫자
名 [수ː짜/숟ː짜]
漢 數字

數字

좋아하는 **숫자**를 한 개 고르세요.
選一個喜歡的數字吧。

쉽다
形 [쉽따]
不 ㅂ不規則

容易的、簡單的

문제가 **쉬워서** 시험을 잘 봤어요.
題目簡單，考得很好。

- 이/가 쉽다

反 어렵다 困難 ⇨ p.88

시험
名 [시험]
漢 試驗

考試、測驗

시험 문제가 너무 어려워서 힘들었어요.
考試題目太難了，很辛苦。

關 시험을 보다考試
參 시험 기간考試期間、시험 문제考試題目、중간시험期中考、기말시험期末考

教育 02

87

시험・考試

쓰기
名 [쓰기]

寫、寫作

저는 **'쓰기'**보다 '읽기'를 더 잘해요.
比起「寫作」，我更擅長「閱讀」。

動 쓰다 寫 ⇨ p.79

알맞다
形 [알맏따]

恰當的、合適的、正好的、符合的

빈칸에 **알맞은** 말을 고르세요.
請選合於空格的字。

- 이／가 알맞다
- 에／에게 알맞다

어렵다
形 [어렵따]
不 ㅂ 不規則

困難的、不易的、艱苦的
不 不規則

이 책은 모르는 단어가 많아서 읽기가 **어려워요**.
這本書裡有很多不認得的單詞，讀起來困難。

- 이／가 어렵다

反 쉽다 簡單、容易 ⇨ p.87

의미
名 [의미]
漢 意味

意思、意義

이 단어의 **의미**가 뭐예요?
這個單詞的意思是什麼呢？

類 뜻 意思、意圖、意義 ⇨ p.67

잘못

名 副 [잘몯]

錯、錯誤

답안지에 답을 **잘못** 썼어요.
答卷上的答案寫錯了。

動 잘못되다出錯／失誤、잘못하다犯錯／做錯了

💡「잘못하다」是「失誤、犯錯」的意思，「잘 못하다」是「對某事不熟悉或不會做、做錯了」的意思。

점

名 [점]
漢 點

分、點

이 문제는 5**점**짜리 문제예요.
這問題是每題 5 分的題目。

점수

名 [점수]
漢 點數

分數、點數

열심히 공부해서 좋은 **점수**를 받았습니다.
我很認真讀書，所以得了好分數。

중간

名 [중간]
漢 中間

期中、中間

앤디: **중간**시험이 언제예요?
安迪：期中考試是什麼時候？

안나: 다음 주 금요일이에요.
安娜：下週五。

89

시험 • 考試

치다
動 [치다]

劃（線）、敲擊、搭、拍

밑줄 **친** 부분과 바꿀 수 있는 말을 고르세요.
請選出可與劃底線部分替換的選項。

- 을/를 치다 치다

關 밑줄을 치다. 劃底線、劃線

틀리다
動 [틀리다]

犯錯、弄錯

다음 문장에서 **틀린** 부분을 찾아서 고치세요.
請找出下列句子中錯誤的部分並改正。

- 이/가 틀리다
- 을/를 틀리다

反 맞다 對、正確 ⇨ p.67

💡 韓國人偶爾會把「다르다（不一樣）」，說成「틀리다（錯誤）」，這是錯誤的用法。

複習一下

教育 | 考試

✏️ 請閱讀範例，選出下列問題的正確答案。

> **例**　다음㉠질문에 알맞은㉡_____은/는 무엇입니까?

1. ㉠과 바꿔 쓸 수 있는 단어는 무엇입니까?
   ① 물음　　② 답　　③ 점　　④ 보기
2. ㉡에 들어갈 알맞은 단어는 무엇입니까?
   ① 밑줄　　② 답　　③ 빈칸　　④ 내용

✏️ 下面請找出適合的動詞選項，並劃線連結起來。

3. 밑줄을　•　　•　① 보다
4. 시험을　•　　•　② 틀리다
5. 답이　　•　　•　③ 치다
6. 문제를　•　　•　④ 풀다

✏️ 請回答下列問題。

7. ㉠과 ㉡에 들어갈 말로 알맞은 것을 고르십시오.

> • 저와 제 동생은 성격이 아주 ㉠_____.
> • 맞으면 ○, ㉡_____ × 하십시오.

　① ㉠ 다릅니다 ㉡ 틀리면　　② ㉠ 다릅니다 ㉡ 다르면
　③ ㉠ 틀립니다 ㉡ 다르면　　④ ㉠ 틀립니다 ㉡ 틀리면

4 학교 學校

🔊 11.mp3

공부
名 [공부]
漢 工夫

學習、讀書

피터：한국어 **공부**가 어때요?
彼得：韓語學得怎麼樣呢？

안나：어렵지만 재미있어요.
安娜：雖然很難，但是很有趣。

動 공부하다 讀書

교문
名 [교;문]
漢 校門

校門

교문 앞에서 두 시에 만납시다.
兩點鐘在校門口見面吧。

參 정문 正門、후문 後門

교실
名 [교;실]
漢 教室

教室

학생들이 지금 **교실**에서 한국어를 공부하고 있어요.
學生們現在在教室裡面學習韓語。

규칙
名 [규칙]
漢 規則

規則

앤디：교실에서 지켜야 하는 **규칙**은 뭐예요?
安迪：在教室裡，必須遵守的規則是什麼呢？

리에：교실에서는 한국말로만 얘기해야 돼요.
理惠：在教室裡，只能用韓語說話。

關 규칙을 지키다 守規矩、규칙을 정하다 制定規矩

기숙사

名 [기숙싸]
漢 寄宿舍

宿舍

저는 학교 **기숙사**에서 살아요.
我住在學校宿舍。

關 기숙사에서 살다住在宿舍裡面、기숙사에 들어가다進入宿舍
參 기숙사 생활宿舍生活

대학원

名 [대;하권]
漢 大學院

研究所

저는 대학교를 졸업한 다음에 바로 **대학원**에 들어 갔어요.
我大學畢業後，直接進了研究所。

參 대학원생研究生

도서관

名 [도서관]
漢 圖書館

圖書館

어제 **도서관**에서 책을 빌렸어요.
昨天在圖書館借了書。

關 도서관圖書館

도시락

名 [도서관]

餐盒、飯盒

소풍 갈 때 **도시락**을 싸 가지고 갔어요.
去郊遊的時候，帶了飯盒。

關 도시락을 싸다準備飯盒

教育 02

학교・學校

등
名 [등;]
漢 等

等第（名次）

이번 시험에서 요시코씨가 1**등**을 했어요.

這次考試，吉子考了第一名。

💡 如「1 등, 2 등, 3 등（第一名、第二名、第三名）」一樣，「등」前加數字使用。

등록
名 [등녹]
漢 登錄

註冊、登錄

한국어를 공부하려고 어제 학원에 **등록**했어요.

為了學習韓語，昨天去補習班報名了。

- 에 등록하다

動 등록하다登記、등록되다被登記
關 등록을 받다接受登記、등록을 마치다完成登錄
參 등록금註冊費／學費、등록 기간註冊期間

모이다
動 [모이다]

集合、聚集、集中

같은 나라에서 온 사람들끼리 **모이세요**.

來自同一個國家的人，請聚集在一起。

- 이／가 모이다 （某些人）
- (으) 로 모이다
- 에 모이다

名 모임 集會、聚會⇨ p.94

모임
名 [모임]

聚會

오늘 오후에 친구들하고 **모임**이 있어요.

今天下午有和朋友們的聚會。

動 모이다集合、聚集、集中⇨ p.94
關 모임이 있다有聚會、모임을 가지다舉行聚會、모임에 나가다參加聚會

반

名 [반]
漢 班

班

우리 **반**에는 중국 사람이 5명 있어요.
我們班有 5 位中國人。

방학

名 [방학]
漢 放學

放假（通常指放長假）

준이치：이번 **방학** 때 뭐 할 거예요?
順一：這次放假，你要做什麼？

요시코：글쎄요. 아직 특별한 계획은 없어요.
吉子：這個嘛，還沒有特別的計畫。

動 방학하다 放假

💡 在韓語裡面，學校放假是「방학」；公司放假為「휴가」。

배우다

動 [배우다]

學習

저는 2년 전부터 일본어를 **배우기** 시작했어요.
我從兩年前開始學習日語。

- 에서 - 을/를 배우다
- 에게서 - 을/를 배우다

反 가르치다 教 ⇨ p.73

분실물

名 [분실물]
漢 紛失物

遺失物

분실물을 찾으려면 어떻게 해야 하지요?
要找回失物的話，應該要怎麼做呢？

類 유실물 遺失物
關 분실물을 찾다 尋找遺失物
參 분실물 센터 失物招領中心

학교 • 學校

비다
動 [비;다]

空

수업이 끝난 후에 보통 **빈** 교실에서 혼자 복습해요.

下課之後，我通常在空教室裡獨自複習。

- 이／가 비다

參 빈 컵 空杯子、빈 그릇 空碗、빈 택시 空計程車

선생님
名 [선생님]
漢 先生님

老師

선생님, 질문 있습니다.

老師，我有個問題。

反 학생 ⇨ p.100

소풍
名 [소풍]
漢 逍風

郊遊、遠足

리에：이번 학기에는 어디로 **소풍**을 가요?

理惠：這學期要去哪郊遊呢？

캉：아마 올림픽공원으로 갈 거예요.

康：可能去奧林匹克公園。

운동장
名 [운동장]
漢 運動場

運動場

저는 주말마다 반 친구들하고 같이 학교 **운동장**에서 축구를 해요.

我每個週末都和同學一起在學校操場上踢足球。

유학

名 [유학]
漢 留學

留學

한국어를 배우려고 한국에 **유학**을 왔어요.
想學韓語而來韓國留學。

- 에서 유학하다
- 에 유학 가다／오다

動 유학하다留學
關 유학을 오다來留學、유학을 가다去留學
參 해외 유학海外留學，조기 유학早期留學

일기

名 [일기]
漢 日記

日記

한국어 쓰기를 잘하고 싶으면 매일 한국어로 **일기**를 써 보세요.
如果想練好韓語寫作，那就試著每天用韓語寫日記吧。

參 일기장日記本

입학

名 [이팍]
漢 入學

入學

올가：대학교에 언제 **입학**했어요?
奧爾加：你什麼時候上大學的？

왕핑：3년 전에 **입학**했어요.
王平：我三年前入學的。

- 에 입학하다

動 입학하다入學
反 졸업畢業
參 입학 시험入學考試、입학식入學典禮、입학 선물入學禮物

教育 02

97

학교 • 學校

잘하다
動 [잘하다]

擅長、做得好

어떻게 하면 한국어를 **잘할** 수 있을까요?
怎樣才能說好韓語呢？

- 을/를 잘하다

反 못하다無法、不能、不會

전공
名 [전공]
漢 專攻

主修、專研、主攻

제 **전공**은 경영학이에요.
我的主修是經營學。

- 을/를 전공하다.

動 전공하다專攻、專研
關 전공을 바꾸다.轉專研領域、換主修
參 부전공副修、전공 과목專研科目

정문
名 [정문]
漢 正門

正門、大門

학교 **정문** 건너편에 아주 맛있는 식당이 있어요.
學校正門對面有一家非常好吃的餐廳。

參 회사 정문公司正門、학교 정문學校正門、은행 정문銀行大門

졸업
名 [조럽]
漢 卒業

畢業

저는 작년에 대학을 **졸업**했어요.
我去年大學畢業。

- 을/를 졸업하다.

動 졸업하다畢業
反 입학 ⇨ p.97
參 졸업 시험畢業考、졸업식畢業典禮、졸업 선물畢業禮物

98

지식

名 [지식]
漢 知識

知識

제 친구는 역사에 대한 **지식**이 많아요.
我朋友對歷史的知識很豐富。

參 전문 지식專業知識

학교

名 [학꾜]
漢 學校

學校

왕핑 : 집에서 **학교**까지 얼마나 걸려요?
王平：從家到學校需要多久時間？

리에 : 걸어서 15분쯤 걸려요.
理惠：步行的話，大約15分鐘左右。

參 초등학교小學、중학교初中、고등학교高中、대학교大學

학기

名 [학끼]
漢 學期

學期

요시코 : 이번 **학기**가 끝나면 뭐 하실 거예요?
吉子：這學期結束之後，你打算要做什麼呢？

준이치 : 저는 일본에 돌아가려고 해요.
順一：我打算要回日本。

參 새 학기新學期、지난 학기上學習、이번 학기這學期、다음 학기下學期、봄 학기春季學期、가을 학기秋季學期

학년

名 [항년]
漢 學年

年級

대학교 1**학년** 학생들을 신입생이라고 불러요.
我們稱大學一年級的學生為新生。

학교 • 學校

학생

名 [학쌩]
漢 學生

學生

올가：앤디씨 반에는 **학생**이 모두 몇 명 있어요?
奧爾加：安迪，你們班裡學生總共多少名？

앤디：저까지 모두 12명이에요.
安迪：包括我，總共有 12 名。

參 초등학생小學生、중학생初中生、고등학생高中生、대학생大學生、일본 학생日本學生、중국 학생中國學生

환영

名 [화녕]
漢 歡迎

歡迎

한국에 오신 것을 **환영**합니다.
歡迎蒞臨韓國。

- 을/를 환영하다

動 환영하다 歡迎
關 환영을 받다 受到歡迎
參 환영 인사歡迎詞、환영회歡迎會

5 학습 도구
學習用品

12.mp3

가위
名 [가위]

剪刀

이 부분을 **가위**로 자르세요.
請用剪刀剪這個部分。

공책
名 [공책]
漢 空冊

筆記本

공책에 매일 일기를 써서 선생님께 드려요.
每天在筆記本上寫日記後交給老師。

類 노트 筆記本 ⇨ p.101

교과서
名 [교ː과서]
漢 教科書

教科書

어떻게 하죠? **교과서**를 집에 놓고 왔어요.
怎麼辦？我把教科書忘在家裡了。

類 교재 教材

노트
名 [노트]

筆記本、記錄

아저씨, **노트** 세 권만 주세요.
大叔，請給我三本筆記本

類 공책 筆記本、記事本 ⇨ p.101

학교 • 學習用品

만년필
名 [만ː년필]
漢 萬年筆

鋼筆

요즘은 **만년필**을 쓰는 사람이 별로 없어요.
最近使用鋼筆的人不多了。

볼펜
名 [볼펜]

原子筆

앤디 : **볼펜** 좀 빌려주세요.
安迪：原子筆請借我用一下。

리에 : 여기 있어요.
理惠：在這裡。

사전
名 [사전]
漢 辭典

辭典、字典

글을 읽을 때 모르는 단어는 **사전**을 찾아봐요.
看書時不懂的單詞就去查字典。

關 사전을 찾다 查字典
參 한국어 사전 韓語辭典、영어 사전 英語辭典、일본어 사전 日語辭典、중국어 사전 中文辭典、전자사전 電子辭典

색연필
名 [생년필]
漢 色鉛筆

彩色鉛筆

초등학교에 다닐 때는 **색연필**로 그림을 많이 그렸어요.
上小學的時候，我常用彩色鉛筆畫畫。

수첩
名 [수첩]
漢 手帖

手冊、筆記本

중요한 약속은 **수첩**에 꼭 메모를 해 놓으세요.
重要的約定請一定要記在筆記本上。

연필

鉛筆

공책에 **연필**로 글씨를 썼어요.
在筆記本上用鉛筆寫字。

名 [연필]
漢 鉛筆

의자

椅子

의자가 딱딱해서 앉으면 불편해요.
椅子硬邦邦的，坐起來不舒服。

關 의자에 앉다 坐在椅子上

名 [의자]
漢 椅子

종이

紙

이 책의 **종이**는 조금 두꺼운 것 같아요.
這本書的紙好像有點厚。

名 [종이]

지우개

橡皮擦

글씨를 잘못 써서 **지우개**로 지우고 다시 썼어요.
寫錯字用橡皮擦擦掉後又重寫一次。

名 [지우개]

책

書

책을 사러 서점에 가려고 해요.
我想去書店買書。

名 [책]
漢 冊

教育 02

학교 • 學習用品

책상

名 [책쌍]
漢 冊桌

書桌

책상 위에 책이 두 권 있어요.
在書桌上有兩本書。

테이프

名 [테이프]

錄音帶

이 **테이프**에는 뭐가 녹음되어 있어요?
這個錄音帶裡面，錄了什麼內容？

關 테이프에 녹음하다 在錄音帶錄音
參 카세트테이프 卡式錄音帶、비디오테이프 錄影帶

필통

名 [필통]
漢 筆筒

筆筒、鉛筆盒

필통에서 볼펜을 꺼냈어요.
從筆筒裡拿出原子筆。

複習一下

教育 | 學校、學習用品

✏️ 請回答下列問題。

1. 請寫出可填入㉠、㉡、㉢的正確單字。

> 유치원 - (㉠) - 중학교 - (㉡) - 대학교 - (㉢)

㉠ _____　　㉡ _____　　㉢ _____

2. 下列選項中，請找出反義詞的組合。

① 학기 – 학년　　　② 전공 – 학생

③ 입학 – 졸업　　　④ 책 – 책상

✏️ 請看以下說明，從範例中選出正確單字填入括弧中。

> 例　　도시락　　　규칙　　　도서관　　　분실물

3. 이것은 사람들이 '잃어버린 물건'입니다.　　（　　　　）

4. 이것은 점심 때 먹으려고 학교나 회사에 갈 때 집에서 준비해 가는 것입니다.　　（　　　　）

5. 사람들은 여기에서 책을 읽거나 책을 빌립니다. （　　　　）

6. 이것은 모든 사람들이 지켜야 하는 약속입니다. （　　　　）

✏️ 下面請找出適合的動詞選項，並畫線連結起來。

7. 사전을　　•　　　　•　① 가다

8. 지우개로　•　　　　•　② 쓰다

9. 일기를　　•　　　　•　③ 찾다

10. 소풍을　　•　　　　•　④ 지우다

用漢字學韓語・學

✎ 我們來看看韓文詞彙是如何與漢字產生聯繫的。

學 / 학
배우다
學、學習、效仿

학교 — 學校 (p.99)
월요일부터 금요일까지 학교에서 공부합니다.
從星期一到星期五，在學校學習。

학기 — 學期 (p.99)
이번 학기는 언제 끝나요?
這個學期什麼時候結束？

학생 — 學生 (p.100)
제 동생은 고등학교에 다니는 학생입니다.
我的弟弟／妹妹是就讀高中的學生。

방학 — 放假（通常指放長假） (p.95)
이번 방학에 제주도로 여행을 갈거예요.
這個假期我要去濟州島旅行。

유학 — 留學 (p.97)
대학교를 졸업한 후 미국으로 유학을 갔습니다.
大學畢業之後，我去美國留學了。

학원 — 補習班 (p.372)
저는 지금 학원에서 영어를 가르치고 있어요.
我現在在補習班教英語。

03 건강
健康

1 **병원／약국** 醫院／藥局
2 **증상／증세** 症狀／病情

用漢字學韓語・人

1 병원／약국
醫院／藥局

감기
名 [감ː기]
漢 感氣

感冒

어제 창문을 열고 잠을 자서 **감기**에 걸린 것 같아요.
好像昨天開著窗戶睡覺感冒了。

關 감기에 걸리다 感冒、감기가 들다 著涼、감기가 심하다 感冒嚴重

건강
名 [건ː강]
漢 健康

健康

돈보다 **건강**이 더 중요해요.
健康比金錢更重要。

- 이／가 건강에 좋다

形 건강하다 健康的

건강 보험증
名 [건강보ː험쯩]
漢 健康保險證

健保卡

병원에 갈 때는 **건강 보험증**을 꼭 가지고 가십시오.
去醫院時請務必攜帶健保卡前往。

💡 常稱「의료 보험증（醫療保險證／醫療保險卡）」。

끊다
動 [끈타]

戒、切斷、終止、斷絕

건강을 위해서 술과 담배를 **끊으세요**.
為了健康，請戒掉菸酒。

- 을／를 끊다

108

내과
名 [내ː꽈]
漢 內科

內科
소화가 안되거나 배가 아프면 **내과**로 가야 합니다.
如果消化不良或者肚子痛的話，應該去內科就診。

넘어지다
動 [너머지다]

摔跤、跌倒
어제 계단에서 **넘어져서** 다리에 피가 났어요.
昨天在樓梯上摔倒，腳流血了。

다치다
動 [너머지다]

受傷
교통사고가 나서 많은 사람들이 **다쳤습니다**.
發生交通事故很多人受傷。

담배
名 [담ː배]

香菸
앤디 씨, 여기에서 **담배**를 피우면 안 돼요.
安迪，在這裡抽菸是不行的。

關 담배를 피우다 抽菸、담배를 끊다 戒菸

때문
名 [때문]

因為…、緣故
감기 **때문**에 기침을 자주 해요.
感冒之故經常咳嗽。

- 기 때문에

💡「때문」經常使用「때문에」的形式。

병원 / 약국・醫院／藥局

병
名 [병;]
漢 病

病
요시코 씨가 **병**에 걸려서 입원했어요.
吉子生病而住院了。

關 병이 나다生病了、병에 걸리다患病、병이 낫다痊癒、병을 고치다治病

붕대
名 [붕대]
漢 繃帶

繃帶
팔을 다쳐서 팔에 **붕대**를 감았어요.
手臂受傷了，手臂上纏了繃帶。

關 붕대를 감다纏繃帶、붕대를 풀다解開繃帶

상처
名 [상처]
漢 傷處

傷、傷口
아이가 넘어져서 얼굴에 **상처**가 났습니다.
孩子摔倒了，臉上有傷口。

關 상처가 나다生出傷口、상처가 낫다傷口痊癒

소아과
名 [소;아과]
漢 小兒科

小兒科
안나：아기가 아프면 어디로 가야 해요?
安娜：孩子生病了，應該去哪裡看診呢？

왕위：**소아과**로 가면 돼요.
王宇：去小兒科就可以了。

안과
名 [안ː꽈]
漢 眼科

眼科

눈을 다쳤어요. **안과**에 가 봐야겠어요.
我眼睛受傷了，得去眼科看看。

안약
名 [아ː냑]
漢 眼藥

眼藥水、眼藥膏

눈이 아프면 **안약**을 넣으세요.
眼睛痛的話，就點眼藥水。

關 안약을 넣다 點眼藥水、點眼藥膏

약
名 [약]
漢 藥

藥

머리가 아픈데 **약** 좀 있어요?
我頭痛，你有藥嗎？

關 약을 먹다 吃藥、약을 바르다 擦藥、약을 짓다 配藥／製藥／煎藥

약국
名 [약꾹]
漢 藥局

藥局

저는 어제 **약국**에서 감기약을 샀습니다.
我昨天在藥局裡買了感冒藥。

약사
名 [약싸]
漢 藥師

藥劑師、藥師

약사가 되려면, 약사 면허증이 있어야 해요.
想要當藥師的話，必須有藥師執照。

關 약사 면허증 藥師執照

健康 03

111

병원 / 약국・醫院／藥局

엑스레이
名 [엑스레이]

X 光

팔을 다쳐서 **엑스레이**를 찍었어요.
手臂受傷，拍了 X 光片。

關 엑스레이를 찍다 照 X 光片
參 엑스레이 사진 X 光片

연고
名 [연;고]
漢 軟膏

藥膏、軟膏

상처가 난 곳에 이 **연고**를 발라 보세요.
在受傷的地方，擦一擦這個藥膏吧。

關 연고를 바르다 擦藥膏

입원
名 [이붠]
漢 入院

住院

제 동생이 다리를 다쳐서 일주일 동안 병원에 **입원** 했어요.
我弟弟／妹妹的腳受傷，住院住了一個星期。

動 입원하다 入院／住院
反 퇴원 出院
參 입원 환자 住院患者、입원 치료 住院治療、입원실 住院病房

정형외과
名 [정;형외꽈/
　　정;형웨꽈]
漢 整形外科

整形外科、骨科

뼈가 부러지면 **정형외과**로 가야지요?
骨折的話，應該要去骨科吧？

조심

名 [조;심]
漢 操心

小心、謹慎

눈이 와서 길이 미끄러우니까 **조심**해서 가십시오.
下雪路滑，走路要小心。

- 을/를 조심하다

動 조심하다 小心
副 조심히 小心地、謹慎地
參 건강 조심 注意健康、불조심 小心火燭

주사

名 [주;사]
漢 注射

注射、打針

감기 때문에 병원에 가서 **주사**를 맞았어요.
因為感冒去醫院打了一針。

關 주사를 맞다 接受注射、주사를 놓다（給人）打針／注射

진찰

名 [진;찰]
漢 診察

看病、診察、診斷

진찰을 받으려면 몇 층으로 가야 해요?
看診要去幾樓呢？

- 을/를 진찰하다
- 이/가 -에게 진찰을 받다

動 진찰하다 診斷
關 진찰을 받다 接受診療

처방

名 [처;방]
漢 處方

處方

병원에서 **처방**해 준 약을 먹어야 합니다.
必須要吃醫院處方藥。

動 처방하다 開立處方
參 처방전 處方箋

健康 03

병원 / 약국 • 醫院／藥局

치과
名 [치꽈]
漢 齒科

牙科

이가 아파서 **치과**에 다녀왔습니다.
牙齒痛去看了牙科。

치료
名 [치료]
漢 治療

治療

상처가 심하니까 병원에 가서 **치료**를 받으세요.
傷口嚴重，請去醫院接受診療。

動 치료하다 治療
關 치료를 받다 接受治療

파스
名 [파스]

藥膏、貼布、藥布

허리가 아플 때는 **파스**를 붙여 보세요.
腰痛的時候，請貼藥布。

關 파스를 바르다 抹藥膏，파스를 붙이다 貼藥布
參 물파스 痠痛液、痠痛噴霧、痠痛外用液

피우다
動 [피우다]

抽（菸）、吸（菸）

왕위 씨, 담배 **피우세요**?
王宇，你抽菸嗎？

💡 韓國人經常使用「담배를 피다」這個說法，但這是錯誤的用法，「담배를 피우다」才是對的。

환자
名 [환;자]
漢 患者

患者、病人

의사 선생님이 지금 **환자**를 치료하고 계십니다.
醫師正在治療病人。

參 환자복 病人服、입원 환자 住院患者、감기 환자 感冒患者

114

複習一下

健康 | 醫院／藥局

✎ 請從範例中找出正確單字，填入括弧中。

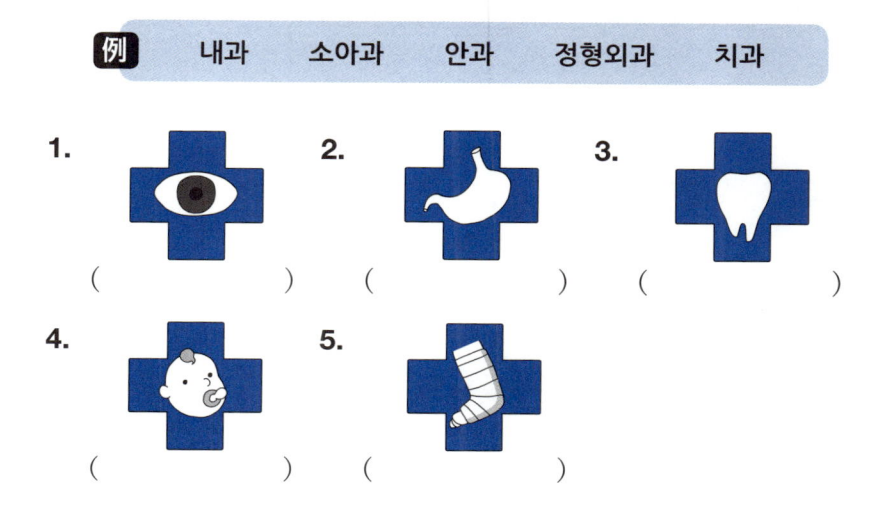

例　　내과　　소아과　　안과　　정형외과　　치과

1. (　　　　)
2. (　　　　)
3. (　　　　)
4. (　　　　)
5. (　　　　)

✎ 請閱讀下列文章並回答問題。

> 오늘 아침에 계단에서 넘어졌습니다. 다리를 ㉠ _____ 병원에 갔습니다. 의사 선생님께 ㉡ _____ 을/를 받고 ㉢ _____ 을/를 받아서 약국에 갔습니다. 약을 먹고 ㉣ _____ 을/를 바르니까 조금 괜찮아졌습니다.

6. ㉠에 들어갈 알맞은 단어를 고르십시오.
   ① 끊어서　　② 다쳐서　　③ 조심해서　　④ 피워서

7. ㉡과 ㉢에 들어갈 알맞은 단어로 연결된 것은 무엇입니까?
   ① ㉡ 처방전 ㉢ 진찰　　② ㉡ 치료 ㉢ 진찰
   ③ ㉡ 진찰 ㉢ 처방전　　④ ㉡ 진찰 ㉢ 치료

8. ㉣에 들어갈 알맞은 단어를 고르십시오.
   ① 연고　　② 안약　　③ 붕대　　④ 주사

2 증상/증세
症狀／病情

🔊 14.mp3

기침
名 [기침]

咳嗽

기침이 심해서 어제 잠을 못 잤어요.
咳嗽咳得很厲害，昨天沒睡好。

- 이／가 기침을 하다

動 기침하다 咳嗽
關 기침이 나다 咳嗽、기침이 멈추다 咳嗽停止、기침이 심하다 咳嗽嚴重
參 기침 소리 咳嗽聲

나다
動 [나다]

發生、生出

감기에 걸려서 열도 **나고** 기침도 **나요**.
我感冒了，既發燒又咳嗽。

- 이／가 나다

關 땀이 나다 出汗、냄새가 나다 散發味道、눈물이 나다 流眼淚、콧물이 나다 流鼻水、웃음이 나다 笑出來、열이 나다 發燒

낫다
動 [낟;따]
不 ㅅ不規則
⇨ 索引 p.479

痊癒、治癒

감기가 다 **나았어요**? 오늘은 얼굴이 좋아 보여요.
感冒好了嗎？今天氣色看起來不錯。

- 이／가 낫다

關 병이 낫다 病好了、감기가 낫다 感冒痊癒

116

땀

名 [땀]

汗

너무 더우니까 **땀**이 많이 나요.
太熱了，流很多汗。

關 땀이 나다出汗、땀을 흘리다流汗、땀을 닦다擦汗

못

副 [몯;]

無法、不行

배가 아파서 밥을 **못** 먹겠어요.
肚子痛，吃不下飯。

못 +《動詞》

배탈

名 [배탈]

腹瀉、腹痛

여름에 찬 음식을 많이 먹으면 **배탈**이 나기 쉽습니다.
如果夏天吃太多冰冷的食物，很容易拉肚子。

關 배탈이 나다拉肚子

붓다

動 [붇;따]

腫、脹

어젯밤에 잠을 못 자서 눈이 **부었어요**.
昨晚沒睡好，眼睛腫起來了。

- 이／가 붓다

健康 03

117

증상 / 증세 • 症狀／病情

설사

名 [설싸]
漢 泄瀉

腹瀉

어제 오래된 음식을 먹어서 **설사**를 했습니다.
我昨天吃了放很久的食物，拉肚子了。

動 설사하다 拉肚子
關 설사가 나다 腹瀉、설사가 멈추다 止瀉

소화

名 [소화]
漢 消化

消化

너무 많이 먹어서 **소화**가 잘 안돼요.
吃太多而消化不良。

動 소화하다 消化、소화되다 被消化
參 소화제 消化藥

숨

名 [숨;]

呼吸、氣

숨을 한번 크게 쉬어 보세요.
請大口呼吸一下。

關 숨을 쉬다 呼吸／呼氣、숨을 멈추다 停止呼吸

심하다

形 [심;하다]
漢 甚하다

嚴重

앤디씨는 기침이 **심해서** 수업 시간에 밖으로 나갔습니다.
安迪咳嗽得很嚴重，因此上課時間出去外面了。

- 이／가 심하다

關 기침이 심하다 咳嗽嚴重、감기가 심하다 感冒嚴重／重感冒

118

아프다

形 [아프다]
不 으不規則
⇨ 索引 p.480

疼痛、不舒服、病

피터씨, 어디 **아파요**? 얼굴이 안 좋아 보여요.
彼得，你哪裡不舒服嗎？臉色看起來不太好。

- 이/가 아프다

名 아픔 疼痛
尊 편찮다 不舒服、疼痛 ⇨ p.120

약하다

形 [야카다]
漢 弱하다

(意志、力氣、身體) 弱

리에 씨는 몸이 **약해서** 자주 아픕니다.
理惠的身體不好，經常生病。

- 이/가 약하다

열

名 [열]
漢 熱

熱、燒

준이치씨의 이마가 아주 뜨거워요. **열**이 심해요.
順一的額頭很燙，發燒很嚴重

關 열이 있다 在發燒、열이 나다 發燒、열이 내리다 燒退

증세

名 [증세]
漢 症勢

病情、症狀

증세가 어떻습니까?
病情怎麼樣呢？

類 증상 症狀
關 증세가 좋아지다／나빠지다 病情好轉／病情惡化

증상 / 증세 • 症狀／病情

콧물
名 [콘물]

鼻涕、鼻水

코감기에 걸렸나 봐요.
看來是感冒了。

콧물이 많이 나요.
一直流鼻涕。

關 콧물이 나다 鼻涕流出、콧물이 나오다 流鼻涕、콧물을 흘리다 流鼻涕

특별히
副 [특뼐히]
漢 特別히

特別地

특별히 아픈 곳은 없고, 그냥 좀 피곤해요.
沒有什麼特別不舒服的地方，就是有點累。

편찮다
形 [편찬타]

不舒服、疼痛（尊待語）

할머니, 어디가 **편찮으신지** 말씀해 주세요.
奶奶，請告訴我您哪裡不舒服。

- 이／가 편찮다

謙 아프다 痛、疼 ⇨ p.119

푹
副 [푹]

好好地、徹底地

어제 **푹** 쉬어서, 감기가 많이 나은 것 같아요.
昨天有好好地休息，感冒感覺好多了。

關 푹 쉬다 好好休息、푹 자다 好好睡覺

풀리다
動 [풀리다]

解除、消除

저는 운동을 하면 스트레스가 **풀려요**.
我只要運動就能緩解壓力。

關 화가 풀리다 消氣、기분이 풀리다 心情緩和、스트레스가 풀리다 壓力消退

複習一下

健康 | 症狀／病情

✏️ 請選出可填入空白處的正確選項。

1.
> 가 피터 씨, 오늘은 좀 어때요?
> 나 오늘은 많이 좋아졌어요. _____ 이제 약을 안 먹어도 돼요.

① 다 나아서　② 푹 나아서　③ 못 나아서　④ 심하게 나아서

✏️ 請看下圖，從範例中選出相對應的症狀並填入括弧中。

| 例 | 자리 | 질문하세요 | 다시 | 따라 하세요 |

2. (　　　)　　3. (　　　)　　4. (　　　)

✏️ 請選出可填入空白處的正確選項。

5.
> 어제 친구들과 재미있게 놀았어요. 그래서 스트레스가 다 _____.

① 쌓였어요　② 풀렸어요　③ 나았어요　④ 심했어요

6.
> 감기에 걸렸어요. 열이 나고 목이 많이 _____.

① 부었어요　② 약했어요　③ 심했어요　④ 편찮았어요

用漢字學韓語・人

✎ 我們來看看韓文詞彙是如何與漢字產生聯繫的。

人 / 인 / 사람 / 人

인구 — 人口 (p.433)
인구가 가장 많은 나라는 중국입니다.
人口最多的國家是中國。

인기 — 人氣 (p.33)
요즘 가장 인기 있는 가수가 누구예요?
最近最有人氣的歌手是誰?

인삼 — 人參 (p.147)
인삼은 한국을 대표하는 것 중의 하나입니다.
人參是代表韓國的物品之一。

인형 — 娃娃、玩偶 (p.410)
여자 아이들은 인형을 좋아하는 것같아요.
女孩子們好像喜歡玩偶。

개인 — 個人 (p.29)
한국 사람들은 왜 개인적인 질문을 자주하죠?
為什麼韓國人經常問個人隱私的問題?

인사하다 — 打招呼 (p.176)
어른께는 "안녕하세요." 라고 인사합니다.
向長輩打招呼說「您好」。

04 식생활
飲食生活

1 간식 零食
2 과일／채소 水果／蔬菜
3 맛 味道
4 식당 餐廳、食堂
5 요리 料理
6 음료／차 飲料／茶
7 음식 食物
8 재료 材料

用漢字學韓語・食

1 간식
零食

🔊 15.mp3

간식
名 [간식]
漢 間食

零食、點心

오후 4시쯤 배가 조금 고파서 **간식**을 먹었어요.
下午 4 點左右肚子有點餓而吃了零食。

과자
名 [과자]
漢 菓子

餅乾

아이들만 **과자**를 좋아하는 것은 아니에요.
並不是只有孩子們才喜歡吃餅乾。

껌
名 [껌]

口香糖

수업 시간에는 **껌**을 씹으면 안 됩니다.
上課的時候嚼口香糖是不行的。

關 껌을 씹다 嚼口香糖、껌을 뱉다 吐口香糖

떡
名 [떡]

年糕、米糕

한국에서는 명절이나 잔칫날에 **떡**을 먹어요.
在韓國過節或慶祝的時候吃糕點。

參 떡국 年糕湯、찹쌀떡 糯米糕、가래떡 條糕

만두

名 [만두]
漢 饅頭

水餃

여기요, 고기**만두** 1인분만 주세요.
老闆，請給我一人份的肉餡水餃。

參 찐만두蒸餃、물만두水餃、군만두煎餃、만둣국餃子湯

빵

名 [빵]

麵包

저는 아침에 보통 **빵**을 먹어요.
我早上通常都吃麵包。

사탕

名 [사탕]
漢 砂糖

糖果

사탕을 너무 많이 먹으면 이가 나빠질 거예요.
如果吃太多糖果的話，牙齒會壞掉。

參 솜사탕棉花糖

식빵

名 [식빵]

吐司

내일 점심 때 먹으려고 **식빵**으로 샌드위치를 만들었어요.
為了明天中午要吃，我用麵包做了個三明治。

아이스크림

名 [아이스크림]

冰淇淋

아이스크림을 냉장고에 안 넣어서 다 녹아 버렸어요.
冰淇淋沒放進冰箱，都融化了。

飲食生活 04

125

간식・零食

초콜릿
名 [초콜릳]

巧克力

한국에서는 밸런타인데이에 **초콜릿**을 많이 선물해요.
在韓國情人節經常送巧克力。

케이크
名 [케이크]

蛋糕

친구 생일 파티를 하기 위해서 **케이크**를 샀어요.
為了朋友的生日派對而買了蛋糕。

參 생일 케이크 生日蛋糕、축하 케이크 祝賀蛋糕

햄버거
名 [햄버거]

漢堡

앤디 : 이 근처에 **햄버거** 가게가 있어요?
安迪：這附近有漢堡店嗎？

리엔 : 네, 저기 사거리를 지나면 큰 **햄버거** 가게가 하나 있어요.
連恩：有的，過了那個十字路口之後，就有一家很大的漢堡店。

2 과일／채소
水果／蔬菜

16.mp3

과일
名 [과일]

水果

과일 가게에 가서 딸기하고 수박을 샀어요.
去水果店買了草莓和西瓜。

參 과일 주스果汁、과일 가게水果行

귤
名 [귤]
漢 橘

橘子

한국에서 **귤**이 제일 많이 나는 곳은 제주도예요.
韓國出產橘子最多的地方是濟州島。

딸기
名 [딸기]

草莓

딸기는 봄에 먹는 것이 제일 맛있어요.
草莓在春天的時候吃味道最好。

參 딸기잼草莓醬

바나나
名 [바나나]

香蕉

왕위 : 아주머니, 이 **바나나** 얼마예요?
王宇：大嬸，請問這個香蕉多少錢？

아주머니 : 1 kg（킬로그램）에 3,000원이에요.
大嬸：1kg（公斤）3000韓元。

127

과일 / 채소・水果／蔬菜

밤
名 [밤;]

栗子

한국에서는 겨울에 길거리에서 군**밤**을 파는 사람들이 많아요.

在韓國冬天的街道上，賣烤栗子的人有很多。

參 군밤烤栗子

배
名 [배]

梨子

불고기를 만들 때 **배**를 넣으면 맛이 더 좋아요.

做烤肉的時候，放些梨子進去的話味道更好。

복숭아
名 [복쑹아]

桃子

저는 복숭아 알레르기가 있어서 **복숭아**를 먹을 수 없어요.

我對桃子過敏，不能吃桃子。

사과
名 [사과]
漢 沙果

蘋果

사과는 종류마다 맛과 모양이 달라요.

蘋果各個種類的味道和形狀都不一樣。

參 사과 주스蘋果汁、사과잼蘋果果醬

수박
名 [수박]

西瓜

여름에 **수박**을 먹으면 정말 시원해요.

夏天吃西瓜的話真的很爽。

싱싱하다

形 [싱싱하다]

新鮮

과일을 고를 때에는 **싱싱한** 것을 골라야 합니다.
選水果的時候，要選新鮮的。

類 신선하다 新鮮、清爽

야채

名 [야ː채]
漢 野菜

青菜

고기보다 **야채**를 많이 먹는 것이 건강에 좋아요.
多吃蔬菜比吃肉有益健康。

類 채소 蔬菜 ⇨ p.130

오렌지

名 [오렌지]

柳丁、柳橙

오늘 아침에 **오렌지** 주스 한 잔하고 식빵을 먹었어요.
今天早上喝了杯柳橙汁，還吃了吐司。

參 오렌지 주스 柳橙汁

오이

名 [오이]

黃瓜

오이로 만든 김치도 정말 맛있어요.
用小黃瓜做的泡菜也非常好吃。

옥수수

名 [옥쑤수]
漢 玉垂穗

玉米、玉蜀黍

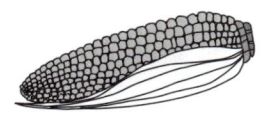

한국의 강원도는 **옥수수**로 유명해요.
韓國的江原道以玉米出名。

飲食生活 04

과일 / 채소・水果／蔬菜

참외
名 [차뫼／차풰]

香瓜

참외는 여름에 많이 먹는 과일이에요.
香瓜是夏天經常吃的水果。

채소
名 [채소]
漢 菜蔬

蔬菜、菜

한국 음식 중에는 **채소**로 만드는 것이 많아요.
韓國料理中，有很多是用蔬菜做的。

類 야채野菜、蔬菜、青菜 ⇨ p.129

토마토
名 [토마토]

番茄

한국에서는 왜 **토마토**를 과일 가게에서 팔아요?
在韓國為什麼把番茄在水果攤子裡販售呢？

參 토마토 케첩番茄醬、토마토 주스番茄汁

파인애플
名 [파이내플]

鳳梨

한국에서는 **파인애플**을 대부분 외국에서 수입해요.
在韓國鳳梨大部分都是從國外進口。

參 파인애플 주스鳳梨汁

포도
名 [포도]
漢 葡萄

葡萄

포도는 주스나 술로 만들어 먹기도 해요.
葡萄也做成果汁或釀酒來喝。

參 포도주葡萄酒、포도 주스葡萄汁

3 맛
味道

🔊 17.mp3

달다

形 [달다]
不 ㄹ不規則
⇨ 索引 p.477

甜的、甘的

설탕을 많이 넣어서 너무 **달아요**.
糖放太多，太甜了。

- 이／가 달다

反 쓰다苦味、苦澀⇨ p.132

독하다

形 [도카다]
漢 毒하다

（味道）強烈、濃烈、有毒、狠毒

저는 소주는 **독해서** 잘 못 마셔요.
我因為燒酒很烈不太會喝。

- 이／가 독하다（食物、東西）味道很重、毒性強。

맛

名 [맏]

（吃起來的）味道

이 찌개 **맛**이 좀 짜네요.
這個燉湯的味道有點鹹。

關 맛있다味美⇨ p.131、맛없다不好吃、맛을 보다嚐味道、맛을 느끼다嚐味道

맛있다

形 [마싣따／
마딛따]

味美、好吃

어머니께서 만들어 주신 음식이 세상에서 제일 **맛있어요**.
媽媽做的食物，是這個世界上最好吃的。

- 이／가 맛있다

反 맛없다不好吃

맛 • 味道

맵다

形 [맵따]
不 ㅂ不規則
➪ 索引 p.478

辣的

처음 한국에 왔을 때에는 **매운** 음식을 잘 못 먹었는데, 지금은 잘 먹어요.

剛開始來韓國的時候，沒辦法吃辣的食物，現在很會吃辣的了。

- 이/가 맵다

싱겁다

形 [싱겁따]
不 ㅂ不規則
➪ 索引 p.478

(味道)淡的

라면에 물을 너무 많이 부어서 **싱거워요**.

泡麵裡面放了太多水了味道很淡。

- 이/가 싱겁다

쓰다

形 [쓰다]
不 으不規則
➪ 索引 p.480

苦的

이 약은 너무 **써서** 먹기 힘들어요.

這藥太苦了，很難吞嚥。

- 이/가 쓰다

反 달다 甜 ➪ p.131

짜다

形 [짜다]

鹹的

소금을 너무 많이 넣어서 음식이 **짜요**.

鹽巴放得太多了，菜太鹹。

- 이/가 짜다

複習一下

飲食生活 | 零食、水果／蔬菜、味道

✏️ 請看下圖，在括弧中寫下正確的水果名稱。

1.  (　　　)　2.  (　　　)　3.  (　　　)　4.  (　　　)

✏️ 請選出範例單字中三個食物共通的味道。

5. **例**　　초콜릿　　　　케이크　　　　사탕

① 쓰다　　② 달다　　③ 맵다　　④ 짜다

6. 다음 중 '맛'뒤에 연결될 수 없는 단어는 무엇입니까?

① 보다　　② 있다　　③ 없다　　④ 읽다

✏️ 請看範例並回答問題。

例　달다　시다　쓰다　싱겁다　독하다　싱싱하다

7. 밑줄 친 부분과 반대되는 의미의 단어를 위의 〈보기〉에서 찾아 쓰십시오.

"아줌마, 이 과일이 좀 <u>오래된</u> 것 같아요."
(　　　　　　　　)

8. 다음＿＿에 맞는 단어를 위의 〈보기〉에서 골라 알맞게 고쳐 쓰십시오.

"이 술은 아주 ＿＿＿＿＿＿ 못 마시겠어요. 좀 약한 걸로 주세요."
(　　　　　　　　)

9. 다음＿＿에 맞는 단어를 위의 〈보기〉에서 골라 알맞게 고쳐 쓰십시오.

"이 커피가 너무 ＿＿＿＿＿. 설탕을 좀 넣어야겠어요."
(　　　　　　　　)

4 식당
餐廳、食堂

🔊 18.mp3

굶다
動 [굼;따]

挨餓

아침, 점심을 다 **굶어서** 배가 너무 고파요.
我早飯和午飯都沒吃,肚子太餓了。

- 이/가 - 을/를 굶다

남기다
動 [남기다]

剩餘、留下、遺留

배가 너무 불러서 밥을 반이나 **남겼어요**.
肚子太飽了,剩了一半的飯。

친구가 전화를 안 받아서 음성 메시지를 **남겼어요**.
朋友沒接電話,因此我留了語音訊息給他。

- 을/를 남기다
- 에게-을/를 남기다

냄새
名 [냄새]

氣味、(聞起來的)味道

이 식당은 음식 **냄새**가 심하게 나지 않아서 좋아요.
這家餐廳沒有濃厚的食物味,我很喜歡。

關 냄새가 나다散發氣味、냄새를 맡다嗅氣味、냄새를 없애다消除氣味、냄새가 심하다氣味濃重

들다

動 [들다]
不 ㄹ不規則
⇨ 索引 p.477

吃、食用（尊待語）、喝（尊待語）

앤디：제가 만든 빵인데 한번 **드셔** 보세요.
安迪：這是我做的麵包，請嚐看看。

리엔：와, 앤디씨가 만든 거예요? 잘 먹을게요.
連恩：哇，這是你做的嗎？謝謝。

- 이/가 - 을/를 들다

謙 먹다 吃⇨ p.136、마시다 喝⇨ p.135

따로

副 [따로]

分別、各別

한국에서는 밥과 국을 **따로** 먹지만 반찬과 찌개는 **따로** 먹지 않아요.
在韓國飯和湯分開吃，但菜餚和燉菜不分別吃。

反 같이一起⇨ p.164

뜨겁다

形 [뜨겁따]
不 ㅂ不規則
⇨ 索引 p.478

燙的、熱的

커피가 너무 **뜨거우니까** 조심하세요.
咖啡非常燙，請小心。

- 이/가 뜨겁다

反 차갑다 涼、冰⇨ p.141

마시다

動 [마시다]

喝、飲

후식으로 콜라를 **마시고** 싶어요.
我飯後甜點想要喝可樂。

- 이/가《물（水）、음료수（飲料）、술（酒）等》을/를 마시다

尊 들다 ⇨ p.135

飲食生活 04

135

식당 • 餐廳、食堂

먹다
動 [먹따]

吃

오늘은 무슨 음식을 **먹으러** 갈까요?
今天要去吃什麼？

- 이/가 - 을/를 먹다

尊 잡수시다請用餐⇨ p.139、들다請用⇨ p.135

메뉴
名 [메뉴]

菜單

요시코：저기요, **메뉴** 좀 보여 주세요.
吉子：先生，請給我看菜單。

웨이터：네, 여기 있습니다.
服務生：是，這邊。

類 차림표菜單
參 메뉴판菜單看板

목마르다
形 [몽마르다]
不 르不規則
⇨ 索引 p.478

口渴

목마르시면 물 한 잔 드릴까요?
您口渴的話，要不要給您一杯水？

- 이/가 목마르다

물
名 [물]

水

아줌마, 여기 **물** 좀 주세요.
嬸嬸，請給我一點水。

136

배고프다

形 [배고프다]
不 으不規則
⇨ 索引 p.480

肚子餓、腹飢

지금 **배고프면** 학생 식당에 가서 밥을 먹을까요?
現在餓的話，要去學生餐廳吃飯嗎？

- 이/가 배고프다

反 배부르다 肚子飽 ⇨ p.137

💡「배고프다」和「배가 고프다」是一樣的意思。

飲食生活 04

배부르다

形 [배부르다]
不 르不規則
⇨ 索引 p.478

肚子飽、飽腹

밥을 너무 많이 먹어서 **배불러요**.
飯吃太多，肚子飽了。

反 배고프다 肚子餓 ⇨ p.137

💡「배부르다」和「배가 부르다」是一樣的意思。

별로

副 [별로]

不怎麼樣

저는 매운 음식을 **별로** 안 좋아해요.
我不怎麼喜歡會辣的食物。

분위기

名 [부뉘기]
漢 氛圍氣

氣氛

제 생일에 친구들하고 **분위기** 좋은 식당에서 맛있는 저녁을 먹으려고 해요.
我生日當天想和朋友們在氣氛好的餐廳吃一頓美味的晚餐。

137

식당 • 餐廳、食堂

수저
名 [수저]

湯匙和筷子

한국에서는 어른이 **수저**를 들기 전에 먼저 식사를 시작하면 안 돼요.

在韓國，長輩動筷子之前，不能先開始吃飯。

關 수저를 들다 拿起湯匙筷子、수저를 놓다 放下湯匙筷子

숟가락
名 [숟까락]

湯匙

한국에서 식사할 때에는 밥과 국은 **숟가락**으로 먹고, 반찬은 젓가락으로 먹어요.

在韓國吃飯的時候用湯匙吃飯喝湯，佐菜用筷子夾。

參 젓가락 筷子 ⇨ p.140

시키다
動 [시키다]

點（餐）

왕핑：저기요, 저는 볶음밥을 **시켰는데**, 비빔밥이 나왔어요.

王平：先生，我點了炒飯，但是卻給我了拌飯。

종업원：아, 그래요？ 죄송합니다. 금방 바꿔 드릴게요.

員工：啊，是嗎？抱歉，我馬上幫您更換。

- 이／가 - 을／를 시키다

類 주문하다 訂購、要求、點餐

식다
動 [식따]

使～冷卻、（慾望、感受、想法）消退、熄滅

커피가 너무 뜨거우니까 조금 **식은** 후에 드세요.

咖啡太燙，等涼一點再喝。

식당

名 [식땅]
漢 食堂

餐廳

그 **식당**은 가격도 싸고 맛있어서 자주 가요.
那家餐廳價格又便宜又好吃，所以經常去。

類 음식점餐廳、飯店

식사

名 [식싸]
漢 食事

用餐（尊待語）

우리 회사 근처에는 식당이 많이 없어서 점심 **식사** 하기가 불편해요.
我們公司附近餐廳不多午飯不方便。

動 식사하다
參 아침 식사早餐、점심 식사午餐、저녁 식사晚餐

외식하다

動 [외;시카다／웨;시카다]
漢 外食하다

外食、出去吃飯

우리 가족은 한 달에 한 번쯤 **외식해요**.
我們家一個月大約出去吃飯一次。

잡수시다

動 [잡쑤시다]

吃、用（尊待語）

할아버지께서 지금 점심을 **잡수세요**.
爺爺現在在用午膳。

- 이／가 - 을／를 잡수시다

類 드시다吃、用（尊待語）
謙 먹다吃⇨ p.136

飲食生活 04

139

식당 • 餐廳、食堂

접시
名 [접씨]

盤子、碟子

준이치：여기요, 개인 **접시** 좀 주시겠어요?
順一：您好，可以給我個人碟子嗎？

종업원：네, 알겠습니다.
服務生：好的，我知道了。

젓가락
名 [젇까락]
漢 箸가락

筷子

저는 아직 **젓가락**을 잘 쓰지 못해요.
我還不太會用筷子。

參 숟가락湯匙⇨ p.138

종업원
名 [종어붠]
漢 從業員

店員、工作人員、服務生、員工

이 식당은 **종업원**들이 참 친절해요.
這家餐廳的服務生們真親切。

주문
名 [주문]
漢 注文

點餐、訂購

종업원：뭐 **주문**하시겠어요?
店員：您要點什麼？

왕핑：비빔밥 하나하고 냉면 하나 주세요.
王平：請給我一份拌飯和一份冷麵。

動 주문하다點餐
關 주문을 받다接受訂單
參 전화 주문電話訂購、인터넷 주문網路訂購

140

집다

動 [집따]

夾

반찬을 먹을 때는 젓가락으로 **집어서** 먹어요.
吃菜的時候，用筷子夾來吃。

- 이/가 - 을/를 -(으)로 집다

차갑다

形 [차갑따]
不 ㅂ 不規則
⇨ 索引 p.478

冰涼、涼

냉장고에 있는 **차가운** 물을 드세요.
請喝冰箱裡的冰水。

- 이/가 차갑다

反 뜨겁다 ⇨ p.135

컵

名 [컵]

杯子

준이치：여기요, 물 한 **컵**만 주시겠어요?
順一：您好，可以給我一杯水嗎？

종업원：네, 갖다드릴게요.
服務生：好的，幫您送過去。

參 종이컵紙杯、유리컵玻璃杯、컵라면杯麵

飲食生活 04

5 요리
料理

🔊 19.mp3

거품
名 [거품]

泡沫

맥주를 너무 많이 따라서 **거품**이 생겼어요.
倒太多啤酒，產生了泡沫。

參 비누 거품 肥皂泡泡

국물
名 [궁물]

湯、湯汁、菜湯

저는 국을 먹을 때 **국물**만 먹어요.
我喝湯的時候只喝湯汁。

參 찌개 국물 燉菜的湯汁

굽다
動 [굽;따]
不 ㅂ不規則
⇨ 索引 p.478

烤、燒

갈비를 불에 **구워서** 먹었어요.
把排骨放在火上烤著吃了。

- 을／를 - 에 굽다

名 구이 燒烤

그릇
名 [그륻]

碗

반찬은 반찬 **그릇**에, 밥은 밥 **그릇**에, 국은 국 **그릇**에 담으세요.
請把菜放在碟子裡，把飯放在飯碗裡，把湯放在湯碗裡。

參 《食物》한／두／세… 그릇（碗）

기름
名 [기름]

油

김에 **기름**을 발라서 구웠어요.
把油抹在紫菜上烤了。

參 식용 기름＝식용유食用油

끓이다
動 [끄리다]

煮沸

배가 고파서 라면을 **끓여** 먹었어요.
因為肚子餓，所以煮泡麵吃。

- 을/를 끓이다

關 물을 끓이다燒滾水、국을 끓이다煮湯、차를 끓이다煮茶

냄비
名 [냄비]

鍋子

냄비에 물을 두 컵 정도 넣고 끓이세요.
請放兩杯左右的水在鍋裡然後煮沸。

다지다
動 [다지다]

剁、搗

김치를 담글 때 마늘을 **다져서** 넣어요.
醃製泡菜的時候把大蒜剁碎再放進去。

- 을/를 다지다

參 다진 마늘蒜末

飲食生活 04

요리 • 料理

만들다

動 [만들다]
不 ㄹ 不規則
➡ 索引 p.477

做、製作、造

리에: 혹시 불고기를 어떻게 **만드는지** 아세요?
理惠：你知道烤肉是怎麼做的嗎？

왕핑: 네, 알아요. 제가 가르쳐 드릴까요?
王平：是的，我知道。要教你嗎？

- 을/를 만들다
-(으)로 -을/를 만들다

방법

名 [방법]
漢 方法

方法

김치를 담그는 **방법**은 생각보다 간단해요.
醃辛奇的方法比想象中還要簡單。

볶다

動 [복따]

炒

밥과 김치를 **볶아서** 김치볶음밥을 만들었어요.
把飯和辛奇炒在一起，做辛奇炒飯。

- 을/를 볶다

名 볶음炒
參 볶음밥炒飯

붓다

動 [붇ː따]
不 ㅅ 不規則
➡ 索引 p.479

傾倒、注入

빈 잔에 물을 **부었어요**.
把水倒入空杯子裡面。

- 에 - 을/를 붓다

144

썰다

動 [썰;다]
不 ㄹ不規則
⇨ 索引 p.477

切

라면을 끓일 때 파를 조금 **썰어서 넣으면** 더 맛있어요.

煮泡麵的時候，切一點蔥放進去煮的話會更好吃。

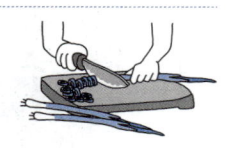

요리

名 [요리]
漢 料理

料理、菜

저는 한국 **요리**를 할 줄 몰라요.

我不會做韓國料理。

動 요리하다 做菜
參 한국 요리 韓國料理、중국 요리 中國料理、일본 요리 日本料理、서양 요리 西洋料理

직접

副 [직쩝]
漢 直接

親自、直接

왕위：피터 씨, 이거 제가 **직접** 만든 음식인데 한번 드셔 보세요.

王宇：彼得，這是我親手做的菜，您嚐一嚐。

피터：그래요? 맛있겠네요.

彼得：是嗎？看起來好好吃啊。

反 간접 間接

차리다

動 [차리다]

準備、擺設、端正、整理、正立、肅立

오늘은 남편 생일이라서 맛있는 음식을 많이 **차렸어요**.

今天是我丈夫的生日，所以準備了很多好吃的食物。

- 을/를 차리다

名 차림 穿著、打扮
關 상을 차리다 擺桌、準備飯桌

飲食生活 04

6 음료／차
飲料／茶

녹차
名 [녹차]
漢 綠茶

綠茶

한국, 중국, 일본에서는 **녹차**를 많이 마셔요.
在韓國、中國、日本，經常喝綠茶。

맥주
名 [맥쭈]
漢 麥酒

啤酒

슈퍼마켓에 가서 **맥주** 5병과 안주를 사 왔어요.
我去超市買了五瓶啤酒和下酒菜。

사이다
名 [사이다]

汽水、西打

저는 콜라보다 **사이다**를 더 좋아해요.
比起可樂，我更喜歡西打。

소주
名 [소주]
漢 燒酒

燒酒

저는 **소주**를 반 병 정도 마실 수 있습니다.
我大約能喝半瓶左右的燒酒。

술
名 [술]

酒

한국에서는 어른 앞에서 **술**을 마실 때 고개를 옆으로 돌려야 해요.
在韓國，在大人面前喝酒的時候要把頭轉向旁邊。

關 술을 마시다喝酒、술에 취하다酒醉、술을 끊다戒酒

식혜

名 [시케/시케]
漢 食醯

酒釀、甜米露（韓國不含酒精，用米釀的傳統飲料）

식사 후에 후식으로 시원한 **식혜**를 한 잔 마셨어요.

飯後甜點我喝了一杯涼爽的酒釀。

우유

名 [우유]
漢 牛乳

牛奶

밤에 잠이 안 오면 따뜻한 **우유**를 한 잔 마셔 보세요.

晚上睡不著話，可以試著喝一杯熱牛奶。

參 흰 우유白牛奶、초콜릿 우유巧克力牛奶、딸기 우유草莓牛奶

음료수

名 [음뇨수]
漢 飲料水

飲料

피터：**음료수** 한 잔 드릴까요？커피, 녹차, 콜라, 주스가 있는데요.

彼得：要給您一杯飲料嗎？有咖啡、綠茶、可樂、果汁。

안나：커피 한 잔 주세요. 감사합니다.

安娜：請給我一杯咖啡，謝謝。

인삼

名 [인삼]
漢 人蔘

人參

인삼으로 만든 차를 마시면 건강에 좋아요.

喝人參茶，對健康很好。

參 인삼차人參茶、홍삼紅參

주스

名 [주스]

果汁

저는 아침마다 토마토 **주스**를 한 잔씩 마셔요.

我每天早上喝一杯番茄汁。

飲食生活 04

음료 / 차 • 飲料／茶

차
名 [차]
漢 茶

茶

녹**차**, 홍**차**, 인삼**차** 등 **차**의 종류는 정말 많아요.
綠茶、紅茶、人參茶等，茶的種類真的很多。

커피
名 [커피]

咖啡

요시코 : 우리 **커피**숍에 가서 **커피** 한 잔 할까요?
吉子：我們去咖啡廳喝杯咖啡怎麼樣？

준이치 : 좋지요. 학교 앞 **커피**숍으로 갑시다.
順一：好啊。我們去學校前面的咖啡廳吧！

콜라
名 [콜라]

可樂

피자를 시키시면 **콜라** 한 병을 무료로 드립니다.
點披薩的話，免費贈送您一瓶可樂。

홍차
名 [홍차]
漢 紅茶

紅茶

영국 사람들은 **홍차**를 즐겨 마셔요.
英國人喜歡喝紅茶。

7 음식
食物

21.mp3

갈비
名 [갈비]

排骨

갈비는 숯불에 구운 것이 제일 맛있어요.
排骨以炭火烤的味道最好。

參 소갈비牛排、돼지 갈비豬排、닭갈비雞排

국
名 [국]

湯

술을 마신 다음 날 아침에는 콩나물**국**을 먹으면 좋아요.
酒後翌晨，喝豆芽湯為佳。

김
名 [김ː]

海苔

김 위에 밥과 여러 가지 채소를 올려놓고 말아서 먹는 음식을 **김**밥이라고 해요.
在海苔上放飯和各種蔬菜，然後捲起來吃的食物叫作紫菜包飯。

參 김밥紫菜包飯

김치
名 [김치]

辛奇

한국을 대표하는 음식은 **김치**예요.
韓國的代表性食物是辛奇。

關 김치를 담그다醃辛奇、김치가 익다辛奇熟了、김치가 시다辛奇酸了

參 김장 김치過冬辛奇、물김치水辛奇、배추김치白菜辛奇、김치찌개燉辛奇

149

음식 • 食物

냉면
名 [냉면]
漢 冷麵

冷麵

더운 여름에 **냉면** 한 그릇을 먹으면 정말 시원해요.
在炎熱的夏天裡吃一碗冷麵，真的很爽快。

參 물냉면水冷麵、비빔냉면拌冷麵

라면
名 [라면]

泡麵、拉麵

시간이 없을 때에는 **라면**을 끓여서 먹는 것이 제일 편해요.
沒有時間的時候，煮泡麵來吃最方便了。

參 컵라면杯麵

매운탕
名 [매운탕]

辣鮮魚湯

낚시해서 잡은 물고기로 **매운탕**을 끓여서 먹었어요.
我用釣魚釣到的魚煮辣鮮魚湯來吃了。

물냉면
名 [물랭면]
漢 물冷麵

水冷麵

저는 비빔냉면보다 시원한 **물냉면**을 더 좋아해요.
比起拌冷麵，我更喜歡涼爽的水冷麵。

參 비빔냉면拌冷麵

반찬

名 [반찬]
漢 飯饌

配菜、佐菜

한국 식당에서 음식을 시키면 **반찬**은 공짜로 나와요.
在韓國餐廳點菜的話，佐菜是免費的。

參 도시락 반찬餐盒裡的配菜

밥

名 [밥]

飯

밥을 할 때에는 물의 양이 중요해요.
煮飯的時候，水量很重要。

한국에서는 인사로 **밥**을 먹었느냐고 자주 물어봐요.
在韓國，問候語經常問對方「吃飯了嗎？」。

尊 진지膳、餐⇨ p.153

불고기

名 [불고기]

烤肉

불고기를 먹을 때 상추에 싸서 먹으면 더 맛있어요.
吃烤肉的時候，用生菜包著吃會更好吃。

비빔밥

名 [비빔빱]

拌飯

비빔밥으로 제일 유명한 곳은 전주예요.
拌飯最有名的地方是全州。

음식 • 食物

빈대떡
名 [빈대떡]

綠豆煎餅

한국 사람들은 비 오는 날에 **빈대떡**을 자주 부쳐 먹어요.
韓國人在下雨天的時候經常煎綠豆煎餅來吃。

關 빈대떡을 부치다 煎綠豆煎餅

삼계탕
名 [삼계탕／삼게탕]
漢 蔘雞湯

人參雞湯、參雞湯

더운 여름에 **삼계탕**을 먹으면 힘이 나는 것 같아요.
在炎熱的夏天吃人參雞湯的話,感覺好像活力充沛。

생선
名 [생선]
漢 生鮮

鮮魚、魚

저는 **생선**을 좋아해서 자주 먹어요.
我喜歡魚,所以經常吃。

💡 生活在水中的魚稱「물고기(魚)」。為了食用而抓起來的魚稱「생선(海鮮)」。

설렁탕
名 [설렁탕]

雪濃湯、牛骨湯

점심 때 **설렁탕**을 먹었어요.
午飯吃了雪濃湯。

스파게티
名 [스파게티]

義大利麵

스파게티를 만들 때에는 면을 잘 삶아야 해요.
煮意大利麵的時候,必須好好煮麵條。

음식

名 [음식]
漢 飲食

飲食、食物

피터：어느 나라 **음식**을 제일 좋아해요?
彼得：你最喜歡哪個國家的食物？

안나：저는 한국 **음식**을 제일 좋아해요.
安娜：我最喜歡韓國菜。

關 음식을 먹다吃食物、음식을 차리다準備食物、음식이 입에 맞다食物合胃口

參 한국 음식韓國料理＝한식韓餐、일본 음식日本料理＝일식日餐、중국 음식中國料理＝중식中餐、서양 음식西洋料理＝양식西餐

飲食生活 04

자장면

名 [자장면]
漢 炸醬麵

炸醬麵

중국 음식 중에서 아이들이 제일 좋아하는 것은 역시 **자장면**이죠.
在中國料理中，孩子們最喜歡的還是炸醬麵。

參 자장면 곱빼기大份炸醬麵

💡 韓文炸醬麵的寫法，「자장면 [자장면]」和「짜장면 [짜장면]」都是對的。

잡채

名 [잡채]
漢 雜菜

雜菜

한국에서는 생일 같은 특별한 날에 **잡채**를 자주 만들어요.
在韓國，諸如生日的特別日子經常做雜菜。

진지

名 [진지]

餐、飯（對長者用的尊待語）

할아버지, **진지** 잡수세요.
爺爺，請用膳。

謙 밥 ⇨ p.151

153

음식 • 食物

찌개
名 [찌개]

湯、鍋、燉~的料理（裡面有少數湯汁，比湯的口味鹹）

저는 **찌개**나 국처럼 국물이 있는 음식을 좋아해요.

我喜歡鍋或是湯這種湯湯水水的食物。

關 찌개를 끓이다 煮湯類料理
參 김치 찌개 辛奇鍋、된장 찌개 大醬湯、순두부 찌개 嫩豆腐鍋、동태 찌개 燉鱈魚湯

피자
名 [피자]

披薩

거기 **피자** 가게죠? 여기 피자 한 판만 배달해 주세요.

那裡是披薩店吧？這裡請幫我送一份披薩來。

한식
名 [한;식]
漢 韓食

韓國料理

저는 양식보다는 **한식**이 더 입에 맞아요.

比起西餐，韓餐更合我的胃口。

參 한식당 韓國料理餐廳

후식
名 [후;식]
漢 後食

飯後點心

종업원：손님, **후식**으로 뭘 드릴까요?

服務生，先生，請問您想要什麼飯後點心呢？

앤디：저는 커피 주세요.

安迪：請給我咖啡。

複習一下

飲食生活 | 餐廳、食堂、料理、飲料／茶、食物

✏️ **請回答下列問題。**

1. 다음 중 연결이 다른 하나는 무엇입니까?

① 배고프다 – 배부르다　　② 따로 – 같이

③ 뜨겁다 – 차갑다　　　　④ 드시다 – 잡수시다

✏️ **請閱讀以下短文並回答問題。**

> 오늘 아침을 ㉠ 안 먹어서 점심 때 아주 ㉡ _____ .
> 그래서 식당에 가서 음식을 많이 시켰어요. 하지만 너무 많이
> 시켜서 다 먹지 못하고 음식을 ㉢ _____ .

2. ㉠과 같은 의미의 단어는 무엇입니까?

① 집다　　② 굶다　　③ 드시다　　④ 차리다

3. ㉡과 ㉢에 들어갈 적당한 단어는 무엇입니까?

① ㉡ 배가 고팠어요 ㉢ 남겼어요　② ㉡ 배가 고팠어요 ㉢ 목말랐어요

③ ㉡ 배가 불렀어요 ㉢ 목말랐어요 ④ ㉡ 배가 불렀어요 ㉢ 남겼어요

✏️ **請回答下列問題。**

4. 다음 중 어울리는 것끼리 연결하십시오.

① 냄새가　•　　　　•　㉠ 먹다

② 식사를　•　　　　•　㉡ 나다

③ 밥을　　•　　　　•　㉢ 하다

④ 음료수를 •　　　　•　㉣ 마시다

5. 두 단어의 연결이 잘못된 것은 무엇입니까?

① 물 – 붓다　② 생선 – 굽다　③ 찌개 – 볶다　④ 라면 – 끓이다

6. 다음 중 국물이 없는 음식은 무엇입니까?

① 빈대떡　　② 설렁탕　　③ 매운탕　　④ 삼계탕

8 재료
材料

🔊 **22**.mp3

간장
名 [간장]

醬油

잡채를 만들 때 **간장**을 많이 넣으면 짜요.
在做雜菜的時候，醬油如果放多的話會太鹹。

감자
名 [감자]

馬鈴薯

감자를 갈아서 감자전을 만들었어요.
把馬鈴薯絞碎做了馬鈴薯煎餅。

계란
名 [계란/게란]
漢 雞卵

雞蛋

아침에 보통 **계란** 프라이와 토스트를 먹어요.
早上一般都吃煎蛋吐司。

類 달걀 雞蛋

고기
名 [고기]

肉

고기보다 채소를 많이 먹어야 건강에 좋아요.
多吃蔬菜少吃肉，才會對健康有好處。

參 소고기 牛肉、돼지고기 豬肉、닭고기 雞肉、양고기 羊肉

고추
名 [고추]

辣椒

저는 **고추**처럼 매운 것은 잘 못 먹어요.
像辣椒之類辣的東西我不太能吃。

參 고추장辣椒醬、고춧가루辣椒粉

꿀
名 [꿀]

蜂蜜

감기 기운이 있을 때에는 **꿀**을 물에 타서 드셔 보세요.
覺得自己有感冒跡象的時候,請喝蜂蜜水。

닭
名 [닥]

雞

춘천은 **닭**갈비로 유명해요.
春川以辣炒雞排聞名。

당근
名 [당근]
漢 唐根

紅蘿蔔

우리 엄마는 아침마다 **당근**주스를 만들어 주세요.
我媽媽每天早上都會幫我打紅蘿蔔汁。

參 당근주스紅蘿蔔汁

飲食生活 04

재료・材料

돼지
名 [돼;지]

豬

한국 사람 중에는 **돼지** 고기를 좋아하는 사람이 많아요.

韓國人當中，喜歡豬肉的人很多。

參 돼지고기豬肉、돼지 갈비豬排

마늘
名 [마늘]

蒜頭、大蒜

한국 음식에는 대부분 **마늘**이 들어가요.

韓國料理中大部分都有加蒜頭。

미역
名 [미역]

海帶芽、昆布

한국에서는 아기를 낳았을 때나 생일에 **미역**국을 먹어요.

在韓國，生孩子的時候或是生日的時候喝昆布湯。

參 미역국海帶芽湯、昆布湯

배추
名 [배;추]

白菜

한국 사람들이 제일 많이 먹는 김치는 **배추** 김치예요.

韓國人最常吃的辛奇是白菜辛奇。

설탕
名 [설탕]
漢 雪糖

砂糖

저는 보통 커피에 **설탕**을 두 숟가락 넣어서 마셔요.

我一般在咖啡裡面放兩勺砂糖再喝。

158

소고기
名 [소고기]

牛肉

요즘 **소고기** 값이 내렸어요.
最近牛肉的價格下降了。

類 쇠고기牛肉

소금
名 [소금]

鹽巴

국에 **소금**을 너무 많이 넣어서 짜요.
湯裡放了太多鹽巴，太鹹了。

쌀
名 [쌀]

米

우리 아이는 **쌀**로 만든 과자를 좋아해요.
我的小孩喜歡用米做的餅乾。

參 찹쌀糯米、보리쌀大麥米

양파
名 [양파]
漢 洋파

洋葱

저는 **양파**를 좋아해서 스파게티를 만들 때 많이 넣어요.
我喜歡洋葱，所以煮義大利麵的時候放了很多。

오징어
名 [오징어]

魷魚

서양 사람들은 보통 구운 **오징어** 냄새를 싫어해요.
西方的人們通常不喜歡烤魷魚的味道。

參 물오징어水魷魚、말린 오징어魷魚乾、오징어포魷魚脯、구운 오징어烤魷魚

飲食生活 04

재료 • 材料

재료
名 [재료]
漢 材料

材料、食材

같은 **재료**로 요리를 해도 만드는 사람에 따라 맛이 달라요.

即使用同樣的食材做菜,也會因人而味道有差異。

파
名 [파]

葱

찌개나 국을 끓일 때 **파**를 제일 마지막에 넣으세요.

在燉湯或煮湯的時候,最後將蔥放進鍋裡。

후추
名 [후추]

胡椒

스프에 **후추**를 뿌려서 먹었어요.

把胡椒粉撒在湯裡之後喝了。

關 후추를 뿌리다 撒胡椒粉

複習一下

飲食生活 | 材料

✎ 請從範例中找出相對應的單字並填入空白處。

> **例**　계란　　마늘　　설탕　　소금　　후추

1. 음식이 조금 싱거워요. ＿＿＿＿＿＿＿을/를 더 넣으세요.
2. 저는 단 음식을 좋아해요. ＿＿＿＿＿＿＿을/를 더 넣어 주세요.

✎ 請看下列說明，並從範例中找出正確單字填入括弧中。

> **例**　고추　　배추　　미역　　쌀　　오징어

3. 한국에서는 생일에 이것으로 국을 끓여 먹어요. （　　　）
4. 이것은 아주 매워요. 빨간색도 있고, 초록색도 있어요. （　　　）
5. 한국 사람들은 이것을 아주 많이 먹어요.
   이것으로 밥을 만들어요. （　　　）
6. 이것으로 김치를 만들어요. 채소예요. （　　　）
7. 이것은 바다에서 살아요. 다리가 10개예요. （　　　）

✎ 請閱讀題目並回答問題。

8. 다음 중 삼계탕은 무엇으로 만듭니까?

    ① 소고기　　② 닭고기　　③ 돼지고기　　④ 양고기

9. 밑줄 친 부분을 뜻하는 단어는 무엇입니까?

> **例**　김밥은 당근, 계란, 김, 소고기, 밥으로 만들어요.

    ① 재료　　② 양념　　③ 반찬　　④ 국물

用漢字學韓語・食

✎ 我們來看看韓文詞彙是如何與漢字產生聯繫的。

食 / 식 / 먹다 吃

식구 — p.15
家人、家庭成員
우리 식구는 모두 영화보는 것을 좋아합니다
我們一家人都喜歡看電影。

식당 — p.139
餐廳
학교 앞에 있는 식당에서 점심을 먹읍시다.
我們在學校前面的餐廳吃午飯吧。

음식 — p.153
飲食
리에 씨는 무슨 음식을 가장 좋아해요?
理惠，你最喜歡什麼食物呢？

후식 — p.154
飯後點心
오늘 저녁 후식은 맛있는 수박입니다.
今晚的飯後點心是好吃的西瓜。

외식하다 — p.139
外食、出去吃飯
우리 가족은 토요일마다 외식을 합니다.
我們一家人，每個星期六都會出去吃飯。

분식집 — p.382
小吃店
분식집에 가서 라면을 먹고 싶어요.
我想去小吃店裡吃泡麵。

162

05 일상생활
日常生活

1 약속하기 約定
2 인간관계 人際關係
3 직장 생활 職場生活
4 하루 일과 每日行事

用漢字學韓語・員

1 약속하기
約定

🔊 23.mp3

갑자기
副 [갑짜기]

突然

갑자기 중요한 일이 생겨서 약속 시간에 늦었어요.
突然有重要的事情，因此約會遲到了。

같이
副 [가치]

一起

영화를 보러 가는데 **같이** 갑시다.
我要去看電影，一起去吧！

- 하고 같이

動 같이하다 一起做　　類 함께 一同、一起 ⇨ p.168
反 따로 各自 ⇨ p.135

기다리다
動 [기다리다]

等候、等待

지금 가고 있으니까 5분만 더 **기다려** 주세요.
現在已經在路上了，請再等我五分鐘。

- 을/를 기다리다

기억
名 [기억]
漢 記憶

記憶

갑자기 친구의 이름이 **기억**나지 않았어요.
突然記不起來朋友的名字。

- 을/를 기억하다

動 기억하다 記得
關 기억이 나다 記起來、기억이 있다/없다 有印象/沒印象、기억력이 좋다/나쁘다 記憶力好/記憶力不好

164

꼭
副 [꼭]

一定

다음 주에 시험이 있으니까 학교에 **꼭** 나오세요.
下週有考試，請一定要來學校。

만나다
動 [만나다]

見面、交往

작년에 여행을 가서 **만난** 친구가 한국에 올 거예요.
去年旅行時認識的朋友要來韓國。

- 을/를 만나다
- 와/과 만나다

名 만남 相遇　　反 헤어지다 分手、與（某人）分開 ⇒ p.168

물론
名 副 [물론]
漢 勿論

當然、無論

친구와의 약속은 **물론**이고 한번 한 약속은 꼭 지켜야 해요.
跟朋友的約定就不用說了，一旦承諾的約定就要遵守。

물론 예쁘고 똑똑한 사람이 좋아요.
當然是喜歡漂亮又聰明的人。

- 은/는 물론이다

보통
名 副 [보ː통]
漢 普通

一般、普通、平常

올가씨는 **보통** 때와 다른 옷을 입고 약속 장소에 나갔어요.
奧爾加穿著跟平常不一樣的衣服前往約會地點。

보통 몇 시에 퇴근합니까?
你通常幾點下班？

關 보통이다 一般般、普遍

약속하기 • 約定

스케줄
名 [스케줄]

日程、行程

내일은 **스케줄**이 복잡해서 약속하기가 어렵습니다.
明天行程很複雜，難以安排約會。

關 스케줄이 복잡하다行程複雜、스케줄을 잡다安排活動、스케줄을 짜다安排行程

시간
名 [시간]
漢 時間

時間

왕위 씨는 **시간**이 있을 때마다 책을 읽습니다.
王宇一有時間就看書。

關 시간이 있다／없다有時間／沒時間、시간이 나다時間空出、시간이 걸리다花時間
參 약속 시간約定時間、수업 시간上課時間、식사 시간用餐時間

안녕
感 [안녕]
漢 安寧

你好、再見、平安

안녕, 잘 가. 또 만나자.
再見，慢走，下次再見。

形 안녕하다好、平安、安好
副 안녕히平安地

약속
名 [약쏙]
漢 約束

約定、約會

약속 시간이 몇 시예요?
約會時間幾點呢？

動 약속하다約定
關 약속을 지키다遵守約定、약속을 잡다敲約定、약속을 깨다爽約、약속이 있다／없다有約／沒有約、약속을 정하다訂定約定

잊다

動 [읻따]

忘記

오늘이 친구의 생일인데 깜빡 **잊었어요**.
今天是朋友的生日，忘得一乾二淨了。

- 을/를 잊다

關 잊어버리다 忘光、想不起來

정하다

動 [정;하다]
漢 定하다

決定

약속 장소를 어디로 **정할까요**?
約會場所訂在哪裡好呢？

- 을/를 정하다
- 을/를 -(으)로 정하다

정확하다

形 [정;화카다]
漢 正確하다

準確的、正確的

정확한 시간과 장소를 알려 주세요.
請告訴我準確的時間跟地點。

- 이/가 정확하다

副 정확히 正確地
反 부정확하다 不正確、不準確

지내다

動 [지;내다]

度過、經過

요즘 행복하게 **지내고** 있습니다.
最近過得很幸福。

- 게 지내다

日常生活 05

167

약속하기 • 約定

취소하다

動 [취소하다]
漢 取消하다

取消

날씨 때문에 비행기표 예약을 **취소했어요**.
因天氣因素而取消了機票。

- 을/를 취소하다

名 취소 取消

함께

副 [함께]

一起、一同

이번 방학에는 가족들과 **함께** 여행을 가기로 했어요.
這次的假期，決定好要跟家人們一起去旅遊了。

- 와/과 함께

類 같이 一起 ⇨ p.164

헤어지다

動 [헤어지다]

分手、分開、分離

어젯밤에 친구들과 몇 시에 **헤어졌어요**?
你昨晚和朋友們幾點分開的呢？

- 와/과 헤어지다

反 만나다 見面、交往 ⇨ p.165

複習一下

日常生活 | 約定

✏️ 請選出錯誤的選項。

1. ① 기억력이 좋아요.　　② 기억이 잊어버려요.
　　③ 기억이 나요.　　　　④ 기억을 해요.

2. ① 안녕히 사세요.　　　② 안녕히 가세요.
　　③ 안녕히 주무세요.　　④ 안녕히 계세요.

3. ① 시간이 있어요.　　　② 시간이 없어요.
　　③ 시간이 걸려요.　　　④ 시간이 지내요.

4. ① 약속을 해요.　　　　② 약속을 지켜요.
　　③ 약속을 정확해요.　　④ 약속을 정해요.

✏️ 請問下列選項中，關係不同的是哪一個？

5. ① 같이 – 함께　　　② 만나다 – 헤어지다
　　③ 잊다 – 기억하다　④ 정하다 – 취소하다

✏️ 請問可正確填入下列對話空白處的共通選項是哪一個？

6.
> 가　요즘 어떻게 _____?
> 나　잘 _____.

① 정확해요　　② 정해요
③ 지내요　　　④ 취소해요

2 인간관계
人際關係

고맙다
形 [고ː맙따]

感謝的、感激的

그동안 도와준 친구들이 정말 **고마웠습니다**.
這期間給予幫助的朋友們令我感激。

- 이/가 고맙다

名 고마움 謝意、恩情
類 감사하다 感謝

괜찮다
形 [괜찬타]

沒關係的、可接受的

오늘 저녁에 시간 **괜찮아요**?
今天晚上時間方便嗎？

- 이/가 괜찮다

글쎄
感 [글쎄]

不確定、難以定論地、這個嘛

수지 : 저분이 누구신지 아세요?
秀智：你知道那位是誰嗎？

왕위 : **글쎄**요, 잘 모르겠는데요.
王宇：這個嘛，不太清楚呢。

關 글쎄요 嗯！／就是啊！／是嗎？

다행

名 [다행]
漢 多幸

幸好、幸運

심하게 다치지 않아서 정말 **다행**입니다.
沒有傷的太嚴重真幸運。

形 다행하다僥倖
副 다행히幸好
關 다행이다萬幸、다행으로幸好

日常生活 05

덕분

名 [덕뿐]
漢 德分

托福、福多

제가 졸업한 것은 모두 선생님 **덕분**입니다.
我畢業都是托各位老師的福。

關 덕분에托（…的）福、덕분이다托（…的）福、덕분으로 托（…的）福

똑똑하다

形 [똑또카다]

聰明的、伶俐的

리에 씨는 아주 **똑똑한** 사람이라서 공부를 잘합니다.
理惠是一個很聰明的人，很會讀書。

- 이／가 똑똑하다
副 똑똑히 聰明地

미안하다

形 [미안하다]
漢 未安하다

抱歉的、對不起的、心不安的

친구에게 거짓말을 한 것이 너무 **미안했습니다**.
對朋友說謊我感覺過意不去。

名 미안 抱歉、對不起
類 죄송하다抱歉 ⇨ p.177

171

인간관계 • 人際關係

믿다

動 [믿따]

相信

저는 부모님께서 하시는 말씀은 모두 **믿습니다**.
父母說的話，我都相信。

- 을/를 믿다

名 믿음 信仰

반갑다

形 [반갑따]
不 ㅂ 不規則
索引 p.478

高興的、歡迎的

오랜만에 다시 만나서 정말 **반가웠습니다**.
時隔很久再次見到你，真的很高興。

- 이/가 반갑다

名 반가움 喜悅

반말

名 [반ː말]

半語

처음 만나는 사람에게 **반말**을 하면 안 됩니다.
對第一次見到的人講半語是不行的。

動 반말하다 講半語
反 존댓말 尊待語

별일

名 [별릴]
漢 別일

特別的事

별일 없으면 저 좀 도와주시겠어요?
沒什麼事的話，可以幫我一下嗎？

關 별일이 있다/없다 有特別的事/沒有特別的事、별일이다 特別的事、天下奇事

172

뵙다

動 [뵙;따/뵘;따]

拜見、謁見

선생님을 **뵙고** 드릴 말씀이 있습니다.
我有拜見老師稟報的事。

- 을/를 뵙다

謙 보다看、看到、觀

비밀

名 [비;밀]
漢 秘密

秘密

이건 **비밀**이니까 다른 사람에게 말하지 마세요.
這是祕密,所以請不要跟別人說。

關 비밀이 있다/없다有秘密/沒有秘密、비밀이다是秘密、비밀을 지키다保密、비밀로 하다當作是秘密

사과

名 [사;과]
漢 謝過

道歉、謝罪

친구에게 거짓말을 해서 미안하다고 **사과**했습니다.
我向朋友道歉說「我撒謊了」,對不起。

- 에게 - 을/를 사과하다

動 사과하다道歉
關 사과를 받다接受道歉
參 사과의 말道歉的話、사과의 말씀道歉的話(自謙語)、사과 편지致歉信函

사귀다

動 [사귀다]

結交、相交、交際、交往

안나씨는 한국 친구를 많이 **사귀었습니다**.
安娜結交了很多韓國朋友。

- 와/과 사귀다
- 을/를 사귀다

關 친구를 사귀다交朋友、애인을 사귀다交男女朋友

인간관계 • 人際關係

성함

名 [성;함]
漢 姓銜

姓名 (尊待語)

실례지만, **성함**이 어떻게 되세요?
冒昧請教尊姓大名？

謙 이름名字、姓名 ⇨ p.175

소개

名 [소개]
漢 紹介

介紹

여러분에게 피터씨를 **소개**하겠습니다.
向大家介紹彼得。

- 에게 - 을/를 소개하다

動 소개하다 介紹、소개되다 被介紹
關 소개를 받다 透過介紹
參 직업 소개 職業介紹、자기소개 自我介紹

싸우다

動 [싸우다]

爭吵、爭論、戰鬥

어제 집 앞에서 아이들이 **싸우고** 있었습니다.
昨天孩子們在家門口吵架。

- 이/가 - 와/과 싸우다

名 싸움 吵架

알아보다

動 [알아보다]

打聽、了解、調查

고향에 가려고 비행기표를 **알아봤습니다**.
想要回老家，我打聽了一下機票。

- 을/를 알아보다

174

웬일

名 [웬;닐]

什麼事、怎麼回事

웬일이세요? 학교에 일찍 왔네요.
怎麼回事？這麼早來學校啊。

關 웬일이다怎麼回事、웬일로是怎麼回事

💡 韓國人經常會寫錯成「왠일」。

이름

名 [이름]

名字

이름이 뭐예요?
你叫什麼名字？

尊 성함姓名 ⇨ p.174
關 이름을 짓다取名字、이름을 부르다喊名字、이름을 쓰다寫名字

이야기

名 [이야기]

談話、說話、故事

요시코는 **이야기**하는 것을 좋아합니다.
吉子喜歡說話。

- 이/가 - 와/과 이야기하다
- 을/를 - 에게 이야기하다

動 이야기하다講話、說故事
關 이야기를 듣다聽故事、이야기를 나누다交談

💡 韓語口語上經常說「얘기」。

인간관계 • 人際關係

인사

名 [인사]
漢 人事

打招呼、寒暄、問候

여러분, **인사**하세요. 새로 오신 선생님이십니다.
大家,請打聲招呼吧。這位是新來的老師。

- 에게 인사하다
- 와/과 인사하다

動 인사하다
關 인사를 나누다互相問候、인사를 드리다請安致意、인사를 받다 接受問候、인사를 시키다使(某人)打招呼
參 감사 인사感謝詞、축하 인사祝賀詞、안부 인사請安問候

잃다

動 [일타]

遺失、弄丟、失去

시내가 너무 복잡해서 길을 **잃었어요**.
市中心太複雜,所以迷路了。

- 을/를 잃다

關 잃어버리다弄不見

💡 「잃다」用於東西不見的時候,「잊다」用於記憶的時候。

자기

名 [자기]
漢 自己

自己

피터씨는 **자기** 일을 항상 열심히 합니다.
彼得總是勤奮地做自己的工作。

參 자기 자신自己本身、자기소개自我介紹

죄송하다

形 [죄;송하다／줴;송하다]
漢 罪悚하다

抱歉、惶恐不安

늦어서 **죄송합니다**.
我遲到了，不好意思。

- 이／가 - 에게 죄송하다
- 아／어／여서 죄송하다

類 미안하다對不起⇨ p.171

지키다

動 [지키다]

遵守、守護

다른 사람과 약속한 것은 꼭 **지켜야** 합니다.
和他人的約定一定要遵守。

- 을／를 지키다

關 약속을 지키다遵守約定、출근 시간을 지키다遵守上班時間、비밀을 지키다保守秘密、차례를 지키다守秩序

쳐다보다

動 [처;다보다]

往上看、仰望、盯視、注視

친구가 내 이름을 불러서 **쳐다봤어요**.
朋友喊了我的名字，所以我看向他那邊。

- 을／를 쳐다보다

關 얼굴을 쳐다보다盯著臉看

파티

名 [파티]

宴會、派對

이번 주말에 내 생일 **파티**를 하고 싶어요.
我想要在這個週末舉辦我的生日派對。

類 잔치 宴會⇨ p.48
關 파티를 열다開派對
參 생일 파티生日派對、축하 파티慶祝派對

인간관계 • 人際關係

특별하다

形 [특별하다]
漢 特別하다

特別的

그 사람 목소리는 좀 **특별해서** 금방 알 수 있어요.
他的聲音有點特別，所以馬上就認出來了。

혹시

副 [혹씨]
漢 或是

或許、如果、萬一

혹시 우리 전에 만난 적이 있나요?
或許我們以前有見過面嗎？

複習一下

日常生活 | 人際關係

✎ 閱讀以下對話並回答問題。

피터	선생님, 안녕하세요?
선생님	네, 안녕하세요? 피터 씨, 오랜만이에요. 어떻게 지내요?
피터	선생님 ㉠_____에 잘 지냅니다. 자주 찾아뵙지 못해서 죄송합니다. 이 사람은 제 친구입니다.
안나	처음 ㉡_____. 제 (가) 이름은 안나입니다.
선생님	만나서 ㉢_____. 저는 박수지예요.

1. 지금 피터 씨는 선생님께 안나 씨를 _____하고 있습니다.
  ① 소개   ② 인사   ③ 이야기   ④ 사과

2. ㉠에 들어갈 말은 무엇입니까?
  ① 다행   ② 덕분   ③ 별일   ④ 웬일

3. ㉡과 ㉢에 들어갈 적당한 말은 무엇입니까?
  ① ㉡ 뵙겠습니다 ㉢ 반갑습니다   ② ㉡ 죄송합니다 ㉢ 반갑습니다
  ③ ㉡ 고맙습니다 ㉢ 뵙겠습니다   ④ ㉡ 뵙겠습니다 ㉢ 미안합니다

4. (가)의 높임말은 무엇입니까?   (   )

✎ 請從範例中找出相對應的單字，填入空白處。

> 例   똑똑하다   잃어버리다   사과하다   사귀다

5. 제 친구는 공부도 잘하고 기억력이 좋습니다. 아주 _____.

6. 친구와의 약속을 지키지 못했습니다. 그래서 미안하다고 _____.

7. 리에 씨는 항상 웃고 친절해서 친구들을 잘 _____.

8. 오늘 아침에 지하철에 가방을 놓고 내려서 그 가방을 _____.

3 직장 생활
職場生活

🔊 25.mp3

과장
名 [과장]
漢 課長

科長、課長

저하고 같이 일하는 분은 김 **과장**님입니다.
和我一起工作的人是金課長。

參 과장님課長

구하다
動 [구하다]
漢 求하다

求、找

대학을 졸업하고 직장을 **구하고** 있습니다.
大學畢業後，正在找工作。

- 을/를 구하다

類 찾다找、尋求 ⇨ p.82
關 집을 구하다找房子、일자리를 구하다找工作、직장을 구하다找工作（職場）、사람을 구하다找人／求人／徵人

그만
副 [그만]

到此為止、立刻、馬上、就這樣

자, 오늘은 일을 **그만** 하고 집에 갑시다.
好了，今天的事情到此為止，回家吧！

근무
名 [근ː무]
漢 勤務

工作、值勤

어느 회사에서 **근무**하세요?
在哪個公司上班呢？

- 이/가 - 에서 근무하다

動 근무하다上班、工作、值勤   類 일事情、工作 ⇨ p.188

남다

動 [남;따]

剩餘、剩下

친구를 만날 시간이 좀 **남아서** 더 있다가 퇴근하려고 해요.

因為離跟朋友見面還有些時間,所以想晚點再下班。

- 이／가 남다

關 시간이 남다有剩餘的時間、돈이 남다錢有剩下來、음식이 남다食物有剩下來

다니다

動 [다니다]

來往、來來去去

저는 학교에 **다니고**, 오빠는 회사에 **다녀요**.

我在上學,哥哥在公司上班。

- 에 다니다
- 을／를 다니다

關 회사에 다니다在公司上班、직장에 다니다在職場工作、학교에 다니다在上學、여행을 다니다去旅行、등산을 다니다去登山

대신

名 [대;신]
漢 代身

代替

과장님 **대신**에 제가 출장을 가기로 했어요.

我決定代替課長去出差。

- 대신에
- 을／를 대신하다

動 대신하다代替

대화

名 [대;화]
漢 對話

對話、會話

저는 빨리 한국말로 **대화**하고 싶어요.

我想快點用韓語交談。

- 이／가 - 와／과 대화하다

動 대화하다對話

日常生活 05

직장 생활 • 職場生活

동료
名 [동뇨]
漢 同僚

同事

오늘 회사 **동료**들과 영화를 보러 갈 거예요.
我今天要和公司同事去看電影。

參 직장 동료職場同事、회사 동료公司同事

드리다
動 [드리다]

給(敬)、呈、獻

월급을 받으면 부모님께 생활비를 좀 **드리고** 싶어요.
我想拿到薪水後給父母奉上一些生活費。

- 에게 -을/를 드리다

謙 주다給 ⇨ p.308
關 선물을 드리다呈上禮物、돈을 드리다奉上錢、인사를 드리다請安、말씀을 드리다稟告

메모
名 [메모]

留言、便條、備忘、摘要

오늘 회의 내용을 수첩에 **메모**했어요.
我把今天的會議內容都記在筆記本上了。

- 에 -을/를 메모하다

動 메모하다寫 memo
關 메모를 남기다留言、留便條紙

면접
名 [면;접]
漢 面接

面試

오늘은 회사 사장님과 **면접**을 보는 날입니다.
今天是和公司老闆面試的日子。

動 면접하다面試
關 면접을 보다面試
參 면접시험面試

182

무리

名 [무리]
漢 無理

過分、無理、勉強、強人所難

매일 아침 7시까지 출근하는 것이 저에게는 **무리**입니다.
每天早上7點上班，對我來說，有點太勉強了。

動 무리하다 強人所難
關 무리이다 是勉強的、무리가 아니다 不是勉強的／不過分的

바쁘다

形 [바쁘다]
不 으不規則
➪ 索引 p.484

忙碌的

지금은 조금 **바쁘니까** 이따가 통화합시다.
現在有點忙，待會再通話吧。

- 이／가 바쁘다

反 한가하다 閒暇 ➪ p.190

방문

名 [방;문]
漢 訪問

訪問、參觀

우리 회사에 중요한 손님이 **방문**하기로 했습니다.
我們公司有重要客戶要來訪。

- 을／를 방문하다
- 에 방문하다

動 방문하다 拜訪

방해

名 [방해]
漢 妨害

妨礙、阻礙、打擾

지금 앤디 씨는 회의 중이니까 **방해**하지 마세요.
現在安迪正在開會，請不要打擾他。

- 을／를 방해하다
- 에게 방해되다

動 방해하다 打擾、방해되다 受到打擾

日常生活 05

183

직장 생활 • 職場生活

번역

名 [버녁]
漢 飜譯／翻譯

翻譯

이 책은 일본어로 **번역**이 되어 있습니다.
這本書被翻譯成了日語。

- 을／를 -(으)로 번역하다
- 이／가 -(으)로 번역되다

動 번역하다翻譯、번역되다被翻譯

복사

名 [복싸]
漢 複寫

影印、複製

이 서류를 세 장만 **복사**해 주세요.
這份文件請幫我影印三張。

- 을／를 복사하다

動 복사하다影印、복사되다被影印

부탁

名 [부ː탁]
漢 付託

拜托、請託

피터씨가 이 서류를 팩스로 보내 달라고 **부탁**했습니다.
彼得拜託我，把這份文件傳真過去。

- 에게 - 을／를 부탁하다

動 부탁하다拜託
關 부탁을 받다受到委託、부탁을 들어주다接受託付、부탁이 있다有個請託

붙이다

動 [부치다]

貼、黏

편지 봉투에 우표를 **붙여서** 보내 주세요.
請在信封上貼郵票然後寄過來。

- 에 - 을／를 붙이다

💡 寄信的動詞是「부치다」，兩個單字的發音相同，請留意。

184

사무실
名 [사ː무실]
漢 事務室

辦公室

제가 일하는 **사무실**은 종로에 있습니다.
我工作的辦公室位於鍾路。

사장
名 [사장]
漢 社長

社長、老闆

지금 **사장**님께서는 자리에 안 계십니다.
現在老闆不在位子上。

參 회사 사장公司社長、신문사 사장報社社長

서류
名 [서류]
漢 書類

文件、資料

내일 회의에 필요한 **서류**를 준비해 주세요.
請準備明天開會需要的文件。

關 서류를 준비하다準備資料、서류를 정리하다整理文件

수고
名 [수ː고]
漢 受苦

辛苦、辛勞

오늘 일이 다 끝났습니다. **수고**하셨습니다.
今天的工作都結束了，辛苦了。

動 수고하다深思熟慮
關 수고가 많다辛苦了

💡 在韓國不跟比自己年長的人說「수고하세요」。

직장 생활・職場生活

스트레스

名 [스트레스]

精神壓力、壓力

요즘 회사 일 때문에 **스트레스**를 많이 받고 있습니다.
最近因為公司工作的關係受到很大的壓力。

關 스트레스를 받다受到壓力、스트레스가 쌓이다壓力累積、스트레스를 풀다消除壓力、스트레스가 풀리다壓力得到釋放

승진하다

動 [승진하다]
漢 昇進하다

(工作)升遷、升職、晉升

김 과장님, 부장으로 **승진하신** 것을 축하합니다.
金課長，恭喜您晉升為部長。

- 이/가 -(으)로 승진하다

시작

名 [시;작]
漢 始作

開始

우리 회사는 아침 9시에 일을 **시작**합니다.
我們公司早上九點開始工作。

- 을/를 시작하다
- 이/가 시작되다

動 시작하다開始、시작되다被開始
參 수업 시작開始上課、근무 시작開始工作
反 끝結束⇨ p.74

실례

名 [실례]
漢 失禮

失禮

실례지만, 사장님 방은 어디에 있습니까?
恕我冒昧，請問社長辦公室在哪裡？

- 이/가 실례하다

動 실례하다失禮、실례되다失禮、不禮貌
關 실례가 많다多有冒犯、실례이다冒昧

실수

名 [실쑤]
漢 失手

失誤、過失

이번 일은 왕핑 씨가 **실수**를 한 것 같습니다.
這次的事情似乎是王平犯錯的。

- 이/가 실수하다

動 실수하다犯錯、失手

아르바이트

名 [아르바이트]

打工、兼差、兼職、計時工作

대학생들은 방학 때 **아르바이트**를 많이 합니다.
大學生們放假的時候會打很多工。

動 아르바이트하다
參 대학생 아르바이트大學生兼職、아르바이트 자리兼職工作

💡 近年來年輕人縮寫簡稱「알바」。

예의

名 [예의/예이]
漢 禮儀

禮儀、禮貌

한국 사람들은 **예의**를 중요하게 생각합니다.
韓國人重視禮貌。

關 예의가 있다/없다有禮貌/沒禮貌、예의를 지키다遵守禮儀

의논

名 [의논]
漢 議論

商談、商量、討論、商議

그 일은 사장님과 **의논**하세요.
那件事情請跟老闆討論。

- 이/가 -와/과 -을/를 의논하다

動 의논하다議論、討論

日常生活 05

직장 생활・職場生活

익숙하다
形 [익쑤카다]

熟悉的、熟練的

지금은 회사 생활에 **익숙해져서** 괜찮아요.
現在已經熟悉公司生活,沒事了。

- 이/가 - 에 익숙하다

反 서투르다 不熟悉、陌生

일
名 [일;]

工作、事情

지금 회사에서 무슨 **일**을 합니까?
您現在在公司從事什麼工作?

- 이/가 - 에서 일하다

動 일하다 工作
關 일이 있다/없다 有事情/沒事情、일을 시작하다/끝내다 開始工作/結束工作、일이 많다 事情很多
類 근무 工作、上班 ⇨ p.180

자동판매기
名 [자동판매기]
漢 自動販賣機

自動販賣機

회사에서는 **자동판매기** 커피를 많이 마십니다.

關 자판기 自動販賣機、커피 자동판매기 咖啡自動販賣機、음료수 자동판매기 飲料自動販賣機

💡 韓國人經常簡化「자동판매기」為「자판기」。

조건
名 [조건]
漢 條件

條件

어떤 **조건**의 회사를 찾고 있어요?
你在找什麼樣條件的公司?

關 조건적 條件的、조건이 있다/없다 有條件/沒條件、조건이 중요하다 條件重要

직원

名 [지권]
漢 職員

員工、職員

우리 회사에서 일하는 **직원**은 500명쯤 됩니다.
在我們公司工作的員工，大約有五百名。

參 동료 직원同事同僚、회사 직원公司職員

직장

名 [직짱]
漢 職場

職場、工作單位

올가씨, 오빠가 일하는 **직장**은 어디입니까?
奧爾加，你哥哥上班的公司在哪裡？

출근

名 [출근]
漢 出勤

上班

출근 시간에는 교통이 아주 복잡합니다.
上班時間交通十分擁擠。

- 에 출근하다
- (으)로 출근하다

動 출근하다
反 퇴근下班 ⇨ p.190
參 출근 시간上班時間、출근 버스 上班公車／上班專車

출장

名 [출짱]
漢 出張

出差

다음 주에 미국으로 **출장**을 갑니다.
下週要去美國出差。

關 출장을 가다去出差、출장을 오다來出差
參 해외 출장海外出差、지방 출장地方出差、출장 중出差中

日常生活 05

189

직장 생활・職場生活

큰일
名 [크닐]

大事

회의에 늦으면 **큰일**이니까 빨리 준비하세요.
開會遲到就糟了,請快點準備。

關 큰일이다 完蛋了／出大事了、큰일이 나다 完蛋了／出大事了

통역
名 [통역]
漢 通譯

口譯

앤디 씨, 영어로 **통역** 좀 해 주세요.
安迪,請幫我用英語口譯一下。

- 이／가 - 을／를 -(으)로 통역하다

動 통역하다 口譯
關 통역사 口譯員

퇴근
名 [퇴;근／퉤;근]
漢 退勤

下班

일이 많아서 밤 9시까지 **퇴근**을 할 수 없습니다.
工作很多,所以直到晚上九點還無法下班。

動 퇴근하다 下班
反 출근 上班 ⇨ p.189
關 퇴근이 늦다／빠르다 晚下班／早下班
參 퇴근 시간 下班時間

한가하다
形 [한가하다]
漢 閒暇하다

閒暇、悠哉

오늘 오후에는 일이 없어서 조금 **한가했습니다**.
今天下午沒有事情,有點閒。

- 이／가 한가하다

反 바쁘다 忙碌 ⇨ p.183

한턱
名 [한턱]

請客、作東

김 과장님이 승진하셔서 **한턱**을 내셨습니다.
金課長晉升了，他請客。

關 한턱을 내다請客

💡 韓國人在遇到好事時請別人吃飯或喝酒，這樣的行為叫做「한턱을 내다（請客）」。最近年輕人說「한턱 쏘다」。

회식
名 [회;식/훼;식]
漢 會食

聚餐

우리 회사는 보통 한 달에 한 번 **회식**을 해요.
我們公司通常一個月聚餐一次。

動 회식하다聚餐

💡 「회식」指的通常是跟職場同事一起吃飯。

회의
名 [회;의/훼;이]
漢 會議

會議、開會

우리 회사에서는 아침마다 **회의**를 하고 일을 시작합니다.
我們公司每天早上都會開會，然後再開始工作。

動 회의하다開會
參 회의실會議室、회의 시간開會時間

휴가
名 [휴가]
漢 休假

（工作上）休假

이번 여름**휴가** 때는 집에서 쉴 거예요.
這次暑假的時候我要在家裡休息。

關 휴가를 주다給予休假、휴가를 받다請假、휴가를 가다去休假、휴가를 내다遞交假單／請假
參 여름휴가暑假

日常生活 05

191

複習一下

日常生活 | 職場生活

✎ 請從範例中找出可與下列畫底線單字替換使用的單字，並填入括弧中。

例　　퇴근하다　　출근하다　　근무하다　　출장가다

1. 저는 아침 9시까지 <u>회사에 갑니다</u>.　　(　　　　)
2. 저는 오후 5시까지 일하고 <u>회사에서 나옵니다</u>.　(　　　　)
3. 저는 아침 9시부터 오후 6까지 <u>일합니다</u>.　　(　　　　)
4. 김 과장님은 월요일에 부산으로 <u>일하러 가셨습니다</u>.　(　　　　)

✎ 請問下列選項中，哪一個無法填入空白處？

5. ┌─────────────────────┐
   │ ＿＿＿＿＿＿＿＿＿하다 │
   └─────────────────────┘
   ① 승진　　② 방문　　③ 메모　　④ 예의

6. ┌─────────────────────┐
   │ ＿＿＿＿＿＿＿＿＿하다 │
   │ ＿＿＿＿＿＿＿＿＿되다 │
   └─────────────────────┘
   ① 시작　　② 방해　　③ 번역　　④ 실수

✎ 請問可以填入空白處的正確選項是哪一個？

7. ┌─────────────────────┐
   │ 　　　그만＿＿＿＿＿＿＿＿＿. │
   └─────────────────────┘
   ① 두다　　② 승진하다　　③ 시작하다　　④ 익숙하다

8. ┌─────────────────────┐
   │ 　　　한턱을＿＿＿＿＿＿＿＿＿. │
   └─────────────────────┘
   ① 남다　　② 무리하다　　③ 내다　　④ 부탁하다

4 하루 일과
每日行事

간단하다
形 [간단하다]
漢 簡單하다

簡單

이 일은 **간단하니까** 빨리 끝낼 수 있습니다.
這件事很簡單，可以快速搞定。

- 이/가 간단하다

副 간단히 簡單地
反 복잡하다 複雜 ⇨ p.356

갈아입다
動 [가라입따]

換衣服、換穿

집에 오면 편한 옷으로 **갈아입으세요**.
如果回到家，就換上舒適的衣服。

- 을/를 -(으)로 갈아입다

꾸다
動 [꾸다]

做夢、夢見

어젯밤에 나쁜 꿈을 **꿔서** 기분이 안 좋아요.
昨晚做了惡夢，所以心情不太好。

名 꿈 夢 ⇨ p.44
關 꿈을 꾸다 做夢

193

하루 일과 • 每日行事

나가다
動 [나가다]

出去、外出

약속 장소에 일찍 도착하려면 지금 **나가야** 돼요.
如果想要早點抵達約定場所，現在就得出門。

- 에서 나가다
- 에 나가다
- -(으)로 나가다

反 들어오다 進來 ⇨ p.195

나오다
動 [나오다]

出來

아침에 출근할 때 보통 몇 시에 집에서 **나와요**?
你早上上班的時候通常幾點從家裡出發？

- 에 나오다
- -(으)로 나오다
- 에서 나오다

反 들어가다 進去 ⇨ p.195

눕다
動 [눕;따]
不 ㅂ 不規則
⇨ 索引 p.478

躺

침대에 **누워서** 자고 싶어요.
我想躺在床上睡覺。

- 에 눕다

들르다
動 [들르다]
不 르 不規則
⇨ 索引 p.478

順便去

집에 올 때 시장에 **들러서** 운동화를 샀습니다.
回家的時候順便去買了一雙運動鞋。

- 에 들르다

194

들어가다
動 [드러가다]

進去

집에 **들어가서** 전화할게요.
我到家再打電話給你。

- 에 들어가다
-(으)로 들어가다

反 나오다出來⇨ p.194

들어오다
動 [드러오다]

進來

오늘 몇 시에 집에 **들어오세요**?
請問您今天幾點會回家？

- 에 들어오다
-(으)로 들어오다

反 나가다出去、外出⇨ p.194

목욕
名 [모곡]
漢 沐浴

泡澡、洗澡

집에 오면 뜨거운 물로 **목욕**부터 합니다.
回到家就先用熱水洗了個澡。

動 목욕하다洗澡

받다
動 [받따]

接受、收到

어제 친구에게서 선물을 **받았어요**.
昨天收到朋友送的禮物。

- 에서 - 을/를 받다
-에게서 - 을/를 받다

反 주다給⇨ p.308
關 월급을 받다領薪水、선물을 받다收到禮物、전화를 받다接電話、스트레스를 받다受到壓力、이메일을 받다收到電子郵件

日常生活 05

195

하루 일과 • 每日行事

생활

名 [생활]
漢 生活

生活

올가씨, 한국 **생활**이 어때요?
奧加爾，韓國生活怎麼樣？

動 생활하다 生活、居住
參 생활비 生活費、회사 생활 公司生活、한국 생활 韓國生活、학교 생활 學校生活

샤워

名 [샤워]

淋浴

더운 여름에 차가운 물로 **샤워**하면 정말 시원해요.
如果在炎炎夏日洗冷水澡，真的很舒服。

動 샤워하다 淋浴

세수

名 [세;수]
漢 洗手

洗臉

이를 닦은 후에 따뜻한 물로 **세수**를 했어요.
刷牙後，用溫水洗臉。

動 세수하다 洗手、洗臉

쉬다

動 [쉬;다]

休息

오늘은 조용한 음악을 들으면서 **쉬고** 싶어요.
我今天想聽安靜的音樂好好休息。

參 쉬는 시간 休息時間

씻다

動 [씯따]

洗、洗滌

음식을 먹기 전에 꼭 손을 **씻으세요**.
吃東西之前，請務必洗手。

- 을/를 씻다

오다

動 [오다]

來

오늘 학교에 몇 시에 **왔어요**?
你今天幾點來學校的？

- 에 오다
-(으)로 오다
- 이／가 오다

反 가다去 ⇨ p.328
關 전화가 오다來電話、편지가 오다來信、소식이 오다來消息、소포가 오다來包裹

외출

名 [외;출/웨;출]
漢 外出

外出、出門

리에 씨는 지금 집에 없습니다. **외출**했습니다.
理惠現在不在家，外出了。

動 외출하다 外出
參 외출 중外出中、외출 준비準備外出

일어나다

動 [이러나다]

起床、起來、興起、崛起

매일 아침 일찍 **일어나서** 운동을 하고 회사에 갑니다.
每天早上早起運動，然後去公司上班。

- 이／가 일어나다

日常生活 05

197

하루 일과 • 每日行事

자다
動 [자다]

睡覺

오늘은 피곤하니까 일찍 **잘** 거예요.
我今天很累，會早點睡。

名 잠 睡覺、睡眠、沉睡 ⇨ p.198
尊 주무시다 睡覺 ⇨ p.198
關 잠을 자다 睡覺

잠
名 [잠]

睡覺、睡眠、沉睡

잠을 잘 때 잠옷을 입어요.
睡覺的時候穿睡衣。

動 자다 睡覺 ⇨ p.198

주무시다
動 [주무시다]

睡覺（尊待語）

우리 할아버지는 항상 일찍 **주무십니다**.
我爺爺總是早早就寢。

謙 자다 睡覺 ⇨ p.198

피곤
名 [피곤]
漢 疲困

疲勞、疲憊

오랜만에 등산을 해서 너무 **피곤**합니다.
太久沒爬山，所以非常累。

- 이/가 피곤하다

形 피곤하다 疲倦
動 피곤해하다 疲勞

複習一下

日常生活 | 每日行事

✎ 以下是彼得早上會做的事情。請看著圖片，在括弧中寫下正確單字。

1.　　　　2.　　　　3.　　　　4.

(　　　) (　　　) (　　　) (　　　)

✎ 請回答下列問題。

5. 다음_____에 들어갈 동사의 순서가 맞는 것은 무엇입니까?

⊙ 꿈을 _____.　　ⓒ 잠을 _____.
ⓒ 전화를 _____.　　ⓔ 전화가 _____.

① ⊙ 자다　ⓒ 꾸다　ⓒ 받다　ⓔ 오다
② ⊙ 꾸다　ⓒ 자다　ⓒ 오다　ⓔ 받다
③ ⊙ 꾸다　ⓒ 자다　ⓒ 받다　ⓔ 오다
④ ⊙ 자다　ⓒ 꾸다　ⓒ 오다　ⓔ 받다

✎ 請從範例中找出符合下列說明的對應單字，填入括弧中。

例　갈아입다　배가 고프다　나가다　들르다　간단하다

6. 오늘 아침을 못 먹었어요. 그래서 지금 음식이 먹고 싶어요.
(　　　　　　)

7. 일이 복잡하지 않고 쉬워요.　　　(　　　　　　)

8. 일이 있어서 중간에 어느 장소에 잠깐 가요.　(　　　　　　)

用漢字學韓語・員

✏ 我們來看看韓文詞彙是如何與漢字產生聯繫的。

점원 — 店員 p.322
저 옷가게는 점원이 참 친절해요.
那間服飾店的店員真親切。

직원 — 職員、員工 p.189
오늘 회사 직원들과 저녁을 먹으려고 합니다.
我今天要跟公司同事們吃晚餐。

員 → 원 | 인원 員、人員

공무원 — 公務員 p51
한국에서 공무원은 인기가 많은 직업입니다.
在韓國,公務員是很受歡迎的職業。

종업원 — 服務生、從業人員、員工、職員 p.140
저기 있는 종업원에게 주문을 하세요.
請跟那邊的服務生點餐。

승무원 — 乘務員 p.54
승무원이 되고 싶어하는 여학생들이 많습니다.
有很多女學生想當乘務員。

06 여가생활
休閒生活

1 **여행** 旅行
2 **운동** 運動
3 **음악** 音樂
4 **취미** 興趣

用漢字學韓語・出

1 여행
旅行

경치
名 [경치]
漢 景緻

風景、景色

한국에서 **경치**가 가장 아름다운 곳이 어디예요?
韓國風景最美的地方是哪裡？

關 경치가 좋다 風景好、경치가 아름답다 景色悠美

경험
名 [경험]
漢 經驗

經驗

저는 세계를 여행하면서 많은 **경험**을 하고 싶어요.
我想去環遊世界，給自己增添許多經驗。

- 을/를 경험하다

動 경험하다 體驗
關 경험이 있다／없다 有經驗／沒經驗

계획
名 [계;획／게;휙]
漢 計劃

計畫

이번 여름에 유럽으로 여행을 갈 **계획**입니다.
這次暑假，我計畫要去歐洲旅行。

- 을/를 계획하다
- (으)려고 계획하다
- (으)ㄹ 계획이다

動 계획하다 計劃
關 계획이 있다／없다 有計畫／沒有計畫、계획을 세우다 策畫、계획을 짜다 制定計畫

관광

名 [관광]
漢 觀光

旅遊、觀光

한국에서 유명한 곳을 **관광**하고 싶어요.
我想去韓國知名景點旅遊。

- 을/를 관광하다

動 관광하다 觀光
關 관광을 떠나다 去觀光
參 국내 관광國內觀光、해외 관광海外觀光、관광지觀光景點、관광 안내觀光介紹、관광객觀光客、관광 버스觀光巴士

구경

名 [구;경]
漢 求景

觀看、觀覽、參觀、遊玩

저는 경치가 예쁜 곳을 **구경**하고 싶어요.
我想去景色優美的地方參觀。

- 을/를 구경하다

動 구경하다 參觀
關 구경 가다 去遊玩
參 영화 구경看電影、동물원 구경逛動物園、단풍 구경賞楓

국내

名 [궁내]
漢 國內

國內

저는 해외여행보다 **국내** 여행이 더 좋아요.
我喜歡國內旅遊更甚於海外旅遊。

參 국내 여행國內旅行、국적國籍

국적

名 [국쩍]
漢 國籍

國籍

피터 씨는 **국적**이 미국이에요?
彼得的國籍是美國嗎?

休閒生活
06

여행 • 旅行

국제

名 [국쩨]
漢 國際

國際

한국에서는 인천 **국제**공항이 가장 큽니다.
韓國以仁川國際機場為最大。

參 국제적國際的、국제공항國際機場、국제선國際線、국제 무역 國際貿易

나라

名 [나라]

國家

안나 씨는 어느 **나라** 사람입니까?
安娜是哪個國家的人呢?

남해

名 [남해]
漢 南海

南海

한국의 바다는 **남해**와 동해, 서해가 있습니다.
韓國的海有南海、東海跟西海。

參 동해東海 ⇨ p.205

단풍

名 [단풍]
漢 丹楓

楓葉

가을에 **단풍**을 구경하러 설악산에 갈 겁니다.
我秋天要去雪嶽山賞楓。

參 단풍 구경賞楓

데리다

動 [데리다]

帶領、攜帶

지난 주말에 아이들을 **데리고** 놀이공원에 갔다 왔어요.
我上週末帶孩子們去遊樂園玩。

- 을／를 데리고 가다／오다／다니다
- 을／를 데리러 가다／오다／다니다
- 을／를 데려다 주다／드리다

尊 모시다 侍奉、陪同

도착

名 [도ː착]
漢 到著

到達、抵達

저는 내일 오후 6시에 부산에 **도착**할 거예요.
我明天下午六點將抵達釜山。

- 에 도착하다

動 도착하다 抵達
反 출발 出發 ⇨ p.211

동물원

名 [동ː무원]
漢 動物園

動物園

동물원에 가서 동물들을 구경했어요.
去動物園觀賞動物。

參 식물원 植物園

동해

名 [동해]
漢 東海

東海

올해 여름에는 **동해**와 설악산으로 휴가를 다녀왔 어요.
我今年暑假去了東海和雪嶽山度假。

參 남해 南海 ⇨ p.204

休閒生活 06

205

여행 • 旅行

들다

動 [들다]
不 ㄹ 不規則
⇨ 索引 p.477

提、拿、舉起

저는 메는 가방보다 **드는** 가방이 더 편해요.
我覺得手提包比後背包更方便。

-을/를 들다

關 가방을 들다拿著包包⇨ p.466、손을 들다舉手、예를 들다舉例、보기를 들다舉例

떠나다

動 [떠나다]

離去、離開

가을이 되니까 먼 곳으로 여행을 **떠나고** 싶어요.
秋天到了，我想去遠方旅行。

-(으)로 떠나다
-을/를 떠나다

關 여행을 떠나다出發去旅行、고향을 떠나다離開故鄉、출장을 떠나다出發去出差

민속촌

名 [민속촌]
漢 民俗村

民俗村

민속촌에 가면 옛날 사람들의 생활 모습을 볼 수 있어요.
如果去民俗村就可以看到古人的生活樣貌。

배낭

名 [배ː낭]
漢 背囊

背包

등산을 가려고 큰 **배낭**을 한 개 샀습니다.
想去爬山，買了一個大背包。

關 배낭을 메다背起背包
參 등산 배낭登山背包、배낭여행自助旅行、背包旅行

206

불국사
名 [불국싸]
漢 佛國寺

佛國寺

경주에 가면 **불국사**에 꼭 가 보세요.
如果去慶州，一定要去佛國寺。

사진
名 [사진]
漢 寫真

照片

요즘에는 디지털 카메라로 **사진**을 많이 찍습니다.
近年來常用數位相機拍照。

關 사진을 찍다 拍照
參 사진기 相機、졸업 사진 畢業照

산
名 [산]
漢 山

山

저는 바다보다 **산**을 더 좋아해요.
我喜歡山更甚于海。

參 지리산 智異山、백두산 白頭山、한라산 漢拏山、설악산 雪嶽山

설악산
名 [서락싼]
漢 雪嶽山

雪嶽山

설악산은 단풍으로 유명해요.
雪嶽山以楓葉聞名。

섬
名 [섬;]

島

제주도는 한국에서 가장 큰 **섬**입니다.
濟州島是韓國最大的島。

休閒生活 06

여행 • 旅行

신기하다

形 [신기하다]
漢 新奇하다／神奇하다

神奇、新奇

한국에서 여행을 하면서 **신기한** 곳을 많이 봤습니다.

我在韓國旅行，看到了許多神奇的景點。

- 이／가 신기하다

아름답다

形 [아름답따]
不 ㅂ不規則
⇨ 索引 p.478

壯麗的、秀麗的、漂亮的、好看的

제주도의 경치는 정말 **아름다워요**.

濟州島的景色真的很美麗。

- 이／가 아름답다

關 아름다운 목소리 美麗的嗓音、아름다운 사람 漂亮的人、아름다운 경치 秀麗的景緻

안내

名 [안;내]
漢 案內

介紹、說明、指南

외국 친구에게 서울을 **안내**해 주려고 합니다.

我想跟外國朋友介紹首爾。

- 을／를 안내하다
- 에게-을／를 안내하다

動 안내하다 介紹
參 여행 안내 旅遊指南、관광 안내 觀光指南、상품 안내 商品介紹、전화번호 안내 查號台、안내 방송 宣佈廣播、안내 책 說明手冊、안내원 導覽員

여권

名 [여권]
漢 旅券

護照

해외여행을 하려면 **여권**이 꼭 있어야 합니다.

如果想去海外旅行，就必須要有護照。

關 여권을 신청하다 申請護照、여권을 받다 拿到護照、여권이 나오다 護照核發

여행

名 [여행]
漢 旅行

旅行

시험이 끝나면 친구들과 제주도로 **여행**을 갈 거예요.
等考試結束，我要跟朋友們去濟州島旅行。

- 을/를 여행하다

關 여행을 가다去旅行、여행을 떠나다出發去旅行、여행에서 돌아오다旅行回來
參 기차 여행火車旅行、국내 여행國內旅行、해외여행海外旅行、여행지旅遊勝地
動 여행하다旅行、旅遊

여행사

名 [여행사]
漢 旅行社

旅行社

여행사에서도 기차표나 비행기표를 살 수 있어요.
在旅行社也可以買到火車票或機票。

예약

名 [예;약]
漢 豫約

預約

그 식당에 가려면 먼저 **예약**을 해야 합니다.
如果想去那家餐廳得先預約。

- 을/를 예약하다
- 이/가 예약되다

動 예약하다預約、예약되다被預約
關 예약을 취소하다取消預約、예약이 취소되다預約被取消、예약이 끝나다預約完畢
參 예약석預定席、預約座位

왕복

名 [왕;복]
漢 往復

來回、往返

서울에서 부산까지 **왕복**으로 몇 시간쯤 걸릴까요?
首爾到釜山來回大約要花幾小時？

- 을/를 왕복하다

反 편도單程　動 왕복하다往返
參 왕복 기차표來回火車票、왕복 비행기표來回機票

休閒生活
06

209

여행 • 旅行

외국

名 [외;국/웨;국]
漢 外國

外國

이번 여름 방학에는 **외국**으로 여행을 가고 싶어요.

這次暑假我想去國外旅行。

參 외국 사람外國人、외국인外國人、외국 유학外國留學、외국 문화外國文化、외국 여행國外旅遊、외국어外語

유럽

名 [유럽]

歐洲

대학생들은 **유럽**으로 배낭여행을 많이 갑니다.

大學生們常常去歐洲自助旅遊。

유명하다

形 [유;명하다]
漢 有名하다

有名、知名、著名

한국은 무엇으로 **유명합니까**?

韓國以什麼聞名?

- (으)로 유명하다
- 이/가 유명하다

名 유명有名

지도

名 [지도]
漢 地圖

地圖

길을 모를 때는 **지도**를 먼저 보세요.

不認得路的時候,請先看地圖。

參 국내 지도國內地圖、세계 지도世界地圖

210

짐

名 [짐]

行李、貨物

비행기를 타기 전에 무거운 **짐**은 먼저 부쳤어요.
搭飛機前，沉重的行李先託運了。

關 짐을 들다提行李、짐을 옮기다搬移行李、짐을 부치다託運行李

찍다

動 [찍따]

拍照、剪票、蓋、印、砍

저는 여행 가서 사진 **찍는** 것을 참 좋아합니다.
我非常喜歡旅行拍照。

- 을/를 찍다

關 사진을 찍다拍照、도장을 찍다蓋章

추억

名 [추억]
漢 追憶

回憶

5년 전에 여행한 설악산에서의 **추억**을 잊을 수가 없어요.
我難以忘記五年前去雪嶽山旅行的回憶。

- 을/를 추억하다

動 추억하다回憶
關 추억이 있다/없다有回憶/沒有回憶、추억을 만들다創造回憶

출발

名 [출발]
漢 出發

出發

그 비행기는 몇 시에 **출발**해요？
那班飛機幾點起飛？

- 에서 출발하다 / -(으)로 출발하다

反 도착抵達⇨ p.205
參 출발 준비出發準備、출발 시간出發時間、출발 장소出發地點
動 출발하다出發

休閒生活 06

여행 • 旅行

카메라
名 [카메라]

相機

카메라로 사진을 찍습니다.
用相機拍照。

類 사진기相機
參 디지털 카메라數位相機

특히
副 [트키]
漢 特히

特別、尤其

여행 가 본 곳 중에서 어디가 **특히** 좋았어요?
你旅行過的地方，哪個地方特別喜歡？

표
名 [표]
漢 票

票

고향에 가려고 비행기**표**를 샀습니다.
為了回老家買了機票。

關 표를 사다買票、표를 구하다買票、표를 팔다售票、표를 예매하다預購票券、표가 팔리다票被賣掉
參 배표船票、비행기표機票、영화표電影票、기차표火車票、지하철표地鐵票

풍경
名 [풍경]
漢 風景

風景

풍경이 아름다운 곳으로 여행을 가고 싶어요.
我想去風景美麗的地方旅行。

關 풍경이 아름답다景色優美、風景美麗
類 경치景緻
參 풍경화風景畫

한라산
名 [할;라산]
漢 漢拏山

漢拏山

한라산은 제주도에 있는 아름다운 산이에요.
漢拏山是位於濟州島的美麗山。

해수욕장
名 [해;수욕짱]
漢 海水浴場

海水浴場

여름이 되면 바닷가에 있는 **해수욕장**에서 수영을 합니다.
一到夏天就在海邊的海水浴場游泳。

해외
名 [해;외／해;웨]
漢 海外

海外

해외로 여행을 가려면 돈이 많이 필요합니다.
如果想去海外旅遊，就需要錢。

類 국외國外
參 해외 유학海外留學、해외여행海外旅行

확인
名 [화긴]
漢 確認

確認

비행기 출발 시간을 **확인**했어요?
確認過飛機的起飛時間了嗎？

- 을/를 확인하다

動 확인하다確認

休閒生活 06

213

複習一下

休閒生活 | 旅行

✏️ 請回答下列問題。

1. 다음 문장에서 밑줄 친 말과 의미가 비슷한 것을 고르십시오.

> 여름휴가 때 부산으로 여행 가려고 호텔을 <u>예약했습니다</u>.

① 호텔에 가기로 미리 약속했습니다.
② 호텔을 미리 구경했습니다.
③ 호텔에서 미리 출발했습니다.
④ 호텔을 미리 떠났습니다.

✏️ 請把相對應的選項連接起來。

2. 사진을　•　　　•　① 하다
3. 가방을　•　　　•　② 들다
4. 계획을　•　　　•　③ 찍다
5. 구경을　•　　　•　④ 세우다

✏️ 請選出可填入空白處的正確單字。

6.
> ＿＿＿＿＿＿＿은/는 외국으로 여행을 갈 때 필요합니다. 여기에는 제 사진이 있습니다.

① 카메라　② 여권　③ 지도　④ 비행기표

7.
> ＿＿＿＿＿＿＿은/는 지나간 일을 다시 생각하는 것입니다. 작년 여름에 친구들과 제주도로 여행을 갔습니다. 그곳에서 아름다운 경치를 보고 친구들과 이야기도 많이 했습니다. 그때 일은 정말 잊을 수 없는＿＿＿＿＿＿＿입니다.

① 경험　② 계획　③ 안내　④ 추억

2 운동
運動

🔊 28.mp3

경기

名 [경기]
漢 競技

比賽、競賽、競技

저는 축구를 좋아해서 자주 **경기**를 보러 갑니다.
因為我喜歡足球，所以常常去看足球比賽。

- 와/과 - 이/가 경기하다

動 경기하다 比賽
關 경기에서 이기다/지다 比賽中贏了/比賽輸了、경기에 참가하다 參加比賽
參 경기장 競技場、운동 경기 運動競賽、축구 경기 足球比賽、농구 경기 籃球比賽、배구 경기 排球比賽

골프

名 [골프]
⇒ 索引 p.465

高爾夫球

저희 아버지는 주말마다 **골프**를 치십니다.
我父親每週末都去打高爾夫球。

關 골프를 치다 打高爾夫球
參 골프 선수 高爾夫球選手、골프장 高爾夫球場

공

名 [공;]

球

축구, 농구, 배구는 모두 **공**을 가지고 하는 운동입니다.
足球、籃球、排球都是球類運動。

關 공을 받다 接球、공을 잡다 抓球、공을 차다 踢球

215

운동・運動

농구

名 [농구]
⇨ 索引 p.464

籃球

남학생들은 **농구**를 하면서 스트레스를 풉니다.
男學生們打籃球釋放壓力。

關 농구를 하다打籃球
參 농구 선수籃球選手、농구공籃球（指籃球的球）

달리다

動 [달리다]

跑、奔跑、奔馳

세계에서 가장 빨리 **달리는** 선수는 누구예요?
世界上跑最快的選手是誰？

- 이/가 달리다

名 달리기跑
關 빨리 달리다狂奔、疾馳
類 뛰다跳⇨ p.217

대회

名 [대;회/대;훼]
漢 大會

大會、大賽、錦標賽

저는 지난달에 마라톤 **대회**에서 1등을 했습니다.
我上個月在馬拉松大賽獲得第一名。

關 대회에 나가다參賽、대회를 열다舉辦大會
參 올림픽 대회奧運、전국 대회全國大會

등산

名 [등산]
漢 登山

爬山、登山

올가 씨는 등산을 **좋아**해서 자주 산에 가요.
奧加爾喜歡登山，他常常上山。

動 등산하다爬山
關 등산을 가다去爬山
參 등산객登山客、등산화登山鞋

뛰다

動 [뛰다]

跑、跳

약속 시간에 늦어서 택시에서 내려서 **뛰었습니다**.
約會遲了，因此下了計程車狂奔。

- 이/가 뛰다

關 뛰어오다 跑過來、뛰어가다 跑過去
類 달리다 奔跑 ⇨ p.216

마라톤

名 [마라톤]

馬拉松

마라톤은 42.195km를 달려야 해요.
馬拉松必須跑 42.195 公里。

參 마라톤 선수 馬拉松選手、마라톤 대회 馬拉松大賽

모든

冠 [모;든]

所有的、一切的、全部的

왕위 씨는 **모든** 운동을 다 잘합니다.
王偉擅長所有的運動。

參 모든 사람 所有人、모든 것 全部、모든 음식 所有食物、모든 운동 所有運動

💡 必須以「모든 + 名詞」應用。

배구

名 [배구]
漢 排球
⇨ 索引 p.464

排球

저는 키가 더 크면 **배구** 선수가 되고 싶습니다.
如果我身高再高一點，我想當排球選手。

參 배구 선수 排球選手、배구공 排球（指排球的球）

休閒生活 06

217

운동・運動

배드민턴
名 [배드민턴]

羽毛球

배드민턴은 두 사람이 할 수 있는 경기입니다.
羽毛球是兩個人能進行的比賽。

關 배드민턴을 치다打羽毛球
參 배드민턴 선수羽毛球選手、배드민턴 채羽毛球球拍

볼링
名 [볼링]
⇨ 索引 p.465

保齡球

오늘 오후에 **볼링**을 치러 갈까요?
今天下午要不要去打保齡球？

關 볼링을 치다打保齡球
參 볼링 선수保齡球選手、볼링장保齡球場、볼링공保齡球（指保齡球的球）

산책
名 [산;책]
漢 散架

散步

가까운 공원으로 **산책**을 나갈까요?
要不要去附近的公園散步？

動 산책하다散步
關 산책을 나가다去散步

선수
名 [선;수]
漢 選手

選手

저는 운동 **선수**들을 좋아합니다.
我喜歡運動選手。

參 운동선수運動選手、야구 선수棒球選手、농구 선수籃球選手、배구 선수排球選手、축구 선수足球選手

수영

名 [수영]
漢 水泳
➪ 索引 p.464

游泳

물에서 하는 운동은 **수영**만 있어요?
水裡的運動只有游泳嗎?

動 수영하다游泳
參 수영장游泳池、수영복泳裝、수영 모자泳帽、수영 선수游泳選手

수영복

名 [수영복]
漢 水泳服

泳裝

수영할 때는 꼭 **수영복**을 입으세요.
游泳的時候請一定要穿泳衣。

수영장

名 [수영장]
漢 水泳場

游泳池

수영장 물이 깨끗하면 좋겠습니다.
希望游泳池的水是乾淨的。

스케이트

名 [스케이트]
➪ 索引 p.465

滑冰

요즘에는 여름에도 **스케이트**를 탈 수 있습니다.
近年來夏天也可以滑冰。

關 스케이트를 타다滑冰、스케이트를 신다穿溜冰鞋
參 스케이트장滑冰場

스키

名 [스키]
➪ 索引 p.464

滑雪

겨울 운동으로는 **스키**가 가장 좋은 것 같아요.
就冬季運動來說,似乎以滑雪為最佳。

關 스키를 타다滑雪、스키를 신다穿滑雪板
參 스키장滑雪場、스키복滑雪服

休閒生活 06

운동 • 運動

스포츠
名 [스포츠]

體育、運動

한국에서 가장 인기 있는 **스포츠**는 뭐예요?
在韓國最受歡迎的運動是什麼？

參 스포츠 경기體育競賽、스포츠 뉴스體育新聞、스포츠 선수運動選手、스포츠 용품運動用品

싫다
形 [실타]

討厭的、不喜歡的

추운 겨울에는 밖에 나가기가 **싫어요**.
寒冷的冬天不喜歡到外面去。

- 이/가 싫다

反 좋다好、喜歡 ⇨ p.222

싫어하다
動 [시러하다]

討厭、不喜歡

저는 밖에서 운동하는 것을 **싫어해요**.
我不喜歡在外面運動。

- 을/를 싫어하다

反 좋아하다喜歡 ⇨ p.223

아무
代 冠 [아;무]

任何、什麼

저는 **아무** 때나 할 수 있는 운동이 좋습니다.
我喜歡隨時隨地都可以做的運動。

參 아무도任誰也、아무나任何人、아무라도不管任何人、아무 사람任何人、아무 때任何時候、아무 물건任何物品

💡 必須以「아무 + 名詞」應用。

220

야구

名 [야;구]
漢 野球
⇒ 索引 p.464

棒球

미국 사람들은 **야구**를 아주 좋아합니다.
美國人非常喜歡棒球。

參 야구 선수棒球選手、야구장棒球場、야구공棒球（指棒球的球）

올림픽

名 [올림픽]

奧運

올림픽은 전 세계 사람들이 좋아하는 스포츠 대회입니다.
奧運是全世界的人都喜歡的運動競賽。

關 올림픽에 나가다參與奧運、올림픽에 참가하다參加奧運、올림픽이 열리다舉辦奧運
參 올림픽 경기奧運競賽、올림픽 대회奧運比賽

운동

名 [운;동]
漢 運動

運動

우리 가족은 아침마다 **운동**을 합니다.
我們家每天早上都去運動。

動 운동하다運動
參 운동장運動場、운동화運動鞋、운동복運動服、아침 운동晨間運動

응원

名 [응;원]
漢 應援

應援、加油

어느 팀을 **응원**하고 싶어요?
你想替哪個隊伍加油?

- 을/를 응원하다

動 응원하다加油
參 응원 소리加油聲、응원가加油歌、응원단加油團

休閒生活 06

221

운동 • 運動

이기다
動 [이기다]

贏

내가 응원하는 팀이 **이기면** 정말 기분이 좋습니다.
如果我加油的隊伍贏了，真的會很開心。

- 을／를 이기다

反 지다輸

입장
名 [입짱]
漢 入場

入場、進場

지금 경기장으로 **입장**하여 주십시오.
請現在開始進入競賽場。

- 에 입장하다
- (으)로 입장하다

動 입장하다進場
反 퇴장出場、退場
參 입장료入場費、선수 입장選手進場、입장권入場券

조깅
名 [조깅]

慢跑

아침마다 건강을 위해서 **조깅**을 하고 있습니다.
我為了健康每天早上慢跑。

關 조깅을 하다慢跑

좋다
形 [조;타]

好的、喜歡的

많이 걷는 것이 건강에 **좋습니다**.
多走路有益健康。

- 이／가 좋다
- 이／가-에 좋다

反 나쁘다壞、不好⇨ p.240、싫다討厭、不喜歡⇨ p.220

좋아하다

動 [조;아하다]

喜歡

등산을 **좋아하세요**?
你喜歡登山嗎？

- 을/를 좋아하다

反 싫어하다 不喜歡 ⇨ p.220

참가

名 [참가]
漢 參加

參加

이번 올림픽 대회에 **참가**하는 선수들이 몇 명이에요?
這次參加奧運比賽的選手有幾位？

- 에 참가하다

動 참가하다 參加
參 참가자 參加者

축구

名 [축꾸]
漢 蹴球
⇨ 索引 p.464

足球

요즘 한국에서는 **축구**가 인기가 많습니다.
近年來在韓國足球很受喜愛。

參 축구 선수 足球選手、축구화 足球鞋、축구 경기 足球比賽、축구 공 足球（指足球的球）

치다

動 [치다]

打、敲

이번 주말에 테니스를 **치러** 갈까요?
這個周末要不要去打網球？

- 을/를 치다

關 골프를 치다 打高爾夫球、테니스를 치다 打網球、배드민턴을 치다 打羽毛球、탁구를 치다 打桌球、피아노를 치다 彈鋼琴、박수를 치다 拍手

休閒生活 06

운동 • 運動

탁구

名 [탁꾸]
漢 桌球
⇨ 索引 p.465

桌球、乒乓球

탁구는 중국 사람들에게 인기가 있는 운동입니다.
桌球對中國人來說，是受到大眾喜愛的運動。

關 탁구를 치다 打桌球
參 탁구공 桌球（指桌球的球）、탁구선수 桌球選手、탁구장 桌球場

테니스

名 [테니스]
⇨ 索引 p.465

網球

저는 배드민턴보다 **테니스**를 더 좋아해요.
我喜歡網球更甚於羽毛球。

關 테니스를 치다 打網球
參 테니스화 網球鞋、테니스장 網球場

팀

名 [팀]

隊伍、小組

좋아하는 야구**팀**이 있어요?
你有喜歡的棒球隊嗎？

參 농구팀 籃球隊、배구팀 排球隊、축구팀 足球隊

훨씬

副 [훨씬]

更加、非常、很

상대 팀은 생각보다 **훨씬** 강했어요.
敵對隊伍比想像中更強。

複習一下

休閒生活 | 運動

✏️ 請從範例中找出可用於畫底線處的共通單字，填入括弧中。

| 例 | 치다 | 하다 | 달리다 | 타다 |

1. 축구를 ＿＿＿＿＿.
   농구를 ＿＿＿＿＿.
   등산을 ＿＿＿＿＿.　　　　（　　　　　）

2. 테니스를 ＿＿＿＿＿.
   골프를 ＿＿＿＿＿.
   탁구를 ＿＿＿＿＿.　　　　（　　　　　）

3. 스케이트를 ＿＿＿＿＿.
   스키를 ＿＿＿＿＿.　　　　（　　　　　）

✏️ 請回答下列問題。

4. 다음 ＿＿＿＿에 들어갈 알맞은 단어는 무엇입니까?

   앤디 씨는 야구, 배구, 수영을 잘하고 볼링도 잘 칩니다.
   앤디 씨는 ＿＿＿＿＿ 운동을 다 잘합니다.

   ① 모두　　② 모든　　③ 아무　　④ 어느

5. 다음 중 '공'과 관계가 없는 운동은 무엇입니까?

   ① 마라톤　　② 탁구　　③ 농구　　④ 배구

3 음악
音樂

29.mp3

가요
名 [가요]
漢 歌謠

歌曲、歌謠

왕위 씨는 한국 **가요**를 잘 부릅니다.
王偉很會唱韓國歌曲。

關 가요를 부르다 唱歌曲
參 대중가요 大眾歌曲

감상
名 [감상]
漢 鑑賞

欣賞、鑑賞

저는 머리가 아프면 음악을 **감상**합니다.
我如果遇到什麼苦惱的事情就聽音樂。

- 을／를 감상하다

動 감상하다 欣賞
關 경치를 감상하다 欣賞風景
參 영화 감상 電影欣賞、음악 감상 音樂鑑賞、미술 감상 美術鑑賞

기타
名 [기타]

吉他

우리 오빠는 어릴 때부터 **기타**를 배웠습니다.
我哥哥從小就學吉他。

關 기타를 치다 彈吉他

노래
名 [노래]

歌、歌曲、銀場、歌頌

저는 **노래**를 잘하는 사람이 부러워요.
我很羨慕歌唱得好的人。

動 노래하다 唱歌
關 노래를 부르다 唱歌、노래를 듣다 聽歌

발라드
名 [발라드]

歌謠、抒情歌、敘事曲

올가 씨는 조용한 **발라드** 음악을 좋아합니다.
奧爾加喜歡安靜的抒情歌音樂。

부르다
動 [부르다]
不 르不規則
⇨ 索引 p.478

呼喊、叫、喚、唱

피터 씨는 항상 큰 소리로 노래를 **부릅니다**.
彼得總是大聲唱歌。

- 을/를 부르다

關 노래를 부르다 唱歌、이름을 부르다 唱名

음악
名 [으막]
漢 音樂

音樂

리에 씨는 **음악**을 들으면서 공부를 합니다.
理惠邊聽音樂邊念書。

關 음악을 듣다 聽音樂、음악을 감상하다 欣賞音樂
參 영화 음악 電影音樂、클래식 음악 古典音樂、재즈 음악 爵士樂、대중 음악 大眾歌曲

休閒生活 06

227

음악 • 音樂

재즈
名 [재즈]

爵士、爵士樂

저는 **재즈**를 들으면 마음이 편해집니다.
我如果聽爵士樂，內心就平靜下來。

콘서트
名 [콘서트]

演唱會

지난주에 제가 좋아하는 가수의 **콘서트**에 갔습니다.
我上週去聽我喜歡的歌手的演唱會。

關 콘서트를 하다 辦演唱會、콘서트에 가다 去演唱會
參 가요 콘서트 歌謠演唱會、클래식 콘서트 古典樂演奏會, 콘서트장 演唱會場

클래식
名 [클래식]

古典樂

저는 **클래식** 음악을 자주 듣습니다.
我經常聽古典樂。

參 클래식 음악 古典音樂

팝송
名 [팝송]

流行歌曲

저는 **팝송**을 들으면서 영어 공부를 합니다.
我聽流行歌曲學英語。

關 팝송을 듣다 聽流行歌曲、팝송을 부르다 唱流行歌曲
參 팝송 가수 流行歌曲歌手

4 취미
興趣

30.mp3

게임
名 [게임]

遊戲

컴퓨터 **게임**하는 거 좋아하세요?
你喜歡打電動嗎？

공연
名 [공연]
漢 公演

公演、演出、表演

준이치 씨는 한 달에 한 번 연극 **공연**을 보러 갑니다.
順一一個月去看兩場話劇表演。

動 공연하다 演出
關 공연을 시작하다／끝내다 開始演出、結束演出、공연이 시작되다／끝나다 表演開始／表演結束
參 축하 공연 祝賀公演、연극 공연 話劇演出、공연 준비 公演準備

관심
名 [관심]
漢 關心

關心

안나 씨는 한국 문화에 **관심**이 많아요.
安娜對韓國文化非常關心。

關 관심이 있다／없다 有興趣／沒興趣、관심이 많다 非常關心、관심을 가지다 關注

그리다
動 [그ː리다]

畫、繪

피터 씨는 그림을 아주 잘 **그립니다**.
彼得畫畫畫得非常好。

- 을／를 그리다

名 그림 圖畫 ⇨ p.230
關 그림을 그리다 畫畫、지도를 그리다 繪製地圖、약도를 그리다 畫簡圖

229

취미 • 興趣

그림
名 [그ː림]

圖畫、圖、畫

그림을 잘 그리는 사람이 부러워요.
我很羨慕畫畫畫得好的人。

動 그리다畫 ⇨ p.229

낚시
名 [낙씨]

釣魚

제 아버지는 **낚시**를 좋아하십니다.
我父親喜歡釣魚。

動 낚시하다釣魚
關 낚시를 가다去釣魚、낚시를 하다釣魚、낚시를 즐기다享受釣魚

놀다
動 [놀ː다]
不 ㄹ不規則
⇨ 索引 p.477

玩、玩耍、遊玩

어제 친구 집에 가서 **놀았어요**.
昨天去朋友家玩。

- 하고 놀다
- 에서 놀다
- 을/를 가지고 놀다

놀이
名 [노리]

遊戲、玩耍、遊玩

한국 사람들은 추석에 무슨 **놀이**를 해요?
韓國人中秋節的時候會玩什麼遊戲?

動 놀이하다玩耍
參 윷놀이擲柶戲、불꽃놀이放煙火、공놀이蹴鞠、민속놀이民俗遊戲

독서

名 [독써]
漢 讀書

讀書、念書

사람들은 보통 가을에 **독서**를 많이 합니다.
人們通常秋天的時候多讀書。

動 독서하다讀書

만화

名 [만ː화]
漢 漫畫

漫畫

제 동생은 밤마다 **만화**를 봅니다.
我弟弟每晚都在看漫畫。

關 만화를 그리다畫漫畫、만화를 읽다讀漫畫、만화를 보다看漫畫

비디오

名 [비디오]

影像、畫面、錄影帶

요즘에는 **비디오**보다 DVD로 영화를 보는 사람이 많아요.
近年來，用 DVD 看電影的人比用錄影帶看影片的人多。

參 뮤직 비디오音樂錄影帶、비디오테이프錄影帶

수집

名 [수집]
漢 收集／蒐集

蒐集、收集

요즘에는 우표를 **수집**하는 사람이 거의 없는 것 같아요.
近來收集郵票的人好像幾乎沒有了。

動 수집하다收集
類 모으다收集、收藏
參 우표 수집收集郵票、동전 수집收集硬幣

休閒生活 06

취미 • 興趣

재미
名 [재미]

意思、樂趣、興致

저는 친구들과 놀 때 가장 **재미**있습니다.
我覺得跟朋友們一起玩的時候最有趣。

關 재미 (가)) 있다／없다 有趣／無趣

즐기다
動 [즐기다]

喜愛、享受

안나 씨는 주말에 영화 보는 것을 **즐깁니다**.
安娜喜愛周末看電影。

- 을／를 즐기다

關 술을 즐기다 喜歡品酒、여행을 즐기다 喜愛旅行、낚시를 즐기다 喜愛釣魚、운동을 즐기다 喜愛運動

춤
名 [춤]

舞蹈

우리 반에서 누가 가장 **춤**을 잘 춰요?
我們班上誰跳舞最在行？

動 추다 跳（舞）、抬起
關 춤을 추다 跳舞

취미
名 [취ː미]
漢 趣味

興趣、愛好、嗜好

왕위：올가 씨는 **취미**가 뭐예요?
王偉：奧爾加，你的興趣是什麼？

올가：제 **취미**는 여행이에요.
奧爾加：我的興趣是旅行。

關 취미가 있다／없다 有愛好／沒有愛好
參 취미 생활 興趣生活、취미 활동 興趣活動

232

複習一下

休閒生活 | 音樂、興趣

✎ 請回答下列問題。

1. 다음을 읽고 _____에 공통으로 들어갈 말을 고르십시오.

> 가 피터 씨는 음악 _____이/가 취미입니다.
>   조용하게 음악 듣는 것을 좋아합니다.
>
> 나 올가 씨는 미술품 _____ 이/가 취미입니다.
>   가끔 미술관에 가서 좋은 그림 보는 것을 즐깁니다.
>
> 다 리에 씨는 영화 _____이/가 취미입니다.
>   일주일에 한 번씩 극장에 가서 영화를 봅니다.

① 관심　　② 공연　　③ 수집　　④ 감상

✎ 請將下列相對應的選項連結起來。

2. 공연을　•　　　　•　① 하다

3. 관심이　•　　　　•　② 치다

4. 기타를　•　　　　•　③ 있다

5. 그림을　•　　　　•　④ 그리다

✎ 請回答下列問題。

6. 다음 중에서 〈보기〉와 관계 있는 단어는 무엇입니까?

| 例 | 클래식 | 재즈 | 발라드 | 팝송 |

① 미술　　② 음악　　③ 독서　　④ 비디오

用漢字學韓語・出

✎ 我們來看看韓文詞彙是如何與漢字產生聯繫的。

出 — **출**
나가다
出、出去、離開、去、上班

출구 (p.333)
出口
지하철역 2번 출구로 나오면 은행이 있습니다.
從地鐵站二號出口出來的話，就有銀行。

출근 (p.189)
上班
올가 씨는 회사에 몇 시까지 출근해요?
奧爾加，你上班上到幾點？

출발 (p211)
出發
아침 9시에 제주도로 출발하는 비행기를 탈 거예요.
我會搭早上九點飛往濟洲島的航班。

출입 (p.371)
出入、進出
이 건물은 아무나 출입할 수 없습니다.
這棟建築物禁止任何人出入。

외출 (p.197)
外出
외출하려고 옷을 갈아입었습니다.
我要外出，換了一件衣服。

출장 (p.189)
出差
앤디 씨는 다음 주에 미국으로 출장을 갑니다.
安迪下周要去美國出差。

07 날씨
天氣

1 **계절** 季節
2 **일기 예보** 天氣預報

用漢字學韓語・新

1 계절
季節

가을
名 [가을]

秋天

한국의 **가을**은 9월부터 11월까지입니다.
韓國的秋天是九月到十一月。

關 가을이 되다 秋天到來
參 가을 학기 秋季學期、가을 소풍 秋遊

겨울
名 [겨울]

冬天

겨울이 되면 스키 타는 것을 즐깁니다.
到了冬天我喜歡滑雪。

關 겨울이 되다 冬天到來
參 겨울 방학 寒假、겨울 학기 冬季學期

계절
名 [계:절/게:절]
漢 季節

季節

저는 **계절**이 바뀔 때마다 자주 감기에 걸립니다.
我每到換季的時候就常常感冒。

關 계절이 바뀌다 季節變換
參 사계절 四季 ⇒ p.237

무슨
冠 [무슨]

什麼

무슨 계절을 좋아하세요?
你喜歡什麼季節？

💡 必須用作「무슨＋名詞」。

봄
名 [봄]

春天

봄에는 꽃이 많이 핍니다.
春天花盛開。

關 봄이 되다 春天到來
參 봄 방학 春假、봄 학기 春季學期、봄 소풍 春遊

사계절
名 [사ː계절／사ː게절]
漢 四季節

四季

한국에는 **사계절**이 있습니다.
韓國有四季。

여름
名 [여름]

夏天

여름이 되면 바닷가에서 휴가를 보내고 싶어요.
一到夏天我就想去海邊度假。

關 여름이 되다 夏天到了
參 여름 휴가 暑期休假、여름 방학 暑假、여름 학기 夏季學期

연휴
名 [연휴]
漢 連休

連假

젊은 사람들은 설이나 추석 **연휴**에 여행을 많이 갑니다.
年輕人常在過年或中秋連假的時候去旅行。

參 설 연휴 過年連假、추석 연휴 中秋連假

天氣
07

계절・季節

철
名 [철]

季節、季

7월초부터 장마**철**이 시작되겠습니다.
七月起梅雨季將開始了。

關 철이 바뀌다季節交替、철이 지나다過季
參 봄철春季、여름철夏季、가을철秋季、겨울철冬季、장마철梅雨季、김장철醃過冬辛奇的季節

크리스마스
名 [크리스마스]

聖誕節

크리스마스는 아이들이 좋아하는 날입니다.
聖誕節是孩子們喜愛的日子。

類 성탄절聖誕節

2 일기 예보
天氣預報

개다
動 [개;다]

轉晴、放晴

오늘은 날이 **개고** 하늘도 맑겠습니다.
今天天氣轉晴，天空也很晴朗。

- 이／가 개다

關 날이 개다 天空放晴、날씨가 개다 天氣晴朗

구름
名 [구름]

雲

구름이 많아서 하늘이 흐립니다.
雲很多，天空陰暗。

關 구름이 끼다 雲層堆積／天空陰霾、구름이 많다 雲多

그치다
動 [그치다]

停、止

비가 **그치니까** 공기가 깨끗해졌습니다.
雨停了，空氣變乾淨了。

- 이／가 그치다

關 비가 그치다 雨停、눈이 그치다 雪停、소리가 그치다 聲音停止、노래가 그치다 歌曲停止

일기 예보 • 天氣預報

기후

名 [기후]
漢 氣候

氣候

기후가 따뜻한 나라로 여행을 갑시다.
我們去氣候溫暖的國家旅行吧。

關 기후가 나쁘다氣候不佳、기후가 변하다氣候改變

나쁘다

形 [나쁘다]
不 으不規則
⇨ 索引 p.480

不好、壞、不佳

날씨가 **나쁘니까** 등산은 나중에 갑시다.
天氣不好，登山之後再去吧。

술과 담배는 건강에 **나쁩니다**.
酒跟菸對健康不好。

- 이/가 나쁘다
- 이/가-에 나쁘다

反 좋다好、佳 ⇨ p.222
關 날씨가 나쁘다天氣不好、기분이 나쁘다心情不好

날씨

名 [날씨]

天氣

날씨가 좋으면 기분도 좋습니다.
天氣好的話，心情也好。

關 날씨가 따뜻하다天氣溫暖、날씨가 덥다天氣熱、날씨가 시원하다天氣涼爽、날씨가 춥다天氣冷、날씨가 좋다天氣好、날씨가 나쁘다天氣不好、날씨가 맑다天氣晴朗

눈

名 [눈ː]

雪

빨리 **눈**이 오면 좋겠어요.
要是快點下雪就好了。

關 눈이 오다下雪、눈이 내리다下雪、눈이 그치다雪停了
參 첫눈初雪、눈사람雪人、눈싸움打雪架、눈썰매雪橇

덥다

形 [덥;따]
不 ㅂ不規則
➡ 索引 p.478

熱的、燙的

한국에서는 7월 말과 8월 초에 가장 **덥습니다**.
韓國七月底跟八月初最熱。

反 춥다冷、寒冷➡ p.246
關 날씨가 덥다天氣熱

따뜻하다

形 [따뜨타다]

溫暖的、暖和的

따뜻한 봄이 오면 여행을 가고 싶어요.
溫暖的春天來到的話，我想去旅行。

- 이/가 따뜻하다

關 날씨가 따뜻하다天氣溫暖、방이 따뜻하다房間暖和

떨다

動 [떨;다]
不 ㄹ不規則
➡ 索引 p.477

發抖、抖動

올가 씨가 추워서 몸을 **떨고** 있습니다.
奧爾加冷得身體在發抖。

- 을/를 떨다

關 몸을 떨다身體發抖、손을 떨다手發抖、다리를 떨다腿發抖

맑다

形 [막따]

晴、晴朗、清新、清澈、清亮、清脆

오늘은 날씨가 **맑아서** 파란 하늘을 볼 수 있습니다.
今天天氣晴朗，可以看到蔚藍的天空。

- 이/가 맑다

反 흐리다昏暗、陰沉➡ p.246
關 날씨가 맑다天氣晴、공기가 맑다空氣清新、물이 맑다水清澈、하늘이 맑다天空晴朗、소리가 맑다聲音清亮

天氣

07

일기 예보 • 天氣預報

미끄럽다

形 [미끄럽따]
不 ㅂ 不規則
⇨ 索引 p.478

滑的

눈이 와서 길이 **미끄러우니까** 조심하세요.
下雪路滑，請小心。

- 이/가 미끄럽다

關 길이 미끄럽다 路滑

바람

名 [바람]

風

오늘 오후에 **바람**이 많이 불겠습니다.
今天下雨會颳大風。

關 바람이 불다 颳風、바람이 세다 風大、바람이 약하다 風弱

번개

名 [번개]

閃電、雷電

번개가 치고 비가 많이 오는 날은 위험하니까 운전하지 마세요.
閃電下大雨的日子很危險，請勿開車。

關 번개가 치다 閃電、천둥번개가 치다 雷電交加／閃電打雷

💡「번개（閃電）」指的是光，「천둥（雷電）」指的是聲音。

불다

動 [불;다]
不 ㄹ 不規則
⇨ 索引 p.477

颳（風）、掀起（潮流）、吹（氣球）

바람이 많이 **불어서** 앞을 볼 수가 없어요.
風很大，所以看不清楚前面。

- 이/가 불다
- 을/를 불다

關 바람이 불다 颳風、풍선을 불다 吹氣球

242

비

名 [비]

雨

오늘은 **비**가 오니까 우산을 가지고 가세요.

今天下雨，請攜帶雨具。

關 비가 오다下雨、비가 내리다下雨、비가 그치다雨停、비를 맞다淋雨

서늘하다

形 [서늘하다]

涼涼的、寒的、涼的

저는 **서늘한** 가을 날씨가 좋아요.

我喜歡涼涼的天氣。

關 날씨가 서늘하다天氣涼、바람이 서늘하다風涼涼的、날이 서늘하다天氣涼涼的、공기가 서늘하다空氣涼涼的

선선하다

形 [선선하다]

涼爽的、清涼的、涼快的

아침에는 **선선했는데** 지금은 좀 덥네요.

早上滿涼爽的，現在有點熱啊。

關 날씨가 선선하다天氣涼爽、날이 선선하다天氣涼爽

시원하다

形 [시원하다]

涼快、豁然、順暢、涼爽的

기온은 조금 높지만 바람이 불어서 **시원합니다**.

氣溫有點高，但因為有風所以很涼快。

- 이／가 시원하다

關 날씨가 시원하다天氣涼爽、공기가 시원하다空氣清爽、국물이 시원하다湯頭爽口

天氣 07

243

일기 예보・天氣預報

쌀쌀하다
形 [쌀쌀하다]

冷颼颼的、冷冰冰的、冷淡的

날씨가 **쌀쌀한데** 옷을 얇게 입어서 추워요.
天氣冷颼颼的，因為穿了薄的衣服，所以會冷。

關 날씨가 쌀쌀하다

쌓이다
動 [싸이다]

被堆、疊

어젯밤에 내린 눈이 많이 **쌓였습니다**.
昨晚下的雪積了很多雪。

- 이／가 쌓이다

關 눈이 쌓이다積雪、스트레스가 쌓이다累積壓力

안개
名 [안;개]

霧

안개가 많이 끼어서 비행기가 출발할 수 없습니다.
起了大霧，飛機無法起飛。

關 안개가 끼다起霧

일기 예보
名 [일기 예보]
漢 日氣豫報

天氣預報

저는 아침마다 라디오에서 **일기 예보**를 듣습니다.
我每天早上由收音機聽取天氣預報。

장마
名 [장마]

梅雨

한국은 6월에서 7월이 **장마**철입니다.
韓國六月到七月是梅雨季。

關 장마가 시작되다／끝나다 梅雨季開始／梅雨季結束
參 장마철 梅雨季

젖다
動 [젇따]

淋濕、打溼

우산이 없어서 비에 옷이 다 **젖었습니다**.
因為沒有傘，衣服都被雨淋濕了。

- 에 - 이/가 젖다

關 비에 젖다 被淋雨濕、땀에 젖다 被汗淋濕

차다
形 [차다]

涼的、冷的

바람이 **차면** 감기에 걸리기 쉽습니다.
風冷的話，很容易感冒。

- 이/가 차다

關 바람이 차다 風冷冷的、공기가 차다 空氣冷冷的、날씨가 차다 天氣冷冷的、온도가 차다 溫度涼涼的、음식이 차다 餐點冷冷的

천둥
名 [천둥]

雷電、雷

천둥과 번개가 칠 때는 정말 무섭습니다.
雷電交加的時候真的很可怕。

關 천둥이 치다 打雷

天氣 07

일기 예보・天氣預報

춥다

形 [춥따]
不 ㅂ不規則
⇨ 索引 p.478

冷、寒冷

날씨가 **추우니까** 따뜻한 커피가 생각납니다.
天氣冷，所以就想起熱咖啡。

反 덥다熱、燙 ⇨ p.241
關 날씨가 춥다天氣冷、날이 춥다天氣冷

태풍

名 [태풍]
漢 颱風

颱風

태풍 때문에 배가 움직이지 못합니다.
因為颱風的關係，船隻無法動彈。

關 태풍이 오다颱風來、태풍이 지나가다颱風過境

흐리다

形 [흐리다]

昏暗的、陰沉的、混濁的

오전에는 맑겠으나 오후부터 차차 **흐려지겠습니다**.
早上天氣晴朗，然而下午開始漸漸變昏暗。

- 이/가 흐리다

反 맑다晴朗 ⇨ p.241
關 날씨가 흐리다天氣陰霾、날이 흐리다天氣陰暗、물이 흐리다水混濁的

複習一下

天氣 | 季節、天氣預報

✏️ 請回答下列問題。

1. 다음 〈보기〉의 단어는 어느 계절과 관계가 있습니까?

| 例 | 크리스마스 | 눈 | 춥다 |

① 봄　　② 여름　　③ 가을　　④ 겨울

✏️ 請問下列哪個選項是可填入空白處的共同單字？

2.
공기가_____.　　날씨가_____.　　하늘이_____.

① 개다　　② 나쁘다　　③ 맑다　　④ 쌓이다

3.
구름이_____.　　안개가_____.

① 오다　　② 나쁘다　　③ 맑다　　④ 끼다

✏️ 請閱讀下列文章並回答問題。

오후에 비가 왔는데 우산이 없어서 옷이 다 ㉠_____.
바람이 많이 ㉡_____, 천둥도 ㉢_____ 조금 무서
웠습니다. (가) <u>비가 많이 오는 기간</u>도 아닌데 정말 비가 많이
왔습니다.

4. ㉠에 들어갈 말은 무엇입니까?

① 떨었습니다　② 젖었습니다　③ 그쳤습니다　④ 찼습니다

5. 다음_____에 들어갈 말은 무엇입니까?

① ㉡ 불고 ㉢ 쳐서　　　　② ㉡ 치고 ㉢ 불어서
③ ㉡ 불고 ㉢ 불어서　　　④ ㉡ 치고 ㉢ 쳐서

6. (가)와 바꿔 쓸 수 있는 말은 무엇입니까?

① 봄철　　② 가을철　　③ 장마철　　④ 휴가철

用漢字學韓語・新

✎ 我們來看看韓文詞彙是如何與漢字產生聯繫的。

新 | **신**
새롭다
新

신랑 (p.46)
新郎
신랑이 참 멋있네요.
新郎真帥氣。

신문 (p.429)
報紙
저는 아침마다 신문을 봅니다.
我每天早上都會看報紙。

신부 (p.46)
新娘
웨딩드레스를 입은 신부 의 모습이 정말 아름다웠 어요.
穿著新娘禮服的新娘真是美麗。

신혼 (p.47)
新婚
신혼 여행은 어디로 가세요?
新婚旅行要去哪裡呢?

신기하다 (p.208)
神奇、新奇
아이의 눈에는 모든 것이 신기하게 보입 니다.
在孩子的眼中,一切看起來都很新奇。

신제품 (p.403)
新品、新產品
이 휴대폰은 이번 달에 새로 나온 신제품이에요.
這款手機是這個月新出的新品。

08 시간
時間

1 **날짜** 日期
2 **시간** 時間

用漢字學韓語・日

1 날짜
日期

🔊 **33**.mp3

개월
名 [개월]
漢 個月

個月

한국에 온 지 1년 6**개월**이 되었습니다.
我來韓國一年六個月了。

類 (한, 두, 세, 네……) 달 (一、二、三、四……) 月 ⇨ p.252
參 일 개월一個月、이 개월兩個月、삼 개월三個月

그저께
名 [그저께]

前天

그저께부터 목이 아프기 시작했습니다.
我前天開始喉嚨痛。

縮 그제

금년
名 [금년]
漢 今年

今年

금년 여름은 작년 여름보다 더 더웠습니다.
今年夏天比去年夏天更熱。

類 올해今年 ⇨ p.254

날
名 [날]

天、日

저는 보통 쉬는 **날**에 친구를 만납니다.
我通常休假日跟朋友見面。

參 어느 날某一天、첫째 날第一天、마지막 날最後一天、쉬는 날休息日、날마다每一天

날짜
名 [날짜]

日期

여행 갈 **날짜**를 정합시다.
我們來敲定旅行日期吧。

關 날짜를 계산하다 計算日期、날짜를 세다 數日期、날짜를 정하다 訂日期
參 약속 날짜 約會日期、결혼 날짜 結婚日期、시험 날짜 考試日期

내년
名 [내년]
漢 來年

明年

제 조카는 내년 3월에 초등학교에 갑니다.
我姪子明年三月上小學。

類 다음 翌年
參 작년 去年 ⇨ p.256、올해 今年 ⇨ p.254

내일
名 副 [내일]
漢 來日

明天

내일 날씨는 어떨까요?
明天天氣怎樣?

내일 다시 봅시다.
明天再見。

參 어제 昨天 ⇨ p.253、오늘 今天 ⇨ p.254、모레 後天 ⇨ p.253

년
名 [년]
漢 年

年

일 **년**에 몇 번 고향에 가요?
你一年回老家幾次?

參 작년 去年、금년 今年、내년 明年、2010년 2010年

時間 08

날짜 • 日期

달

名 [달]

月

다음 **달**까지 이 일을 끝내야 합니다.
下個月結束之前必須完成這項工作。

類 개월個月 ⇨ p.250
關 달이 밝다月光皎潔
參 이번 달這個月、지난달上個月、다음 달下個月、보름달農曆十五／滿月、반달半月

달력

名 [달력]
漢 달曆

月曆

달력을 보니까 벌써 10월이네요.
看了一下月曆，發現已經十月了。

말

名 [말]
漢 末

末

이번 연**말**에 고향에 돌아갈 거예요.
我這個年底要回老家。

參 주말周末、월말月底、연말年底、학기 말學期末、이달 말這個月底、지난달 말上個月底

매

冠 [매;]
漢 每

每

우리 학교는 **매** 학기 소풍을 가요.
我們學校每個學期都去郊遊。

參 매일每天、매주每週、매달每月、매년每年

💡 「매」通常只搭配「表時間的名詞」使用。

매일

名 副 [매;일]
漢 每日

每天

피터 씨는 **매일** 일기를 씁니다.
彼得每天寫日記。

며칠

名 [며칠]

幾日、幾號、幾天

안나 : 오늘이 **며칠**이에요?
安娜：今天是幾號？
왕위 : 10월 3일이에요.
王偉：十月三號。

올가 씨에게서 **며칠** 동안 연락이 없어요.
奧爾加好幾天沒有連絡了。

參 며칠 동안幾天的時間、며칠 전에幾天前、며칠 후에幾天後

💡「몇 일」是錯誤用法。

모레

名 副 [모;레]

後天

오늘이 월요일이니까 **모레**는 수요일이네요.
今天是週一，後天就是週三了呢。

모레 만납시다.
後天見吧。

類 내일모레明後天
參 어제昨天⇨ p.253、오늘今天⇨ p.254、내일明天⇨ p.251

새해

名 [새해]

新年

새해에는 매일 운동하기로 했어요.
我決定在新的一年要每天運動。

類 신년新年　參 새해 첫날新年第一天、새해 인사新年問候、새해 계획新年計畫

어제

名 副 [어제]

昨天、昨日

어제가 제 생일이었어요.　昨天是我生日。

어제 친구를 만났어요.　我昨天見朋友。

類 어저께昨天、昨日　參 오늘今天⇨ p.254、내일明天⇨ p.251、모레後天⇨ p.253

時間 08

253

날짜 • 日期

언제
副 代 [언;제]

何時、什麼時候

한국에 **언제** 오셨어요?
您何時來到韓國的？

오늘
名 副 [오늘]

今天、今日

오늘이 며칠이에요?
今天是幾號？

오늘 해야 할 일이 많아요.
今天必須做的事情很多。

參 어제昨天⇨ p.253
내일明天⇨ p.251
모레後天⇨ p.253

올해
名 [올해]

今年

올해 여름이 작년 여름보다 더 더운 것 같아요.
今年夏天似乎比去年夏天更熱。

類 금년今年⇨ p.250
參 작년去年⇨ p.256
　 내년明年⇨ p.251

요일
名 [요일]
漢 曜日

星期(幾)

올가 : 오늘이 무슨 **요일**이에요?
奧爾加：今天是星期幾？

피터 : 월**요일**이에요.
彼得：星期一。

參 월요일星期一、화요일星期二、수요일星期三、목요일星期四、금요일星期五、토요일星期六、일요일星期日

254

월

名 [월]
漢 月

月

리에 씨는 내년 1**월**에 일본으로 돌아갑니다.
理惠明年一月要回去日本。

參 매월每個月、월급月薪、월초月初、월말月底 ⇨ p.259

월말

名 [월말]
漢 月末

月底

우리 회사는 **월말**에 가장 바쁩니다.
我們公司月底最忙。

反 월초月初

음력

名 [음녁]
漢 陰曆

陰曆、農曆

제 생일은 양력으로는 8월이고, **음력**으로는 7월입니다.
我的生日陽曆是八月，農曆是七月。

反 양력陽曆
參 음력 생일農曆生日

이틀

名 [이틀]

兩天、兩日

저는 **이틀**에 한 번씩 머리를 감습니다.
我每兩天洗一次頭。

參 하루（1일）一天（一日）⇨ p.261、사흘（3일）三天（三日）、나흘（4일）四天（四日）、닷새（5일）五天（五日）、열흘（10일）十天（十日）、보름（15일）望日（十五日）

날짜 • 日期

일주일
名 [일쭈일]
漢 一周日

一周、一星期

리에 씨는 **일주일** 동안 휴가를 갈 거예요.
理惠將惠休假一周。

작년
名 [장년]
漢 昨年

去年

준이치 씨는 **작년**부터 한국어를 공부하기 시작했습니다.
順一從去年開始學習韓語。

類 지난해去年　　參 올해今年⇨ p.254、내년明年⇨ p.251

주말
名 [주말]
漢 周末

周末

저는 **주말**마다 할아버지 댁에 갑니다.
我每個周末都去爺爺家。

反 주초一周的開始
參 주말 드라마周末影戲劇、주말 여행周末旅行

주일
名 [주일]
漢 周日

周、星期

우리는 일**주일**에 다섯 번 학교에 갑니다.
我們一周上學五次。

參 일주일一周、이주일兩周

지난주
名 [지난주]
漢 지난周

上週

지난주에는 매우 바빴습니다.
上週非常忙碌。

參 이번 주這周、다음 주下周

첫날

名 [천날]

第一天

한국에서는 새해 **첫날**에 떡국을 먹습니다.

在韓國，新年第一天吃年糕湯。

參 새해 첫날新年第一天、출근 첫날上班第一天、첫날 경기第一天比賽

평일

名 [평일]
漢 平日

平日

이 가게는 **평일**보다 주말에 손님이 더 많아요.

這家店，周末的客人比平日更多。

💡「월요일星期一~금요일星期五」是平日；「토요일星期六~일요일星期天」是周末。

하루

名 [하루]

一天

하루에 세 번 이를 닦아요.

一天刷三次牙。

參 하루 종일一整天、이틀（2일）兩天（二日）⇨ p.259
사흘（3일）三天（三日）、나흘（4일）四天（四日）、닷새（5일）五天（五日）、열흘（10일）十天（十日）、보름（15일）望月（十五日）

휴일

名 [휴일]
漢 休日

休息日、公休日

휴일에는 늦잠을 자고 싶습니다.

我休息日想要睡晚覺。

參 공휴일公休日、연휴連休、連假⇨ p.237

💡 休息日兩天以上就是「연휴（連休）」。

257

複習一下

時間 | 日期

✏️ 請將正確的單字填入括弧中。

1. (　　　) - 어제 - 오늘 - (　　　)

2. (　　　) - 올해 - (　　　)

3. 월요일 - (　　　) - (　　　) -
   목요일 - (　　　) - 토요일 - (　　　)

✏️ 請回答下列問題。

4. 다음 중에서 관계가 <u>다른</u> 것은 무엇입니까?

   ① 날마다 - 매일　　② 올해 - 금년
   ③ 어제 - 어저께　　④ 내일 - 모레

5. 다음 중에서 <u>틀린</u> 것은 무엇입니까?

   ① 매일　　　　　② 매주
   ③ 매개월　　　　④ 매해

6. ㉠과 ㉡에 들어갈 알맞은 말로 연결된 것은 무엇입니까?

   > 가 오늘이 _____㉠_____이에요?
   > 나 8월 10일이에요.
   > 가 그렇군요. 그럼 무슨 _____㉡_____이에요?
   > 나 금요일이에요.

   ① ㉠ 몇일　㉡ 요일　　② ㉠ 며칠　㉡ 요일
   ③ ㉠ 요일　㉡ 몇일　　④ ㉠ 몇날　㉡ 요일

7. ㉠과 ㉡에 들어갈 알맞은 말로 연결된 것은 무엇입니까?

   > 1월 1일은_____㉠_____의_____㉡_____입니다.

   ① ㉠ 새해　㉡ 첫날　　② ㉠ 첫날　㉡ 새해
   ③ ㉠ 새해　㉡ 하루　　④ ㉠ 금년　㉡ 첫날

2 시간
時間

가끔
副 [가끔]

偶爾、有時

왕위 씨는 **가끔** 운동을 합니다.
王偉偶爾去運動。

參 항상總是／經常、자주常常／時常、가끔偶爾／有時、거의幾乎／差不多、전혀完全

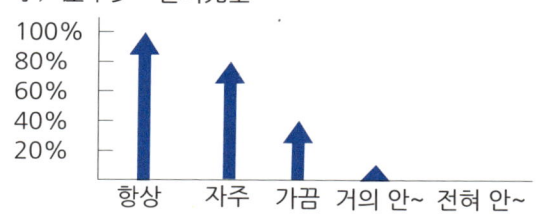

100%				
80%				
60%				
40%				
20%				
항상	자주	가끔	거의 안~	전혀 안~

계속
副 [계;속／게;속]
漢 繼續

繼續

저는 한국에서 **계속** 살고 싶어요.
我想繼續住在韓國。

- 을／를 계속하다
- 이／가 계속되다

動 계속하다繼續、계속되다持續／不斷

곧
副 [곧]

馬上、立刻、很快

조금만 더 기다리면 선생님께서 **곧** 오실 거예요.
再等一下，老師馬上就來了。

類 바로立刻就、馬上就⇨ p.263
參 곧바로立刻、立即、馬上

259

시간 • 時間

과거

名 [과ː거]
漢 過去

過去

과거의 실수는 생각하지 마세요.
過去的失誤請別去想。

動 현재現在、目前⇨ p.272、미래未來⇨ p.263

그동안

名 [그동안]

這段時間、那段時間、在此期間

그동안 안녕하셨어요?
您這段時間都安好嗎？

금방

副 [금방]
漢 今方

就、剛、馬上

하늘이 어두워요. **금방** 비가 올 것 같아요.
天色昏暗，好像馬上就要下雨了。

앤디 씨가 **금방** 왔어요.
安迪馬上就來了。

💡「금방」可用於過去跟未來。

기간

名 [기간]
漢 期間

期間

시험 **기간**에는 더 열심히 공부해야 합니다.
考試期間必須更努力念書才行。

參 휴가 기간休假期間、시험 기간考試期間、접수 기간受理期間、연휴 기간連假期間

나중

名 [나ː중]

以後、下次、後來

지금은 바쁘니까 **나중**에 만납시다.
現在有點忙，下次再見吧。

反 먼저先、首先⇨ p.262 參 나중에日後、以後

낮
名 [낟]

白天、白日、晝

요즘 아침, 저녁에는 조금 쌀쌀하고 **낮**에는 더워요.

最近早晚有點涼,白天熱。

反 밤夜、晚 ⇨ p.264
參 낮잠午睡、낮 시간白天的時間、白日

동안
名 [동안]

期間、時間

저는 방학 **동안**에 한국어를 열심히 공부할 거예요.

我放假期間要努力學韓語。

參 방학 동안放假期間、잠깐 동안短暫期間／一會兒、그동안那段時間、얼마 동안多久、기간 동안期間／期限、며칠 동안幾天間

드디어
副 [드디어]

終於

드디어 유럽으로 여행을 가게 되었어요.

我有機會去歐洲旅行了。

때
名 [때]

時候、時間、機會

아무 **때**나 전화하고 오세요.

請隨時打電話來。

參 아무 때任何時候、방학 때休假時、식사 때用餐時、학생 때讀書時／求學時

時間
08

시간 • 時間

때때로
副 [때때로]

偶爾、有時候

때때로 고향에 계시는 부모님이 보고 싶습니다.
我有時候很想念在老家的父母。

마지막
名 [마지막]

最後、最終

12월 31일은 일 년의 **마지막** 날이에요.
十二月三十一日是一年的最後一天。

參 마지막 시간最後的時間、마지막 기차末班火車、마지막 순서最後一個順序、마지막 장면最後的場面

마침
副 [마침]

恰好、正好

배가 고팠는데 친구가 **마침** 빵을 사 가지고 왔습니다.
肚子餓了，朋友正好買麵包來。

以肯定意義表達，為「바로 그때（正是那個時候）」。

마침내
副 [마침내]

終於、最後、最終

마침내 일이 모두 끝났습니다.
最終事情全部結束了。

먼저
副 [먼저]

先、首先、率先、搶先

도착하면 제일 **먼저** 전화해 주세요.
抵達的話，首先請打電話給我。

反 나중以後、下次、後來 ⇨ p.260

262

미래
名 [미ː래]
漢 未來

未來、將來

저는 **미래**에 통역사가 되고 싶습니다.
我將來想要做口譯員。

參 과거過去⇨ p.260
　현재現在⇨ p.272

미리
副 [미리]

事先、預先

내일 숙제를 오늘 **미리** 했습니다.
今天是先做好明天的作業。

參 미리미리預先、早早、事先

바로
副 [바로]

就、即、馬上就

학교 수업이 끝나면 **바로** 집으로 오세요.
學校一下課，請馬上就回家。

類 곧立即、立刻、馬上、當場⇨ p.259
參 곧바로立即、立刻、馬上、當場

밝다
形 [박따]

光明、明亮、鮮明、明朗

밤 8시인데 아직도 밖이 **밝네요**.
晚上八點了，外面天還很亮呢。

- 이／가 밝다

反 어둡다昏暗、陰暗⇨ p.266

시간 • 時間

밤
名 [밤]

夜晚、夜、晚

밤에 늦게까지 일을 해서 좀 피곤합니다.
工作到很晚有點累。

反 낮白天、白日 ⇨ p.261
關 밤을 새우다熬夜
參 밤 시간夜間、밤 거리夜晚的街道

방금
名 副 [방금]
漢 方今

方才、剛才、剛剛

왕위 씨는 **방금** 떠났어요.
王偉剛剛離開了。

💡 「방금」只能用於過去。

벌써
副 [벌써]

已經、早就

밥을 **벌써** 다 먹었어요?저는 이제 먹으려고 하는데요.
你早就吃飽了嗎?我現在才要去吃呢。

反 아직還、尚、仍然 ⇨ p.266

분
名 [분]

分

오늘 오후 3시 30**분**에 만납시다.
今天下午三點三十分見。

參 시時 ⇨ p.265、초秒

빨리

副 [빨리]

快、趕快、盡快

일을 **빨리** 끝내고 영화 보러 갑시다.
我們快點把事情處理完，去看電影吧。

動 빨리하다 加快、加速、快做
形 빠르다 快的、迅速、早
反 천천히 慢慢地 ⇨ p.362
參 빨리빨리 趕緊、趕快

시

名 [시]
漢 時

時

지금 몇 **시**예요?
現在幾點？

參 초 秒、분 分 ⇨ p.264

식후

名 [시쿠]
漢 食後

飯後

이 약은 **식후** 30분마다 드시기 바랍니다.
這個藥，飯後三十分鐘服用。

反 식전 飯前

아까

名 副 [아까]

剛才、方才

아까 올가 씨에게 전화가 왔습니다.
剛才奧爾加打電話來。

時間 08

시간 • 時間

아직
副 [아직]

還、尚

요시코 씨는 **아직** 자고 있어요?
耀子還在睡嗎？

参 아직도依然、還
反 벌써已經⇨ p.264

아침
名 [아침]

早上、早飯

내일 **아침**에 일찍 일어나야 돼요.
明天早上必須早起。

오늘 **아침** 먹었어요?
你今天吃早餐了嗎？

反 저녁晚餐⇨ p.270
参 아침 시간早晨時光、아침 식사早餐、아침밥早飯

어둡다
形 [어둡따]
不 不規則
⇨ 索引 p.478

黑的、暗的

낮 시간인데 하늘에 구름이 많아서 날이 **어두워요**.
現在是白天，但是天空雲很多，天色昏暗。

反 밝다明亮⇨ p.263

어젯밤
名 [어제빰/어젣빰]

昨晚

어젯밤에 누구를 만났어요?
你昨晚見誰了？

266

언제나
副 [언ː제나]

始終、總是、一直、無論何時

앤디 씨는 **언제나** 학교에 일찍 옵니다.
安迪總是早到學校。

類 항상總是、經常 ⇨ p.272

얼른
副 [얼른]

趕快、連忙、立刻、趕緊

곧 출발해야 하니까 **얼른** 오세요.
馬上就要出發了,請趕緊過來。

옛날
名 [옌ː날]

昔日、從前、很久以前

서울의 **옛날** 모습은 지금하고 많이 달라요.
首爾昔日的樣貌跟如今大不相同。

오래
副 [오래]

好久、許久、很長時間

오래간만입니다. 잘 지내셨어요?
好久不見,您過得好嗎?

參 오랫동안很久/許久/很長時間、오랜만에好久、오래오래久久地/長久地

오전
名 [오ː전]
漢 午前

上午

피터 씨는 토요일 **오전**에 수영을 배웁니다.
彼得週六上午學游泳。

反 오후下午 ⇨ p.268
參 오전 수업上午上課、오전 근무上午工作、오전 시간上午時光

時間 08

267

시간 • 時間

오후
名 [오;후]
漢 午後

下午、午後

오전에는 바쁘니까 **오후** 4시쯤 만날까요?
上午忙，下午四點左右見面如何？

反 오전上午 ⇨ p.267
參 오후 수업下午的課、오후 근무下午工作、오후 시간午後時光

요즘
名 副 [요즘]

最近

요즘 어떻게 지내십니까?
最近過得怎麼樣？

參 요즈음最近、近來、這幾天

이따가
副 [이따가]

等一會、稍後、回頭、晚些時候

이따가 오후에 만나서 얘기합시다.
回頭下午見面聊吧。

類 이따等一會、稍後、回頭、晚些時候

💡 「이따가」指的是今天的時間中；「나중에」指的是過了今天，幾天後也沒關係。

이번
名 [이번]
漢 이番

這次

이번 주 토요일에 고향에 갈 거예요.
我這周六要回老家。

類 요번這回、這次
參 이번 주這周、이번에這次、이번 학기這學期

이제
名 副 [이제]

現在、如今

이제부터 열심히 공부할 거예요.
我從現在開始要用功讀書。

요시코 씨, **이제** 그만 하고 집에 갑시다.
耀子,別忙了,我們回家吧。

參 이제부터從現在開始、이제까지到現在為止、迄今

일찍
副 [일찍]

及早、早早、提早

내일은 **일찍** 일어나서 학교에 올 거예요.
我明天要早點起床來學校。

자주
副 [자주]

經常、時常、頻繁

피터 씨는 감기에 **자주** 걸리는 것 같아요.
彼得好像經常感冒。

잠깐
名 副 [잠깐]

一會兒、片刻、暫時

잠깐만요, 곧 전화를 바꿔 드리겠습니다.
請稍等一下,馬上為您轉接電話。

아까 **잠깐** 비가 왔어요.
剛剛下雨了。

類 잠시一會兒、片刻、暫時 ⇨ p.270
關 잠깐만요稍等一下

時間 08

시간 • 時間

잠시
名 副 [잠ː시]
漢 暫時

暫時、片刻、一會兒

잠시 쉬고 다시 합시다.
稍微休息片刻，等等再做。

잠시 실례하겠습니다.
暫時失陪一下。

類 잠깐一會兒、片刻、暫時⇨ p.269
關 잠시만요等一下

저녁
名 [저녁]

傍晚、晚上、晚餐

퇴근하고 **저녁**에는 무엇을 하세요?
你下班後晚上做些什麼？

反 아침早上⇨ p.266
參 저녁 식사晚餐、저녁밥晚飯、저녁 시간晚餐時間

저번
名 [저ː번]
漢 저番

上次、上一次、那次

저번에 만난 사람을 오늘 다시 만났습니다.
今天再見到上次見過面的人。

類 지난번上次、上回

전
名 [전]

前、以前、之前

지금 세 시 10분 **전**입니다.
現在是兩點五十分。

저는 다섯 달 **전**에 한국에 왔습니다.
我五個月前來到韓國。

- 기 전에

反 후後⇨ p.272

점심

名 [점ː심]
漢 點心

午餐、午飯

오늘 **점심**에는 비빔밥을 먹었습니다.
今天中午吃了拌飯。

參 점심시간午餐時間、점심밥午飯、점심 식사午餐

점점

副 [점ː점]
漢 漸漸

漸漸、逐漸

날씨가 **점점** 추워지고 있습니다.
天氣漸漸變冷了。

參 차츰逐漸／漸漸／慢慢、점차漸漸／逐漸／逐步

지금

名 副 [지금]

現在、如今、目前、此時

지금부터 한 시간 동안 쉬겠습니다.
從現在開始休息一小時。

리에 씨는 **지금** 공부를 하고 있습니다.
理惠現在正在讀書。

지나다

動 [지나다]

過去、經過、路過

한국어를 공부한 지 6개월이 **지났습니다**.
我學習韓語已經過了六個月。

약국 앞을 **지나면** 바로 우리 집입니다.
經過藥局前面，就是我家了。

- 이／가 지나다
- 을／를 지나다

參 지난주上周、지난달上個月、지난번上次、지난 시간上一次／上一堂課

時間 08

시간 • 時間

처음
名 [처음]

第一次、首先

처음 뵙겠습니다. 잘 부탁합니다.
初次拜見請多多指教。

한참
名 [한참]

好半天、好一陣子

친구를 **한참** 동안 기다렸습니다.
我等朋友等了好一陣子。

항상
副 [항상]
漢 恆常

總是

올가 씨는 **항상** 바쁩니다.
奧爾加總是很忙。

類 언제나 任何時候、一直、總是、始終 ⇨ p.267

현재
名 副 [현;재]
漢 現在

現在

현재 한국어를 공부하고 있습니다.
我現在正在學習韓語。

參 과거 過去 ⇨ p.260、미래 未來 ⇨ p.263

후
名 [후;]
漢 後

後、以後、後來

며칠 **후에** 시험을 보겠어요.
幾天後要考試。

대학교를 졸업한 **후에** 바로 취직했어요.
我大學畢業後，馬上就工作了。

- (으) ㄴ 후에

反 전 前、以前、之前 ⇨ p.270

複習一下

時間 | 時間

✏️ 請回答下列問題。

1. 다음 ( )에 들어갈 알맞은 단어로 연결된 것은 무엇입니까?

> 가끔 – (㉠) – 항상　　(㉡) – 현재 – 미래

① ㉠ 자주 ㉡ 과거　　② ㉠ 먼저 ㉡ 과거
③ ㉠ 과거 ㉡ 자주　　④ ㉠ 과거 ㉡ 먼저

2. 다음_____에 공통으로 들어갈 말은 무엇입니까?

> 가 피터 씨, 언제 왔어요?
> 나 _____왔어요.
> 가 앤디 씨는 언제 올 거예요?
> 나 _____ 올 거예요.

① 방금　　② 금방　　③ 가끔　　④ 먼저

3. 다음 중에서 관계가 다른 것은 무엇입니까?

① 전 – 후　② 낮 – 밤　③ 처음 – 마지막　④ 동안 – 드디어

4. 다음_____에 공통으로 들어갈 말은 무엇입니까?

> 가 올가 씨, 몇 시에 _____을 먹었어요?
> 나 오늘은 _____ 8시에 먹었어요.

① 낮　　② 점심　　③ 아침　　④ 밤

✏️ 請問下列選項中，哪個單字與畫底線部分意義相同？

5. <u>밥을 먹고 나서</u> 공원에 갑시다.

① 식전에　② 식후에　③ 곧　④ 바로

6. 지금은 바쁘니까 <u>조금 지난 뒤에</u> 다시 전화할게요.

① 얼른　② 잠깐　③ 잠시　④ 이따가

用漢字學韓語・日

✏️ 我們來看看韓文詞彙是如何與漢字產生聯繫的。

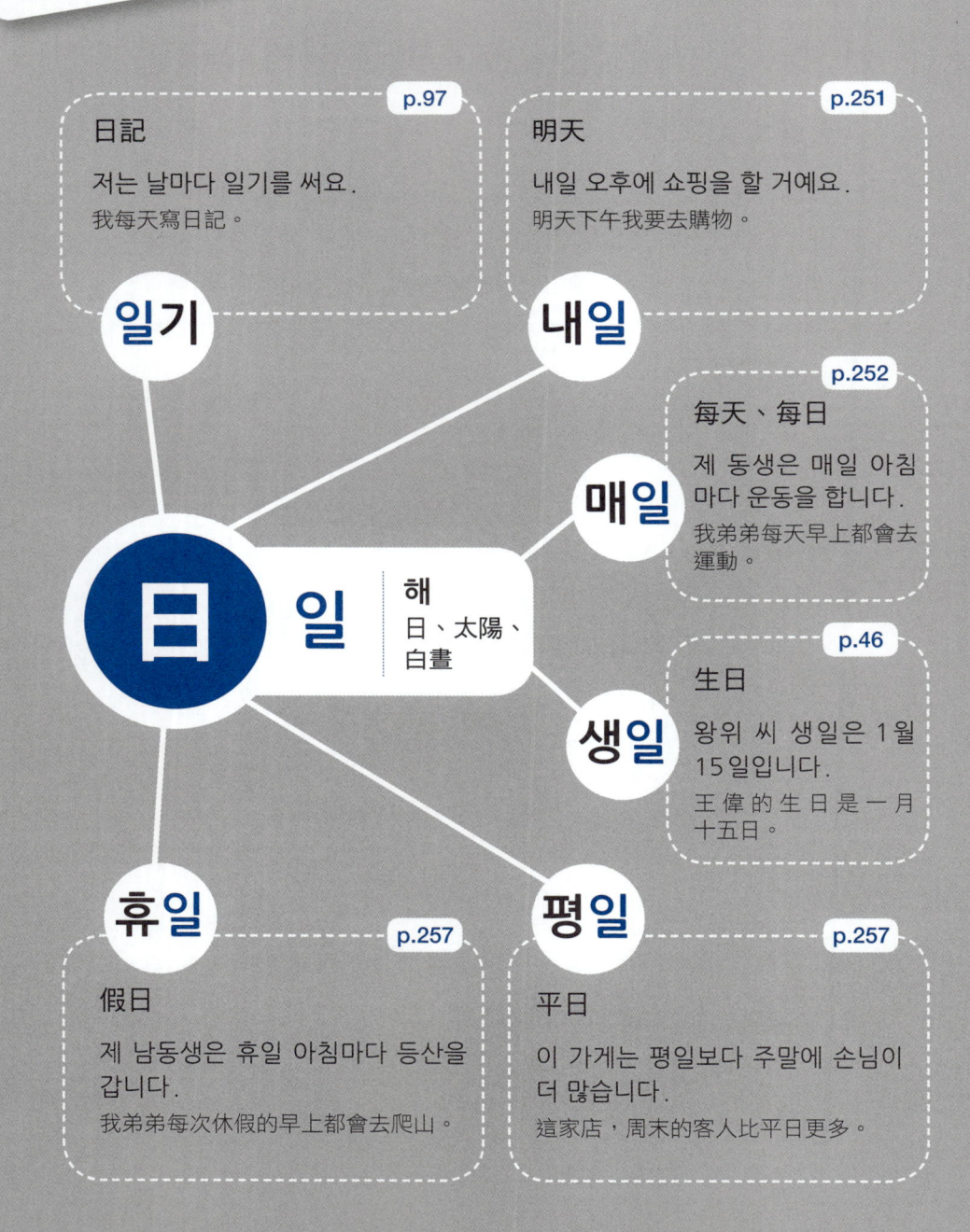

日記 (p.97)
저는 날마다 일기를 써요.
我每天寫日記。
일기

明天 (p.251)
내일 오후에 쇼핑을 할 거예요.
明天下午我要去購物。
내일

每天、每日 (p.252)
제 동생은 매일 아침마다 운동을 합니다.
我弟弟每天早上都會去運動。
매일

日 일 | 해 / 日、太陽、白晝

生日 (p.46)
왕위 씨 생일은 1월 15일입니다.
王偉的生日是一月十五日。
생일

假日 (p.257)
제 남동생은 휴일 아침마다 등산을 갑니다.
我弟弟每次休假的早上都會去爬山。
휴일

平日 (p.257)
이 가게는 평일보다 주말에 손님이 더 많습니다.
這家店,周末的客人比平日更多。
평일

09 패션
時尚

1 **미용** 美容
2 **소품** 小東西
3 **의류** 服裝

用漢字學韓語・物

1 미용
美容

🔊 35.mp3

마사지
名 [마사지]

按摩

어제 늦게까지 일해서 많이 피곤했어요. 그래서 **마사지**를 받았어요.

昨天工作到很晚非常累。因此去按摩了。

動 마사지하다 按摩
關 마사지를 받다 接受按摩
參 전신 마사지 全身按摩、발 마사지 腳底按摩、
얼굴 마사지 臉部按摩

미용
名 [미ː용]
漢 美容

美容

예쁘게 보이고 싶어 하는 사람들은 **미용**에 관심이 많아요.

想讓自己看起來漂漂亮亮的人，對美容很感興趣。

參 미용사 美容師、미용실 美容院／美髮院

바르다
動 [바르다]
不 르 不規則
⇒ 索引 p.478

抹、塗、敷

세수한 다음에 얼굴에 화장품을 **발라요**.

洗漱後，在臉上塗化妝品。

💡 - 에《물（水）、풀（草）、약（藥）、화장품（化妝品）、잼（果醬）等》을／를 바르다

샴푸
名 [샴푸]

洗髮精

저는 **샴푸** 대신에 비누로 머리를 감아요.

我用肥皂代替洗髮精洗頭。

어울리다

等 [어울리다]

搭配、協調、融洽

진우 씨와 수민 씨가 잘 **어울려요**.
鎮宇跟秀珉兩人很合得來。

파란색 티셔츠가 청바지와 잘 **어울려요**.
藍色 T 恤跟牛仔褲很搭。

이 옷 색깔은 앤디 씨에게 안 **어울려요**.
這件衣服的顏色不適合安迪。

- 이/가 - 와/과 어울리다
- 이/가 - 에게 어울리다

염색하다

動 [염;새카다]
漢 染色하다

染色

미용실에 가서 머리를 노란색으로 **염색했어요**.
我去了美容院，把頭髮染成了黃色。

- 을/를 염색하다

參 머리를 염색하다 染頭髮

유행

名 [유행]
漢 流行

流行

올해는 짧은 치마가 **유행**이에요.
今年短裙流行。

- 이/가 유행하다
- 이/가 유행되다
- 이/가 유행이다

動 유행하다 流行、유행되다 流行
關 유행이 지나다 退流行、過時

미용・美容

이발

名 [이ː발]
漢 理髮

理髮

이발한 지가 오래돼서 머리가 많이 길었어요.
距離上次理髮已經過了好一段時間，頭髮長得很長了。

動 이발하다 理髮
參 이발사 理髮師、이발소 理髮店

💡「이발소 (理髮店)」通常是男士們去的，女士都是去「미용실 (미장원) 美容院」。不過，近來男士們也經常去「미용실」。

이상하다

形 [이ː상하다]
漢 異常하다

異常、反常、不正常

양복을 입고 운동화를 신으니까 정말 **이상해요**.
身穿西裝腳穿運動鞋真的很奇怪。

자르다

動 [자르다]
不 르 不規則
⇒ 索引 p.478

剪斷、折斷

머리가 너무 길어서 미용실에 가서 **잘랐어요**.
頭髮太長，所以去美容院剪了。

- 을/를 자르다

💡 韓國人通常說「짜르다」。

파마

名 [파마]

燙髮

미용실에 가서 스트레이트**파마**를 했어요.
我去美容院燙了離子燙。

動 파마하다 燙頭髮

278

향수

名 [향수]
漢 香水

香水

중요한 모임에 갈 때는 **향수**를 조금 뿌려요.
參加重要聚會時，稍微噴了一點香水。

關 향수를 뿌리다 噴香水
參 향수 냄새 香水味

화장

名 [화장]
漢 化粧

化妝

중요한 사진을 찍을 때는 꼭 **화장**을 해요.
拍重要照片時，一定化妝。

動 화장하다 化妝
關 화장을 지우다 卸妝、화장을 고치다 補妝

2 소품
小飾物

🔊 36.mp3

가방
名 [가방]

包包、提包、手提箱、背包

여행하려고 큰 **가방**을 하나 샀어요.
為了旅行，我買了一個大提包。

關 가방을 들다提包包⇨ p.466、가방을 메다背背包⇨ p.466
參 책가방書包、서류 가방公事包、여행 가방旅遊背包、등산 가방登山背包

귀고리
名 [귀고리]

耳環、耳飾、耳墜

올가: 이 사진에서 **귀고리**를 한 분이 누구세요?
奧爾加: 這張照片裡戴耳環的這位是誰？

안나: 제 언니예요.
安娜: 是我姐姐。

類 귀걸이耳環、耳飾、耳墜、保暖耳套
關 귀고리를 하다戴耳環

넥타이
名 [넥타이]

領帶

양복을 입을 때에는 보통 **넥타이**를 매요.
穿西裝時，通常繫領帶。

關 넥타이를 매다繫領帶⇨ p.466、넥타이를 풀다解開領帶

모자
名 [모자]
漢 帽子

帽子

여름에 외출할 때에는 **모자**를 자주 써요.
夏天外出時，經常戴帽子。

關 모자를 쓰다戴帽子⇨ p.466、모자를 벗다脫帽子

목걸이

名 [목꺼리]

項鍊、項圈

생일 선물로 받은 **목걸이**가 정말 마음에 들어요.
生日禮物收到的項鍊真的很中我意。

목도리

名 [목또리]

圍巾、圍脖

밖이 너무 추워서 집에서 나갈 때 **목도리**를 했어요.
外面太冷了，出門的時候圍了圍巾。

類 머플러圍巾、圍脖
關 목도리를 하다戴圍巾、목도리를 두르다圍圍巾

時尚 09

반지

名 [반지]
漢 班指

戒指

결혼할 때 신랑, 신부는 서로 **반지**를 주고 받아요.
結婚時，新郎、新娘互相為彼此交換戒指。

關 반지를 끼다戴戒指⇒ p.466、반지를 빼다摘戒指
參 약혼 반지訂婚戒指、결혼 반지結婚戒指

샌들

名 [샌들]

涼鞋

여름에 바닷가에서 놀 때에는 **샌들**을 신는 것이 편해요.
夏天到海邊玩的時候穿涼鞋方便。

💡 韓國人通常說「쌘달」。

소품 • 小飾物

선글라스

名 [선글라스]

太陽眼鏡

여름에는 햇볕이 너무 강하니까 꼭 **선글라스**를 쓰세요.

夏天陽光太強，請一定要戴太陽眼鏡。

關 선글라스를 쓰다戴太陽眼鏡、선글라스를 끼다戴太陽眼鏡、선글라스를 벗다脫太陽眼鏡

韓國人通常說「썬글라스」。

손수건

名 [손쑤건]
漢 손手巾

手帕

영화를 보다가 눈물이 나서 **손수건**으로 닦았어요.

看電影看到流眼淚，而用手帕擦了擦。

스카프

名 [스카프]

圍巾、絲巾、領巾

친구 결혼식에 갈 때 빨간색 원피스를 입고 노란색 **스카프**를 했어요.

去參加朋友婚禮時，我穿了紅色洋裝，搭了黃色絲巾。

關 스카프를 하다戴絲巾、스카프를 매다繫絲巾

스타킹

名 [스타킹]

絲襪、褲襪、長襪

여자들은 치마를 입을 때 보통 **스타킹**을 신어요.

女人們穿裙子時，通常穿絲襪。

關 스타킹을 신다穿絲襪、스타킹을 벗다脫絲襪
參 스타킹 한 켤레絲襪一雙

282

슬리퍼
名 [슬리퍼]

拖鞋

집 안에서 신는 **슬리퍼**를 신고 외출하면 안 돼요.
不能穿著在家裡穿的拖鞋外出。

시계
名 [시계/시게]
漢 時計

錶、鐘

친구가 약속 시간에 안 와서 자꾸 **시계**를 봤어요.
朋友約定的時間到了沒來而一直看手錶。

關 시계를 차다戴手錶、벽에 시계를 걸다把時鐘掛在牆上
參 손목시계手錶／腕錶、알람 시계鬧鐘／錶、벽시계時鐘

신발
名 [신발]

鞋子

한국에서는 집 안에 들어갈 때 **신발**을 벗어야 해요.
在韓國進入屋裡時要脫鞋子。

關 신발을 신다穿鞋子➡ p.466、신발을 벗다脫鞋子
參 신발 한 켤레鞋一雙

안경
名 [안경]
漢 眼鏡

眼鏡

요즘 눈이 많이 나빠져서 **안경**을 새로 바꿨어요.
最近眼睛變得很差而換了新眼鏡。

關 안경을 쓰다戴眼鏡➡ p.466、안경을 끼다戴眼鏡、안경을 벗다脫眼鏡

時尚
09

소품・小飾物

양말

名 [양말]
漢 洋襪

襪子

까만색 양복에 흰색 **양말**은 어울리지 않아요.
黑色西裝跟白色襪子不搭。

關 양말을 신다穿襪子、양말을 벗다脫襪子

장갑

名 [장갑]
漢 掌匣

手套

추우니까 밖에 나갈 때 **장갑**을 끼세요.
天氣冷，外出時請戴手套。

關 장갑을 끼다戴手套、장갑을 벗다脫手套
參 고무장갑橡膠手套、가죽장갑皮手套、털장갑毛手套

지갑

名 [지갑]
漢 紙匣

錢包

여행 갔을 때 **지갑**을 잃어버려서 고생했어요.
旅行時錢包掉了而吃足了苦頭。

팔찌

名 [팔찌]

手鐲、手銬、手環

요즘에는 남자들도 **팔찌**를 많이 차요.
近來男人們也常常戴手環。

關 팔찌를 차다戴手環、팔찌를 하다戴手環

핸드백

名 [핸드백]

手提包、手拿包

미나 씨가 **핸드백**에서 명함을 꺼내서 폴 씨에게 주었어요.
美娜從手提包裡拿出名片遞給保羅。

參 손가방手提包

複習一下

時尚 | 美容、小飾物

✎ 請從範例中找出正確單字填入括弧裡。

> **例**　차다　　하다　　쓰다　　매다　　신다　　끼다

1. 목걸이 ┐
   팔찌 ├ 을/를 (　　　)
   귀고리 ┘

2. 모자   ┐
   안경   ├ 을/를 (　　　)
   선글라스 ┘

3. 슬리퍼 ┐
   샌들   ├ 을/를 (　　　)
   스타킹 ┘

4. 스카프 ┐
   넥타이 ┘ 을/를 (　　　)

✎ 請閱讀對話並回答下列問題。

> 가 어서 오세요. 어떻게 해 드릴까요?
> 나 머리를 ㉠_____ 싶어요.
> 가 무슨 색으로 해 드릴까요?
> 나 요즘 무슨 색이 유행이에요?
> 가 요즘 갈색이 ㉡ 유행이에요.
> 나 그럼, 갈색으로 해 주세요.

5. 여기는 어디입니까?

   ① 미용실　② 옷가게　③ 신발 가게　④ 은행

6. ㉠에 들어갈 말로 적당한 것은 무엇입니까?

   ① 자르고　② 염색하고　③ 이상하고　④ 바르고

7. ㉡과 의미가 다른 말은 무엇입니까?

   ① 사람들에게 인기가 있어요.　② 사람들이 좋아해요.
   ③ 사람들이 많이 해요.　　　　④ 사람들에게 어울려요.

3 의류
服裝

구멍
名 [구멍]

洞、穴、縫隙

양말에 **구멍**이 나서 창피했어요.
襪子破洞了，好丟臉。

關 구멍이 나다 破洞

두껍다
形 [두껍따]
不 ㅂ不規則
⇒ 索引 p.478

厚的、厚實的

날씨가 추우니까 **두꺼운** 옷을 입으세요.
天氣冷，請穿厚實的衣服。

- 이/가 두껍다

反 얇다 薄

디자인
名 [디자인]

款式、設計、圖案

같은 값이면 **디자인**이 더 예쁘고 멋있는 것을 고를 거예요.
如果價格一樣，我要選款式更漂亮、更有品味的那一個。

마음
名 [마음]

心、內心、心意

점원: 어느 구두가 더 **마음**에 드세요?
店員：您比較喜歡哪一雙？

안나: 저는 이 구두가 더 **마음**에 들어요.
安娜：我比較喜歡這一雙。

關 마음에 들다／안 들다 滿意／不滿意

멋
名 [먿]

風度、姿態、韻味、風采

그 영화에 나오는 배우 중에서 누가 제일 **멋**있어요?
出演那部電影的演員中,誰風采最佳?

關 멋 (이) 있다/없다帥氣/不帥氣、멋내다耍酷
參 멋쟁이愛打扮的人、時髦人

무늬
名 [무니]

花紋、紋路

왕핑:저, 혹시 아까 줄**무늬** 셔츠를 입은 사람 못 보셨어요?
王平:那個,請問你剛才看到穿條紋襯衫的人嗎?

피터:못 봤는데요.
彼得:沒看到。

參 줄무늬條紋、체크무늬格紋、꽃무늬花紋、
  물방울무늬水滴紋

바지
名 [바지]

褲子

요시코:저, 까만색 **바지**를 하나 사려고 하는데요.
耀子:您好,我想買一件黑色褲子。

점원:이쪽으로 오세요. 이거 어떠세요?
店員:這邊請,請問這件怎樣?

關 청바지牛仔褲、반바지短褲、긴바지長褲

반
名 [반;]
漢 半

一半、半、五分

치마 길이를 **반**으로 줄여 주세요.
裙子的長度請幫我修短一半。

參 반바지短褲、반팔 티셔츠短袖 T 恤、반소매 티셔츠短袖 T 恤

時尚 09

의류 • 服裝

반바지
名 [반ː바지]

短褲

날씨가 너무 더워서 요즘에는 **반바지**를 자주 입어요.

天氣太熱了，因此最近常穿短褲。

反 긴바지長褲

반팔
名 [반ː팔]
漢 半팔

短袖

산 속에서는 **반팔** 티셔츠만 입으면 추울 거예요. 긴팔 티셔츠도 하나 준비하세요.

在山裡如果只穿短袖 T 恤會冷的，請另外準備一件長袖 T 恤。

反 긴팔長袖
類 반소매短袖

블라우스
名 [블라우스]

罩衫、襯衫

이 정장에는 밝은 색 **블라우스**가 잘 어울려요.

這套正裝跟亮色罩衫很搭。

새
冠 [새ː]

新、新的

면접 볼 때 입으려고 **새** 옷을 샀어요.

我為了面試的時候要穿而買了新衣服。

反 헌舊、陳舊

💡「새」後面接名詞；「새로」後面接動詞。

288

새로
副 [새로]

新、首次、重新

새로 산 구두가 조금 작아서 발이 불편해요.
新買的鞋子有點小,腳不舒服。

셔츠
名 [셔츠]

襯衫、襯衣、衫

이 까만색 바지에 무슨 색 **셔츠**가 어울릴까요?
這件黑色褲子跟什麼顏色的襯衫搭?

參 와이셔츠 白襯衫、티셔츠 T 恤

속
名 [속]

內、裡

날씨가 너무 쌀쌀해서 주머니 **속**에 손을 넣었어요.
天氣太涼,把手塞進了口袋裡。

類 안쪽면、內部 ⇨ p.345
反 겉표면、外表

스웨터
名 [스웨터]

毛衣

날씨가 쌀쌀해져서 **스웨터**를 꺼내 입었어요.
天氣轉涼,把毛衣拿出來穿。

양복
名 [양복]
漢 洋服

西裝

요즘에는 근무 시간에 **양복**을 안 입어도 되는 회사가 많습니다.
近來,上班可以不穿西裝的公司很多。

時尚 09

289

의류 • 服裝

옷
名 [옫]

衣服

동대문 시장이나 남대문 시장에는 값이 싼 **옷**이 많이 있어요.

東大門市場或南大門市場價格便宜的衣服有很多。

와이셔츠
名 [와이셔츠]

白襯衫

저는 집안일 중에서 **와이셔츠** 다리는 일이 제일 싫어요.

所有家務中，燙白襯衫我感覺最麻煩。

💡 「와이셔츠」是英語 white shirt 的縮略語。

외투
名 [외;투/웨;투]
漢 外套

外套、大衣

외투를 벗어서 옷걸이에 걸었어요.

我把外套脫下來，掛在衣架上。

類 코트大衣、外套 ⇨ p.292

원피스
名 [원피스]

洋裝

저기 꽃무늬 **원피스**를 입고 있는 여자 아이가 아주 귀여워요.

那邊那個穿著花紋洋裝的小女孩非常可愛。

웨딩드레스
名 [웨딩드레스]

婚紗

하얀 **웨딩드레스를** 입은 신부가 아름다웠어요.
穿著白色婚紗的新娘很美麗。

잠바
名 [잠바]

夾克

날씨가 추울 때는 두꺼운 **잠바를** 입으세요.
天氣冷的時候，請穿厚夾克。

類 점퍼夾克、工作服

정장
名 [정장]
漢 正裝

西裝、正式服裝、套裝

결혼식에 갈 때에는 보통 **정장을** 입어요.
去參加婚禮時通常穿正式服裝。

參 남성 정장男性西裝＝양복西裝、여성 정장女性正裝

조끼
名 [조끼]

背心、馬甲

남자 한복에는 **조끼가** 있어요.
男性韓服有背心。

주머니
名 [주머니]

口袋

남자들은 보통 지갑을 바지 **주머니에** 넣어요.
男性通常會把皮夾塞在褲子口袋裡。

類 호주머니口袋

時尚 09

의류 • 服裝

찢다
動 [찓따]

撕、扯

요즘에는 청바지를 **찢어서** 입는 사람들이 많아요.
近來穿破牛仔褲的人很多。

- 을/를 찢다

청바지
名 [청바지]

牛仔褲

학교에 다닐 때는 **청바지**를 즐겨 입어요.
上學時我喜愛穿牛仔褲。

치마
名 [치마]

裙子

요즘에는 짧은 **치마**가 유행이에요.
最近短裙流行中。

參 짧은 치마 短裙、긴 치마 長裙

코트
名 [코트]

大衣

한국은 겨울에 아주 추워서 두꺼운 **코트**가 필요해요.
韓國冬天非常冷，需要厚大衣。

類 외투 外套 ⇨ p.290

티셔츠

名 [티셔츠]

T 恤

월드컵 경기 때 한국 사람들은 빨간색 **티셔츠**를 입고 응원했어요.

世界盃競賽時，韓國人穿著紅色 T 恤加油。

한복

名 [한ː복]
漢 韓服

韓服

미나 : **한복**을 입어 본 적이 있어요?
美娜：你有穿過韓服嗎？

피터 : 네, 그런데 생각보다 입는 방법이 복잡했어요.
彼得：有，不過穿法比想像中複雜。

화려하다

形 [화려하다]
漢 華麗하다

華麗

파티에 갈 때 입으려고 **화려한** 옷을 샀어요.
我參加派對時想穿，於是買了一件華麗的衣服。

- 이/가 화려하다

關 옷이 화려하다衣服華麗、색깔이 화려하다顏色華麗

時尚
09

293

複習一下

時尚 | 服裝

✎ 請回答下列問題。

1. 다음_____에 공통으로 들어갈 수 있는 말은 무엇입니까?

_____바지, _____팔 티셔츠

① 반　　② 새　　③ 속　　④ 무늬

2. 다음 중 관계가 <u>다른</u> 하나는 무엇입니까?

① 멋있다 - 멋없다　　② 두껍다 - 얇다
③ 새 - 새로　　　　　④ 입다 - 벗다

3. 다음 範例의 옷을 모두 입을 수 있는 계절은 어느 계절입니까?

| 例 | 외투　　스웨터　　잠바(점퍼) |

① 봄　　② 여름　　③ 가을　　④ 겨울

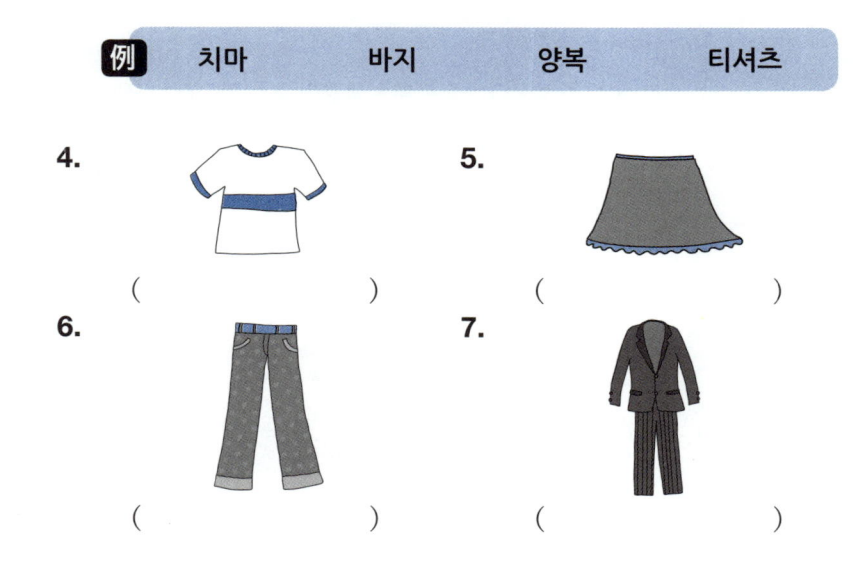

✎ 請從範例中找出與圖片相對應的單字,填入括弧中。

| 例 | 치마　　바지　　양복　　티셔츠 |

4. (　　　　)

5. (　　　　)

6. (　　　　)

7. (　　　　)

用漢字學韓語・物

✏️ 我們來看看韓文詞彙是如何與漢字產生聯繫的。

物 / 물　물건、東西、物品

물가　p.312
物價
서울은 북경보다 물가가 비쌉니다.
首爾的物價比北京貴。

물건　p.302
東西、物品
남대문 시장에는 싼 물건이 아주 많습니다.
南大門市場有非常多便宜的東西。

건물　p.368
建築、建築物
우리 사무실은 저 건물 5층에 있습니다.
我們辦公室位於那棟建築物的五樓。

선물　p.303
禮物
생일에 무슨 선물을 받고 싶어요?
你生日的時候想收什麼禮物?

분실물　p.95
遺失物品
잃어버린 물건을 찾으려면 분실물 센터에 연락해 보세요.
如果想要找弄丟的物品,請聯繫看看遺失物中心。

동물원　p.205
動物園
이번 주말에 우리 가족은 동물원에 가려고 합니다.
這周末我們家要去動物園。

295

10 경제 활동
經濟活動

1 가게／시장 商店／市場
2 경제 經濟
2 쇼핑 購物

用漢字學韓語・入

1 가게／시장
商店／市場

🔊 38.mp3

가게
名 [가;게]

店、商店、門市

안나 씨는 우유를 사러 **가게**에 갑니다.
安娜去商店買牛奶。

參 옷 가게服飾店、신발 가게鞋店、꽃 가게花店

가볍다
形 [가볍따]
不 ㅂ 不規則
⇨ 索引 p.478

輕的、不重的

가방에 물건이 별로 없어서 **가벼워요**.
包包裡面沒有什麼東西，很輕。

- 이／가 가볍다

反 무겁다重、沉 p.302

구두
名 [구두]

皮鞋

리에 씨는 신발 가게에 가서 예쁜 **구두**를 샀어요.
理惠去鞋店買了漂亮的皮鞋。

그
冠 [그]

那

그 가방은 얼마예요?
那個包包多少錢？

그+《名詞》

參 이這⇨ p.305
  저那⇨ p.347

298

그것

代 [그걷]

那個

그것보다 좀 싼 거 없어요?
沒有比那個便宜一點的？

參 이것這個⇨ p.306
저것那個⇨ p.306

💡 그것은→그건、그것이→그게、그것을→그걸、그것으로→그걸로

그렇다

形 [그러타]
不 ㅎ不規則
⇨索引 p.480

那樣子的、就那樣子的

안나：그 옷은 너무 커요.
安娜：那件衣服太大了。

피터：**그래요**?
彼得：是嗎？

- 이/가 그렇다
그런 +《名詞》

參 이렇다這樣的、如此的⇨ p.306、저렇다那樣的、那麼的⇨ p.307

깎다

動 [깍따]

削、刨、刮

아주머니, 너무 비싸요. 좀 **깎아** 주세요.
大嬸，太貴了，請算便宜一點。

關 값을 깎다削價／砍價、가격을 깎다削價／砍價

꽤

副 [꽤]

相當、頗、挺

내가 사고 싶은 가방은 **꽤** 비싸요.
我想買的包包相當貴。

經濟活動 10

가게 / 시장 • 商店／市場

내다
動 [내다]

付、出

리에 씨는 물건을 사고 돈을 **냈어요**.
理惠買東西，然後付錢。

- 을/를 내다

關 돈을 내다付錢、숙제를 내다交作業、화를 내다發脾氣

다
副 [다;]

都、全部、完全

안나：아주머니, 사과 있어요?
安娜：大嬸，有蘋果嗎？

아주머니：아니요, **다** 팔렸어요.
大嬸：沒有，都賣完了。

類 모두全部、都⇨ p.302、전부全部、完全

단골
名 [단골]

常客

저는 그 가게 **단골**이라서 자주 갑니다.
我是那間店的常客，常去。

參 단골 가게常光顧的店、단골 손님常客

더
副 [더]

更、還、甚

이것보다 저것이 **더** 예쁜 것 같아요.
那個好像比這個更漂亮。

反 덜少、不太、半

또
副 [또]

又、再

점원이 친절한 가게는 **또** 가고 싶어요.
店員親切的店我想再去。

만지다
動 [만지다]

觸摸、撫摸

손님, 만지지 **마시고** 그냥 보기만 하세요.
客人,請別用手觸摸,用看的就好。

- 을／를 만지다

많다
形 [만ː타]

多、大

동대문 시장에는 사람들이 아주 **많습니다**.
東大門市場人非常多。

- 이／가 많다

反 적다少、不多 ⇨ p.307

많이
副 [마ː니]

多、很

올가 씨는 백화점에 가서 물건을 **많이** 샀어요.
奧爾加去百貨公司海量買了東西。

反 조금稍微、一點 ⇨ p.308

經濟活動 10

301

가게 / 시장 • 商店／市場

모두

名 副 [모두]

全部、一共

이곳에 있는 가게 **모두**가 신발만 팔아요?
這個地方的店全都只賣鞋子嗎？

이거 **모두** 얼마예요?
這些總共多少錢？

類 다全、都⇨ p.300
전부全部、全體、全

무겁다

形 [무겁따]
不 ㅂ不規則
⇨ 索引 p.478

重的、沉重的、重大的、嚴重的

너무 많이 사서 짐이 **무거워요**.
買太多了，行李好重。

- 이／가 무겁다

反 가볍다輕、不重⇨ p.298

무게

名 [무게]

重量、份量

이 여행 가방의 **무게**는 10kg이에요.
這個旅遊背包的重量是十公斤。

關 무게가 많이 나가다頗重、무게가 적게 나가다不重

물건

名 [물건]
漢 物件

東西、物品

시장에 가서 필요한 **물건**을 다 샀어요.
我去市場把必要的東西都買了。

비싸다
形 [비싸다]

貴的、昂貴的、價高的

이 옷은 너무 **비싸요**. 조금 싼 것을 보여 주세요.
這件衣服太貴了，請讓我看看便宜一點的。

- 이/가 비싸다

反 싸다便宜的、廉價的、低廉的 ⇨ p.304

빵집
名 [빵집]

麵包店

빵을 사러 **빵집**에 갑니다.
我去麵包店買麵包。

類 제과점糕餅店

사다
動 [사다]

買、購入、置辦

백화점에 가서 모자를 **샀어요**.
我去百貨公司買了帽子。

- 을/를 사다

反 팔다賣、銷售、出售 ⇨ p.323

선물
名 [선ː물]
漢 膳物

禮物、禮品

안나 씨는 친구의 생일 **선물**을 사러 백화점에 갔습니다.
安娜去百貨公司買朋友的生日禮物。

- 에게 - 을/를 선물하다

動 선물하다送禮
關 선물을 사다買禮物、선물을 주다送禮物、선물을 받다收禮物
參 생일 선물生日禮物、졸업 선물畢業禮物、결혼 선물結婚禮物、축하 선물祝賀禮物

經濟活動 10

303

가게 / 시장・商店／市場

손님
名 [손님]

客人

손님, 무엇을 찾으세요?
客人，請問您要找什麼？

參 손님이 있다 有客人、손님이 많다 客人多

슈퍼마켓
名 [슈퍼마켇]

超市

리에 씨는 **슈퍼마켓**에 가서 라면을 샀어요.
理惠去超市買了泡麵。

시장
名 [시ː장]
漢 市場

市場

백화점 물건보다 **시장** 물건이 더 싸요.
市場的東西比百貨公司的東西更便宜。

參 동대문 시장 東大門市場、남대문 시장 南大門市場

싸다
形 [싸다]

便宜的、廉價的、低廉的

그 옷은 디자인도 예쁘고 **싸니까** 좋아요.
那件衣服設計漂亮又便宜，我喜歡。

- 이／가 싸다

反 비싸다 貴、昂貴 ⇨ p.303

304

어떻다

形 [어떠타]
不 ㅎ不規則
索引 p.480

怎麼樣的、什麼樣的

안나 : 이 옷 **어때요**?
安娜：這件衣服怎麼樣？

리에 : 디자인이 예쁘네요!
理惠：設計好漂亮啊！

- 이／가 어떻다
어떤 +《名詞》

어서

副 [어서]

快、趕快

아주머니 : 손님, **어서** 오세요.
大嬸：客人，請進。歡迎光臨。

왕위 : 아주머니, 수박 있어요?
王偉：大嬸，有西瓜嗎?

關 어서 오다 趕快來、請進

💡 常說「어서 오세요」、「어서 오십시오」。

얼마

名 [얼마]

多少（錢）、多少

리에 : 아주머니, 이거 **얼마**예요?
理惠：大嬸，請問這個多少錢？

아주머니 : 5,000원이에요.
大嬸：五千韓元。

이

冠 [이]

這

이 가게에는 물건이 아주 많습니다.
這家店的東西非常多。

參 그 那⇨ p.298
저 那⇨ p.347

經濟活動 10

305

가게 / 시장・商店／市場

이것

名 [이걷]

這個

왕위：리에 씨, 그게 뭐예요?
王偉：理惠，那是什麼？
리에：**이것**은 제 선물이에요.
理惠：這是我的禮物。

參 그것那個⇨ p.299、저것那個⇨ p.306

💡 이것은→이건、이것이→이게、이것을→이걸、이것으로→이걸로

이렇다

形 [이러타]
不 ㅎ不規則
⇨ 索引 p.480

這樣的、像這樣的

이런 옷은 어디에서 팔아요?
這樣的衣服在哪裡有賣？

- 이／가 이렇다
이런 +《名詞》

參 이렇게這樣的、如此、像這樣
參 그렇다那樣的、就那樣⇨ p.299、저렇다那樣的、那麼、那般 ⇨ p.307

잔돈

名 [잔돈]
漢 殘돈

零錢、小錢

자판기 커피를 마시고 싶은데, **잔돈**이 없어요.
我想喝自動販賣機的咖啡，可是我沒有零錢。
200원만 빌려주세요.
請借我兩百韓元就好。

저것

代 [저걷]

那個

피터 씨 뒤에 있는 **저것**은 얼마예요?
彼得後面的那個多少錢？

參 이것這個⇨ p.306、그것那個⇨ p.299

💡 저것은→저건、저것이→저게、저것을→저걸、저것으로→저걸로

저렇다

形 [저러타]
不 ㅎ不規則
⇨索引 p.480

那樣的、那麼的、那般的

안나：저 사람 좀 봐.
安娜：你看看那個人。

리에：와, **저렇게** 키가 큰 사람은 처음 봐.
理惠：哇，個子那麼高的人沒看過。

- 이／가 저렇다
저런＋《名詞》

副 저렇게那麼的、那樣、那個
參 이렇다這樣的、這種、像這樣⇨ p.306
　 그렇다那樣的、是那樣的⇨ p.299

저울

名 [저울]

秤

아저씨는 소고기를 **저울**에 놓고 무게를 달았어요.
大叔把牛肉放在秤上秤重量。

- 을／를 저울에 달다

關 저울로 무게를 달다用秤子秤重量

적다

形 [적ː따]

少的、不多的

오늘은 일요일이어서 문을 연 가게가 **적을** 거예요.
今天是星期日，我想開門的店家不多。

- 이／가 적다

反 많다多、大⇨ p.301

💡「적다」用於數字；「작다」用於大小。

가게 / 시장 • 商店／市場

조금
名 副 [조금]

一點、稍微、絲毫

그건 너무 **조금**이에요. 더 주세요.
那個太少了，請再給一點。

그건 **조금** 비싼 것 같아요.
那個好像有點貴。

反 많이多、很⇨ p.301

💡 韓國人也說「쪼금」。

주다
動 [주다]

給、給予

리에 씨가 저에게 선물을 **주었어요**.
理惠送我禮物。

- 에게 - 을／를 주다

反 받다收到、接受⇨ p.195
尊 드리다奉、呈、獻⇨ p.182

주인
名 [주인]
漢 主人

主人、老闆

저 가게의 **주인**아주머니는 아주 친절하십니다.
那家店的老闆娘非常親切。

중고
名 [중고]
漢 中古

中古、二手

그 차는 새 것이 아니라 **중고**예요.
那輛車不是新的，是中古車。

參 중고품二手物品、중고차中古車、중고 가구二手家具

짜리

詞 [짜리]

某價值的量、價值、面額

안나：500원**짜리** 동전 있어요?
安娜：你有五百韓元硬幣嗎？

리에：미안해요. 100**원짜**리밖에 없어요.
理惠：抱歉，我只有一百韓元面額的。

크기

名 [크기]

大小、尺寸

신발 **크기**가 어떻게 되세요?
請問鞋子的大小是多少？

形 크다 大、高、長
關 크기가 크다／작다 大小大／大小小

한번

名 [한번]
漢 한番

一次、一下

요시코：아줌마, 이 구두 **한번** 신어 봐도 돼요?
耀子：大嬸，我可以試穿一下這雙皮鞋嗎？

아줌마：그럼요, 발 크기가 어떻게 되세요?
大嬸：當然可以，請問您的腳多大？

💡 「한 번」講的真的就是一次；「한번」則是「試著做做看」的意思。

經濟活動 10

複習一下

經濟活動 | 商店／市場

✎ 請回答下列問題。

1. 다음 중 관계가 <u>다른</u> 하나를 고르십시오.

① 가볍다 – 무겁다　　② 싸다 – 비싸다
③ 많다 – 적다　　　　④ 사다 – 주다

2. 다음 밑줄 친 부분의 의미와 가장 비슷한 것을 고르십시오.

> 저 분은 우리 식당에 <u>자주 오시는 분</u>이에요.

① 주인　② 손님　③ 단골　④ 사람

✎ 請選出可填入空白處的正確單字。

3.
> 아저씨, 값이 너무 비싼 것 같아요. 조금만 _____ 주세요.

① 사　② 내　③ 적어　④ 깎아

4.
> 물건을 다 골랐어요? 그럼 빨리 돈을 _____ 갑시다.

① 내고　② 적고　③ 깎고　④ 싸고

5.
> 손님, 물건을 _____ 마시고 그냥 보기만 하세요.

① 가볍지　② 만지지　③ 적지　④ 무겁지

2 경제
經濟

🔊 39.mp3

경제
名 [경제]
漢 經濟

經濟

요즘 한국 **경제**는 어떻습니까?
最近韓國經濟如何？

關 경제가 좋다 經濟好、경제가 나쁘다 經濟不好
參 경제 문제 經濟問題、경제 상황 經濟狀況、경제학 經濟學、경제적 經濟的

달러
名 [달러]

美元、美金

은행에 가서 **달러**를 한국 돈으로 바꿨어요.
我去銀行把美金換成韓幣。

參 원 韓元、엔 日元、위안（人民幣、台幣）元

도장
名 [도장]
漢 圖章

印章、印鑑

은행에서 통장을 만들 때 **도장**이 필요해요?
去銀行開戶的時候需要印章嗎？

關 도장을 찍다 蓋章

돈
名 [돈;]

錢

요즘은 선물 대신 **돈**을 주는 사람도 많아요.
近來給錢直接替代給禮物的人也很多。

關 돈을 벌다 賺錢、돈을 쓰다 花錢、돈이 들다 費錢、돈을 빌리다 借錢、돈을 갚다 還錢、돈을 잃다 失去錢

311

경제・經濟

동전
名 [동전]
漢 銅錢

硬幣、零錢

여기에 백 원짜리 **동전** 3개를 넣으세요.

請在這裡投進三個百元硬幣。

反 지폐紙幣、紙鈔

들다
動 [들다]
不 ㄹ 不規則
⇨ 索引 p.477

中意、看上、需要、進入

해외로 여행을 가면 돈이 많이 **들어요**.

如果去海外旅行，會需要很多錢。

關 마음에 들다滿意／中意、돈이 들다花錢

무역
名 [무;역]
漢 貿易

貿易

우리 회사는 중국에 있는 회사와 **무역**을 많이 합니다.

我們公司跟中國當地的公司有許多貿易往來。

- 이／가 - 와／과 무역하다

動 무역하다貿易
參 무역 회사貿易公司

물가
名 [물까]
漢 物價

物價

요즘 **물가**가 많이 올랐어요.

近來物價上漲許多。

關 물가가 싸다／비싸다物價便宜／昂貴、물가가 오르다／내리다 物價上漲／下跌

312

벌다

動 [벌;다]
不 ㄹ不規則
⇨ 索引 p.477

賺

열심히 일해서 돈을 많이 **벌었어요**.
我努力工作，賺了很多錢。

- 을/를 벌다

關 돈을 벌다 賺錢

부자

名 [부;자]
漢 富者

有錢人、富者

부자가 되면 어려운 사람들을 도와주고 싶어요.
如果我是有錢人，我想幫助貧困的人。

反 가난한 사람 貧困的人、빈자 窮人

부족하다

形 [부조카다]
漢 不足하다

不足的、缺乏的、不夠的

새 컴퓨터를 사려고 하는데 돈이 좀 **부족해요**.
我想購買新電腦，不過錢不夠。

- 이/가 부족하다

名 부족 不足、缺乏
反 충분하다 充分、充足、夠 ⇨ p.316
類 모자라다 不足、不夠、缺少、缺心眼 ⇨ p.319

비밀번호

名 [비;밀번호]
漢 秘密番號

密碼

비밀번호를 잊어버렸는데 어떻게 해요?
我忘了密碼，怎麼辦？

경제 • 經濟

신용 카드
名 [시뇽카드]
漢 信用 Card

信用卡

요즘은 현금보다 **신용 카드**를 사용하는 사람이 많아요.

近來使用信用卡比使用現金的人更多。

신청
名 [신청]
漢 申請

申請

은행에 신용 카드를 **신청**했는데 아직 못 받았어요.

我在銀行申辦信用卡了，不過還沒收到卡片。

- 을/를 신청하다

動 신청하다 申請
參 신청서 申請書、카드 신청 申請信用卡、비자 신청 申請簽證

아끼다
動 [아끼다]

節省、愛惜、珍視、珍惜

그렇게 돈을 많이 쓰지 말고 좀 **아껴** 쓰세요.

不要那麼大把的花錢，省著點用。

- 을/를 아끼다

關 돈을 아끼다 惜用金錢、시간을 아끼다 珍惜時間、물건을 아끼다 珍惜物品、물을 아끼다 珍惜水

常使用「아껴 쓰다」。

오르다
動 [오르다]
不 르不規則
⇨ 索引 p.478

上漲、高漲、上升、升起

월급이 많이 **올라서** 기분이 좋아요.

因為薪水加了不少，所以心情很好。

- 이/가 오르다

反 내리다 下、降、落
關 물가가 오르다 物價上漲、월급이 오르다 薪水上升、등록금이 오르다 學費上漲、가격이 오르다 價格上漲

314

용돈

名 [용ː똔]
漢 用돈

零用錢

저는 아르바이트를 해서 **용돈**을 벌었어요.

我打工賺取零用錢。

關 용돈을 벌다賺零用錢、용돈을 쓰다花零用錢、용돈을 받다拿零用錢

월급

名 [월급]
漢 月給

月薪

우리 회사 **월급**이 다른 회사 **월급**보다 많아요.

我們公司的月薪比別家公司的月薪高。

關 월급이 많다／적다月薪多／月薪少、월급을 주다／받다給月薪／領月薪、월급을 타다提領薪水
參 월급날發薪日

經濟活動 10

은행

名 [은행]
漢 銀行

銀行

환전을 하러 **은행**에 가요.

我為了換錢去銀行。

저금

名 [저ː금]
漢 儲金

存款、積蓄

한 달에 얼마 정도 **저금**해요?

你一個月存多少錢？

動 저금하다存錢
參 돼지 저금통豬公存錢筒、小豬撲滿

315

경제 • 經濟

중요하다

形 [중;요하다]
漢 重要

重要

취직할 때 가장 **중요하게** 생각하는 것이 뭐예요?
你認為找工作的時候，最重要的事情是什麼？

- 이/가 중요하다

名 중요重要

충분하다

形 [충분하다]
漢 充分

充分、充足

돈이 **충분하니까** 필요한 것을 모두 사세요.
錢充足，需要什麼就買。

- 이/가 충분하다

反 부족하다不足、缺乏、不夠⇨ p.313
모자라다不足、不夠、缺少、缺心眼⇨ p.319

카드

名 [카드]

卡片、卡

현금 **카드**가 있으면 돈 찾기가 편해요.
如果有提款卡，提款比較方便。

參 축하 카드賀卡、크리스마스 카드聖誕卡、교통 카드交通卡、신용 카드信用卡、현금 카드提款卡

통장

名 [통장]
漢 通帳

存摺、帳戶

은행에서 새 **통장**을 만들었어요.
我在銀行開了一個新戶頭。

參 월급 통장月薪帳戶、예금 통장存款帳戶、存單

316

필요

名 [피료]
漢 必要

需要、必要

여행 갈 때 **필요**한 것을 모두 샀어요.
去旅行時，把需要的東西全買了。

- 이/가 필요하다
- 이/가 필요 없다

形 필요하다 需要的
關 필요 (가) 없다 不需要、沒必要

현금

名 [현;금]
漢 現金

現金

현금이 없으면 신용 카드로 계산하세요.
如果沒有現金，請用信用卡結帳。

關 현금이 있다/없다 有現金/沒現金
參 현금 영수증 現金收據、현금 지급기 提款機

支票 수표

紙鈔 지폐

硬幣 동전

환전

名 [환전]
漢 換錢

換錢、兌匯、兌款

미국 여행을 가기 전에 한국 돈을 달러로 **환전**했어요.
去美國旅行前，把韓幣換成了美金。

- 을/를 - (으) 로 환전하다

動 환전하다 換錢

經濟活動 10

3 쇼핑 / 購物

40.mp3

가격
名 [가격]
漢 價格

價格

이 휴대 전화 **가격**이 얼마예요?
這個手機的價格是多少錢？

關 가격이 오르다 價格上漲、가격이 내리다 價格下滑
參 가격 인하 降價、가격 인상 漲價

값
名 [갑]

價格、價錢

물건**값**이 많이 올랐어요.
物價上漲許多。

關 값이 싸다／비싸다 價格便宜／價格昂貴、값이 오르다／내리다 價格上漲／價格下跌
參 밥값 飯錢、쌀값 米價、물건값 物價

거스름돈
名 [거스름똔]

找零

물건을 산 후에 **거스름돈** 받는 것을 잊어버렸어요.
我忘記拿買東西後找的零錢了。

類 잔돈 零錢、小錢

계산
名 [계;산／게;산]
漢 計算

計算、算

여기 얼마예요? **계산**해 주세요.
這邊多少錢？請結帳。

- 을／를 계산하다

動 계산하다 計算　參 계산서 帳單、계산기 計算機

318

고르다

動 [고르다]
不 르不規則
⇨ 索引 p.478

挑選、選擇

이 물건들 중에서 하나만 **고르세요**.
請從這些東西裡面挑一個。

- 에서 - 을/를 고르다

類 선택하다 選擇

교환

名 [교환]
漢 交換

換、交換

이 신발을 조금 더 큰 것으로 **교환**해 주세요.
這雙鞋請幫我換更大雙一點的。

- 을/를 - (으)로 교환하다

動 교환하다 交換
參 언어 교환 語言交換、정보 교환 情報交換、교환 학생 交換學生、교환 교수 交換教授

다양하다

形 [다양하다]
漢 多樣하다

多樣的、多元的、各式各樣的

요즘 휴대 전화는 디자인이 정말 **다양해요**.
最近的手機設計真的很多樣。

- 이/가 다양하다

모자라다

動 [모;자라다]

不足、不夠、缺少、缺心眼

동전이 **모자라는데**, 좀 빌려주시겠어요?
我零錢不夠，你可以借我一些嗎？

- 이/가 모자라다

反 충분하다 充分、充足 ⇨ p.316
類 부족하다 不足、缺乏、不夠 ⇨ p.313

經濟活動 10

319

쇼핑 • 購物

무료
名 [무료]
漢 無料

免費

이것은 **무료**로 드리는 거니까 그냥 가져가세요.

這個是免費贈送的，請直接拿走即可。

反 유료收費
類 공짜免費
參 무료 입장免費入場、무료 상영免費放映

바꾸다
動 [바꾸다]

換、替換、變換

이 노란색 원피스를 빨간색으로 **바꿀** 수 있어요?

請問這件黃色洋裝可以換成紅色的嗎？

- 을/를 - (으)로 바꾸다

바뀌다
動 [바뀌다]

被換成、被改變

아까 가게에서 산 옷이 친구의 것과 **바뀌었어요**.

剛剛店裡買的衣服被換成了朋友的衣服。

- 이/가 - (으)로 바뀌다
- 이/가 - 와/과 바뀌다

백화점
名 [배콰점]
漢 百貨店

百貨公司

어머니 생신에 드릴 선물을 사러 **백화점**에 갔어요.

我為了買給母親的生日禮物，去了百貨公司。

상품
名 [상품]
漢 商品

商品

백화점에는 다양한 **상품**이 많이 있어요.
百貨公司各式各樣的商品多得很。

參 상품권商品券

선택
名 [선ː택]
漢 選擇

選擇

모두 마음에 들어서 하나만 **선택**하기가 어렵네요.
每一個都喜歡，只挑一個可真難。

- 을/를 선택하다
- 이/가 선택되다

動 선택하다挑選、선택되다被選擇
類 고르다選擇、挑選⇨ p.319

經濟活動
10

세일
名 [세일]

折扣、促銷

세일 기간에 사면 좋은 물건을 싸게 살 수 있어요.
如果在促銷期間購買，就可以用便宜的價格買到好東西。

- 을/를 세일하다

動 세일하다打折
參 세일 중折扣中、세일 기간折扣期間

쇼핑
名 [쇼핑]

購物

백화점 세일 기간에는 **쇼핑**하는 사람이 많아서 복잡합니다.
百貨公司促銷期間購物的人很多，人潮擁擠。

動 쇼핑하다購物

쇼핑 • 購物

영수증

名 [영수증]
漢 領收證

發票、收據

물건을 교환하거나 환불할 때는 **영수증**을 꼭 가지고 오세요.
要換貨或是退款時，請務必攜帶發票。

參 현금 영수증現金發票／現金收據、카드 영수증信用卡簽帳單

점원

名 [저;뭔]
漢 店員

店員

안나 씨는 서점에서 **점원**으로 일한 적이 있어요.
安娜曾在書店當過店員。

줄

名 [줄]

隊、列、排

여러분, **줄**을 서서 기다려 주세요.
各位，請排隊等待。

動 줄을 서다排隊

판매

名 [판매]
漢 販賣

銷售、販賣

이 상품은 이번 주까지만 싸게 **판매**합니다.
此商品只特價銷售至本周為止。

- 을/를 판매하다

動 판매하다販賣
參 할인 판매折扣販售、판매 가격銷售價格

팔다

動 [팔다]
不 ㄹ 不規則
⇨ 索引 p.477

賣、出售、銷售

오늘은 손님이 많아서 물건을 많이 **팔았어요**.
今天客人很多,賣了許多東西。

- 에게 -을/를 팔다

反 사다買、購入 ⇨ p.303

팔리다

動 [팔리다]

被賣

요즘 가장 잘 **팔리는** 물건이 뭐예요?
最近最暢銷的東西是什麼?

- 이/가 팔리다

포장

名 [포장]
漢 包裝

包裝、打包

선물 할 거니까 예쁘게 **포장**해 주세요.
這是要送禮的,請幫我包裝得漂亮一點。

- 을/를 - (으) 로 포장하다

動 포장하다 包裝
參 참포장지 包裝紙

經濟活動 10

323

複習一下

經濟活動 | 經濟、購物

✏️ 請將相對應的圖片跟單字連接起來。

1. ●　　　　● ① 원
2. ●　　　　● ② 신용카드
3. ●　　　　● ③ 동전
4. ●　　　　● ④ 도장

✏️ 請選出與畫底線單字意義相似的選項。

5. 그 물건은 5만 원인데, 지금 4만 원밖에 없어요. 만 원이 <u>모자라요</u>.

① 부족해요　② 중요해요　③ 다양해요　④ 충분해요

6. 외국에 여행가기 전에 돈을 미리 <u>바꾸세요</u>.

① 사세요　② 환전하세요　③ 아끼세요　④ 버세요

✏️ 請回答下列問題。

7. 다음 중 두 단어의 관계가 서로 <u>다른</u> 하나를 고르십시오.

① 오르다 - 내리다　　② 충분하다 - 모자라다
③ 필요하다 - 필요 없다　④ 팔다 - 팔리다

8. 다음＿＿＿＿에 공통으로 들어갈 말을 고르십시오.

해외여행은 국내여행보다 돈이 더 ＿＿＿＿＿＿.
저는 그 옷이 마음에 ＿＿＿＿＿＿.

① 중요해요　② 들어요　③ 몰라요　④ 다양해요

用漢字學韓語・入

✏️ 我們來看看韓文詞彙是如何與漢字產生聯繫的。

入 / 입 — 들어가다 / 入、進去

입구 (入口) p.332
지하철역 입구가 어디에 있지요?
請問地鐵入口在哪裡？

입원 (住院) p.112
친구가 아파서 병원에 입원을 했어요.
朋友生病住院了。

입장 (入場) p.222
신부가 결혼식장 안으로 입장하고 있습니다.
新娘正在步入結婚典禮會場。

출입 (出入、進出) p.371
이 건물은 출입구가 어디에 있어요?
請問這棟建築的入口在哪裡？

입학 (入學) p.97
제 조카가 올해 초등학교에 입학했습니다.
我姪子今年上小學。

325

11 교통/통신
交通/通信

1 길 찾기 尋路
2 방향 方向
3 우편 郵遞
4 위치 位置
5 전화 電話
6 탈것 交通工具

用漢字學韓語・通

1 길 찾기
尋路

🔊 41.mp3

가다
動 [가다]

去、走、前往

명동에 **가려면** 지하철 4호선을 타세요.
如果想去明洞，請搭乘地鐵四號線。

- 이／가 - 에 가다

反 오다來、到來 ⇨ p.197

건너가다
動 [건ː너가다]

越過、過去、穿過去

다리를 **건너갈** 때 차가 많이 밀렸어요.
過橋時，車子塞得很嚴重。

- 을／를 건너가다

反 건너오다越過來、穿過來

걷다
動 [걷ː따]
不 ㄷ不規則
⇨ 索引 p.477

走路、行走、徒步

저는 집에서 학교까지 **걸어서** 갑니다.
我從家裡走到學校。

- 을／를 걷다

名 걸음步伐
參 걸어가다／오다走去／走來

길

名 [길]

路、道路、路途、路程、方法

이 **길**은 차가 많아서 아주 복잡합니다.
這條路車子多，非常擁擠。

反 큰길大路、좁은 길窄路、골목길巷弄、찻길車道

돌다

動 [돌;다]
不 ㄹ不規則
⇨ 索引 p.477

轉、繞

오른쪽으로 **돌면** 식당이 있습니다.
如果向右轉，有一家餐廳。

- 을／를 돌다
- (으) 로 돌다

參 돌아가다回去⇨ p.355
　　돌아오다回來⇨ p.329

돌아오다

動 [도라오다]

回來、繞道而來、返回

길을 몰라서 먼 길로 **돌아왔어요**.
因為不認得路，所以繞遠路來了。

어제 여행에서 **돌아왔어요**.
我昨天剛從旅行中回來。

反 돌아가다回去⇨ p.355

멀다

形 [멀;다]
不 ㄹ不規則
⇨ 索引 p.477

遠的、久的

집에서 회사까지 아주 **멀어요**.
家裡到公司非常遠。

- 이／가 멀다

反 가깝다近、不遠⇨ p.342

交通／通信 11

329

길 찾기 • 尋路

몇
冠 [멷]

幾、多少

여기에서 학교까지 **몇** 분 걸려요?
從這裡到學校要幾分鐘？

몇 +《名詞》

參 몇 분幾分、몇 시간幾小時、몇 명幾名

묻다
動 [묻;따]
不 ㄷ 不規則
⇨ 索引 p.477

問、詢問、追究

길을 몰라서 지나가는 사람에게 **물어**봤어요.
不認得路而問了路人。

- 에게 - 을/를 묻다

反 대답하다回答⇨ p.75、답하다回答、答覆⇨ p.85
名 물음問題、提問⇨ p.85

사거리
名 [사;거리]

十字路口

사거리에 있는 신호등이 고장 나서 길이 복잡해요.
十字路口的信號燈故障了，路況有點亂。

類 네거리十字路口

약도
名 [약또]
漢 略圖

縮圖、簡圖、示意圖

약도를 보고 길을 찾아왔어요.
看著簡圖找路過來。

어디
代 [어디]

哪裡、什麼地方

학교가 **어디**에 있어요?
學校在哪裡？

얼마나
副 [얼마나]

多長、多少、多麼

시청까지 가려면 시간이 **얼마나** 걸려요?
如果要去市政府，要花多少時間？

역
名 [역]
漢 駅

站、驛

가까운 지하철**역**에 내려 주세요.
請讓我在最近的地鐵站下車。

參 지하철역地鐵站、서울역首爾站、기차역火車站

우회전
名 [우;회전]
漢 右迴轉

右轉

저 앞에서 **우회전**해 주세요.
請在前面那邊右轉。

動 우회전하다
反 좌회전左轉⇨ p.333
參 직진直行

💡 即「오른쪽으로 가세요（請右轉）」之意。

길 찾기 • 尋路

육교

名 [육꾜]
漢 陸橋

陸橋、天橋、吊橋

집에 갈때 **육교**를 건너가야 합니다.
回家時，必須越過天橋。

關 육교를 건너다 經過陸橋

입구

名 [입꾸]
漢 入口

入口

우리는 극장 **입구**에서 만나기로 했어요.
我們決定在劇場入口見面。

反 출구 出口 ⇨ p.333

💡「입구 (入口)」跟「출구 (出口)」合稱為「출입구 (出入口)」。

정도

名 [정도]
漢 程度

程度、左右、大約、大略

집에서 학교까지 버스로 20분 **정도** 걸려요.
從家裡到學校，搭公車大約二十分鐘。

類 쯤 大約 ⇨ p.458

정류장

名 [정뉴장]
漢 停留場

停車場、車站

다음 **정류장**이 어디예요?
下一個車站在哪裡？

類 정거장 車站、停車場
參 버스 정류장 公車站、택시 정류장 計程車站

좌회전

名 [좌;회전／좌;훼전]
漢 左迴轉

左拐、左轉

사거리에서 **좌회전**해 주세요.
請在十字路口左轉。

動 좌회전하다 左轉
反 우회전 右轉 ⇨ p.331
參 직진 直行

💡 即「왼쪽으로 가세요（請左轉）」之意。

주소

名 [주;소]
漢 住所

地址、住所

주소를 알면 집을 쉽게 찾아갈 수 있어요.
如果知道地址，就可以輕易找到家。

參 집 주소 住家地址、이메일 주소 電子郵件地址、회사 주소 公司地址、주소록 地址簿

지나가다

動 [지나가다]

經過、過去

학교 앞을 **지나가다가** 친구를 만났어요.
經過學校前面的途中遇到了朋友。

- 을／를 지나가다

출구

名 [출구]
漢 出口

出口、出路

신촌역 3번 **출구**에서 만나자.
在新村站三號出口見吧。

反 입구 入口 ⇨ p.332
關 출구로 나가다／나오다 從出口出去／從出口出來

길 찾기 • 尋路

한
冠 [한]

大約、大略

집에서 학교까지 **한** 30분쯤 걸려요.
從家裡到學校大約要花三十分鐘。

한 10분쯤 더 쉬고 출발하자.
再休息大約十分鐘再出發吧。

類 약大約、大概

회전
名 [회전/훼전]
漢 迴轉

迴轉、轉

약국 앞에서 좌**회전**해서 쭉 올라오세요. 그러면 저희 회사가 보여요.
請在藥局前面左轉然後一直往上走,那樣的話,就可看到我們公司。

- (으) 로 회전하다

動 회전하다迴轉
參 좌회전左轉、우회전右轉、회전 초밥迴轉壽司、회전목마旋轉木馬、회전문旋轉門

횡단보도
名 [횡단보도/휑단보도]
漢 橫斷步道

人行道、斑馬線道

파란 불이 켜지면 **횡단보도**를 건너세요.
請綠燈亮了,過斑馬線。

334

2 방향
方向

곧장
副 [곧짱]

一直、立刻、馬上

사거리를 지나서 **곧장** 걸어오면 약국이 보입니다.
穿越十字路口之後一直走來，有一家藥局。

회사가 끝나자마자 **곧장** 집으로 갔어요.
公司一下班，就回家了。

💡 有「직진（直行）／똑바로（逕直）」跟「곧（立刻）／당장（馬上）」的意思。

똑바로
副 [똑빠로]

一直、逕直、直接、如實

여기에서 **똑바로** 가 주세요.
請從這裡一直往前走。

類 쭉一直 ⇨ p.337

방향
名 [방향]
漢 方向

方向

어느 **방향**이 동쪽이에요?
請問哪個方向是東邊？

북쪽
名 [북쪽]
漢 北쪽

北邊、北方、北側

한강의 **북쪽**을 강북이라고 부릅니다.
漢江的北側稱為江北。

反 남쪽 南邊
參 동쪽 東邊、서쪽 西邊

335

방향・方向

오른쪽
名 [오른쪽]

右邊、右側

오른쪽으로 가시면 엘리베이터가 있습니다.
往右走，有電梯。

反 왼쪽左邊⇨ p.336

올라가다
動 [올라가다]

上去、爬上

2층에 가려면 계단으로 **올라가세요**.
如果要去二樓，請走樓梯上去。

- 에 올라가다
- (으) 로 올라가다

反 내려가다下去⇨ p.369、내려오다下來

왼쪽
名 [왼쪽]

左邊、左側

왼쪽으로 돌아가면 화장실이 나옵니다.
往左轉，就有洗手間。

反 오른쪽右邊⇨ p.336

이리
副 [이리]

這裡、這麼、這樣

이리 가까이 앉으세요.
請靠這邊坐。

參 그리那裡／那麼／那樣、저리那裡／那麼／那樣

이쪽
代 [이쪽]

這個方向、此方

이쪽으로 가시면 병원이 나와요.

往這個方向去，就可看到醫院。

參 저쪽那邊⇨ p.337、그쪽那邊

저쪽
代 [저쪽]

那個方向、彼方、貴方

우리 **저쪽**으로 가서 택시를 탑시다.

我們去那邊搭計程車吧。

쪽
名 [쪽]

邊、方、側

사람들이 소리 나는 **쪽**을 쳐다봐요.

人們望著發出聲音的方向。

類 편邊、面
參 오른쪽右邊、왼쪽左邊、동쪽東邊、서쪽西邊、남쪽南邊、북쪽北邊

쭉
副 [쭉]

一直

이 길로 **쭉** 가면 왼쪽에 학교가 있어요.

往這條路一直走的話，學校就在左手邊。

類 똑바로徑直、如實⇨ p.335

행
詞 [행]
漢 行

行、到、開往

부산**행** 열차가 곧 출발하겠습니다.

開往釜山的列車即將出發。

參 서울행到首爾、미국행到美國

交通／通信 11

複習一下

交通／通信 | 尋路、方向

✎ 請將意義相同的圖片與選項連接起來。

1. ・　　　　　・ ① 좌회전

2. ・　　　　　・ ② 우회전

3. ・　　　　　・ ③ 직진

✎ 請回答下列問題。

4. 다음 중 관계가 <u>다른</u> 하나를 고르십시오.

　① 묻다 – 대답하다　　　② 올라가다 – 내려가다

　③ 지나가다 – 돌아가다　　④ 건너가다 – 건너오다

5. 다음 대화의 ＿＿＿＿에 알맞은 단어를 고르십시오.

> 가　집에서 학교까지 시간이 얼마나 걸려요?
> 나　지하철로 1시간 걸려요.
> 가　학교가 ＿＿＿＿＿＿＿＿＿＿.

　① 가깝군요　② 멀군요　③ 좋군요　④ 바쁘군요

6. 다음 밑줄 친 부분과 바꿔 쓸 수 있는 것을 고르십시오.

> 어느 <u>방향</u>이 북쪽이에요?

　① 쪽　　② 행　　③ 길　　④ 역

338

3 우편
郵遞

🔊 43.mp3

답장
名 [답짱]

回信

편지를 읽고 바로 **답장**을 썼습니다.
閱讀信件後立即回信了。

- 에게 답장을 하다
- 에게 답장을 쓰다

動 답장하다 回信
關 답장을 쓰다 寫回信、답장을 보내다 寄回信、답장을 받다 收到回信、답장이 오다 來了回信

배달
名 [배ː달]
漢 配達

配送、遞送

우체부 아저씨가 편지를 **배달**해 주십니다.
郵差先生遞送信件。

- 을/를 배달하다
- 이/가 배달되다

動 배달하다 配送、배달되다 被遞送
關 신문 배달 報紙分派、우유 배달 牛奶配送

보내다
動 [보내다]

發、送、寄

저는 부모님께 편지를 자주 **보내요**.
我經常寄信給父母。

- 에게 -을/를 보내다

類 부치다 寄、交付 ⇒ p.340
反 받다 收到、接受 ⇒ p.195

339

우편 • 郵遞

봉투

名 [봉투]
漢 封套

信封、文件袋

편지 **봉투**에 주소를 쓰고 우표를 붙이세요.
請在信封上寫下地址,貼上郵票。

參 편지 봉투信封、돈 봉투現金袋、우편 봉투郵件信封、서류 봉투資料袋

부치다

動 [부치다]

寄、提交

편지를 **부치러** 우체국에 갑니다.
我為了寄信去了郵局。

- 에게 - 을/를 부치다

類 보내다寄、送、派 ⇨ p.339

💡 這個單字跟「붙이다」發音相同,請多加留意。

소식

名 [소식]
漢 消息

消息、音訊

좋은 **소식**을 들으니까 기분이 좋네요.
聽到了好消息,心情真好。

關 소식을 듣다聽消息、소식을 알리다告知消息、소식을 전하다傳達消息
參 좋은 소식好消息、나쁜 소식壞消息

소포

名 [소;포]
漢 小包

包裹

친구 선물을 **소포**로 부쳤어요.
用包裹寄送朋友的禮物。

參 소포를 받다收包裹、소포를 보내다寄包裹、소포를 부치다寄包裹

올림
名 [올림]

呈上、敬上、敬稟

어른에게 편지 쓸 때는 'OO **올림**'이라고 써요.
寫信給長輩時，要寫「OO 敬稟」。

動 올리다呈、獻　　類 드림敬上

우편
名 [우편]
漢 郵便

郵遞

미국에 있는 친구가 선물을 **우편**으로 보냈어요.
在美國的朋友用郵寄寄了禮物給我。

參 우편물郵件、우편엽서明信片、전자 우편電子郵件

우표
名 [우표]
漢 郵票

郵票

편지를 썼는데 **우표**가 없어서 못 보냈어요.
我寫了信，可是沒有郵票寄不了。

參 우표 수집收集郵票　　關 우표를 붙이다貼郵票

전하다
動 [전하다]
漢 傳하다

傳達、轉給、流傳

안나 씨에게 이 편지를 **전해** 주세요.
請幫我把這封信轉交給安娜。

- 에게 - 을/를 전하다

편지
名 [편;지]
漢 便紙

信、書信、信函

일본에 있는 친구에게 **편지**를 받았어요.
我收到住在日本的朋友寄來的信。

動 편지하다 寫信
關 편지를 보내다寄信、편지를 받다收到信、편지를 쓰다寫信、편지를 부치다寄信

交通/通信 11

4 위치
位置

44.mp3

가깝다

形 [가깝따]
不 ㅂ不規則
➩ 索引 p.478

近的、不遠的

우리 집은 학교에서 **가까워요**.
我家離學校很近。

- 이/가 - 에서 가깝다
- 이/가 - 와/과 가깝다

反 멀다遠、久 ➩ p.329

가운데

名 [가운데]

中間、中央、中心

길 **가운데**에 큰 나무가 있어요.
路中央有一棵大樹。

거기

代 [거기]

那裡

안나 : 우리 지난번에 간 그 식당에 갈까?
安娜：我們要不要去上次去的那家餐廳？

앤디 : 그래, **거기** 가자.
安迪：好啊，去那裡吧。

參 여기這裡 ➩ p.345、저기那裡 ➩ p.347

건너

名 [건ː너]

對面

길 **건너**에 식당이 있어요.
馬路對面有餐廳。

關 건너다橫過／越過、건너가다越過去、건너오다越過來
參 건너편對面

342

교외

名 [교외/교웨]
漢 郊外

郊外

가까운 **교외**로 나가서 좀 쉬고 오자.
去近郊休息放鬆一下再回來吧。

그곳

代 [그곧]

那個地方

저는 지난 여름에 유럽에 갔습니다. 올해도 다시 **그곳**에 가고 싶습니다.
我去年夏天去了歐洲,今年也想要再次去那個地方。

類 거기那裡⇨ p.342
參 이곳這個地方⇨ p.347
　저곳那個地方⇨ p.347

근처

名 [근ː처]
漢 近處

附近

우리 집 **근처**에 가게가 많이 있어요.
我家附近商店很多。

類 주변周邊、주위周圍⇨ p.348

뒤

名 [뒤ː]

後

학교 **뒤**에 산이 있어요.
學校後面有山。

反 앞前面⇨ p.345
參 뒤쪽後面、뒤편背面
　옆旁邊⇨ p.346
　아래下面⇨ p.345
　위上面⇨ p.346

交通/通信 11

343

위치 • 位置

맞은편
名 [마즌편]

對面、對手

우리 집은 병원 바로 **맞은편**에 있어요.
我家就在醫院的正對面。

類 건너편對面

멀리
副 [멀;리]

遠遠地、遙遠地

멀리 가지 말고, 집 근처에서 놀아라.
不要跑太遠，在家裡附近玩。

動 멀다遠、遙遠、久遠⇨ p.329
反 가까이靠近、在附近

밑
名 [믿]

底下、底

지갑이 책상 **밑**에 떨어져 있었어요.
皮夾掉在書桌底下。

反 위上⇨ p.346
類 아래下面⇨ p.345

밖
名 [박]

外面

집에만 있지 말고, **밖**에 나가서 놉시다.
別只待在家裡，去外面玩吧。

反 안裡面⇨ p.345

💡 「안（裡面）」跟「밖（外面）」合併為「안팎（內外）」。

아래
名 [아래]

下面

아래로 좀 더 내려가면 사거리가 있어요.
如果再往下走，有個交叉路。

反 위上面⇨ p.346
參 아래층底層

안
名 [안]

裡面

추우니까 빨리 식당 **안**으로 들어가자.
天氣冷，我們快進餐廳吧。

反 밖外⇨ p.344
類 속內⇨ p.289
參 집 안家裡、건물 안建築物裡

앞
名 [압]

前

이따가 수업 끝나고 학교 정문 **앞**에서 보자.
待會下課後學校大門前見吧。

反 뒤後⇨ p.343
參 앞쪽前面、뒤쪽後面

여기
代 [여기]

這邊、這裡

아저씨, **여기**가 명동이에요?
大叔，這裡是明洞嗎？

類 이곳這個地方⇨ p.347
參 저기那裡⇨ p.347
　　거기那裡⇨ p.342

交通／通信 11

345

위치 • 位置

여기저기
名 [여기저기]

到處、四處

여행을 다니면서 **여기저기** 많이 구경하고 싶어요.
我想旅行中四處觀覽一番。

類 이곳저곳到處

옆
名 [엽]

旁邊

우리 회사 **옆**에 아주 예쁜 공원이 있어요.
我們公司旁邊有一座非常漂亮的公園。

參 옆쪽旁邊、兩側

위
名 [위]

上面、上

저 **위**쪽에 있는 식당으로 갈까요?
我們要不要去上面那家餐廳？

反 아래下面⇨ p.345
參 위층樓上、위쪽上方

위치
名 [위치]
漢 位置

位置

리에：그 회사 **위치**가 어디인지 아세요?
理惠：你知道那家公司的位置在哪裡嗎？

피터：글쎄요, 어디에 있는지 잘 모르겠어요.
彼得：這個嘛，我不清楚在哪裡。

- 이／가 - 에 위치하다
動 위치하다位於

이곳
代 [이곧]

這裡、此處

이곳에서는 담배를 피우면 안 됩니다.
這裡不可以吸菸。／此處不得吸菸

類 여기這裡、這邊⇨ p.345
參 저곳那裡、那個地方⇨ p.347, 그곳那裡、那個地方⇨ p.343

💡 「이곳」指的是離話者比較近的地方；「그곳」指的是離聽者比較近的地方；「저곳」指的是離話者跟聽者都很遠的地方。

저
冠 [저]

那

저 식당에는 항상 사람들이 많아요.
那間餐廳總是人很多。

參 이這⇨ p.305、그那⇨ p.298
저곳那個地方、저기那裡、저사람那個人、저것那個、저쪽那邊

저곳
代 [저곧]

那個地方

저곳은 항상 교통이 복잡해요.
那個地方向來交通擁擠。

類 저기那邊⇨ p.347
參 이곳這個地方⇨ p.347、그곳那個地方⇨ p.343

저기
代 [저기]

那裡

저기 강이 보이네요.
那邊看得到江呢。

類 저곳那個地方⇨ p.347
參 거기那邊⇨ p.342、여기這邊⇨ p.345

交通／通信 11

위치 • 位置

주위

名 [주위]
漢 周圍

周圍、四周、周遭

우리 집 **주위**는 깨끗하고 조용해요.
我家周遭乾淨又安靜。

類 주변周邊、근처附近 ⇨ p.343
參 주위 환경周遭環境

중심

名 [중심]
漢 中心

中心

저를 **중심**으로 오른쪽에 남학생, 왼쪽에 여학생이 앉으세요.
請以我為中心，男同學坐在右邊，女同學坐在左邊。

5 전화
電話

45.mp3

걸다

動 [걸;다]
不 ㄹ不規則
⇨ 索引 p.477

打、掛、搭

친구에게 전화를 **걸었는데**, 통화 중이었어요.
我打電話給朋友，可是他電話中。

- 을/를 걸다

關 전화를 걸다打電話、옷을 걸다掛衣服

공중전화

名 [공중전화]
漢 公眾電話

公共電話、公用電話

학교 안에 **공중전화**가 있어요.
學校裡面有公用電話。

누르다

動 [누;르다]
不 르不規則
⇨ 索引 p.478

按、壓

번호를 잘못 **눌러서** 다른 곳에 전화했어요.
我按錯號碼，打到別的地方去了。

- 을/를 누르다

關 번호를 누르다按號碼、초인종을 누르다按電鈴

메시지

名 [메시지]

訊息、留言

전화를 안 받으면 음성 **메시지**를 남기세요.
如果對方沒接電話，請留語音訊息。

關 메시지를 받다收到訊息、메시지를 보내다傳簡訊、메시지를 남기다留言
參 음성 메시지語音留言、문자 메시지文字簡訊

349

전화 • 電話

번호

名 [번호]
漢 番號

號碼

비밀**번호**를 알아야 음성 메시지를 들을 수 있어요.

必須知道密碼才能聽語音留言。

參 비밀번호密碼、전화번호電話號碼

소리

名 [소리]

聲音、聲響

갑자기 큰 **소리**가 나서 깜짝 놀랐어요.

突然發出巨大聲響，嚇了一跳。

關 소리가 나다聲響起、소리를 내다發出聲音、소리가 들리다聲響傳來
參 목소리嗓音／聲音、음악 소리音樂聲

알리다

動 [알리다]

告訴、告知

이 기쁜 소식을 먼저 부모님께 **알리고** 싶습니다.

我想先告知父母這個令人高興的消息。

- 을/를 - 에게 알리다

여보세요

感 [여보세요]

喂、喂？

여보세요, 거기 김 선생님 댁이지요?

喂？請問是金先生府上嗎？

연락

名 [열락]
漢 連絡

聯絡、聯繫

일이 있으면 아무 때나 **연락** 주세요.

如果有事，請隨時連絡。

- 에게 연락하다

動 연락하다聯絡

전화

名 [전화]
漢 電話

電話

주말마다 부모님께 **전화**를 합니다.
每個周末都給父母打電話。

- 에게 전화하다

動 전화하다 打電話
參 집 전화 家用電話、휴대 전화 手機、공중전화 公共電話、국제 전화 國際電話

통화

名 [통화]
漢 通話

通話

리에 씨랑 **통화**하고 싶은데요.
我想跟理惠通話。

動 통화하다 講電話、通話
參 통화 중 通話中、忙線中

팩스

名 [팩스]

傳真

자료를 **팩스**로 보내 주세요.
請把資料傳真給我。

關 팩스를 보내다 發傳真、팩스를 받다 收傳真
參 팩시밀리 傳真機、팩스 번호 傳真號碼

휴대폰

名 [휴대폰]
漢 攜帶 phone

手機、行動電話

집 전화가 고장이 나서 **휴대폰**으로 전화했어요.
因為家用電話壞掉了，所以用手機打電話。

類 휴대 전화 手機
參 휴대폰 번호 手機號碼

💡 韓國人常常說「핸드폰」。

交通／通信 11

351

複習一下

交通／通信 ｜郵遞、位置、電話

✏ 請選出可填入空格處的正確單字。

1.
> 편지를 받았지만 바빠서 _____을/를 쓰지 못했어요.

① 대답　　② 봉투　　③ 배달　　④ 답장

✏ 請選出可與畫底線單字替換的選項。

2.
> 고향에 소포를 <u>보낸 지</u> 5일 만에 도착했어요.

① 쓴 지　　② 부친 지　　③ 만든 지　　④ 싼 지

✏ 請將相對應的選項畫線連接起來。

3. 전화를　•　　•　① 보내다

4. 우표를　•　　•　② 붙이다

5. 팩스를　•　　•　③ 걸다

✏ 請回答下列問題

6. 다음 중 관계가 <u>다른</u> 하나를 고르십시오.

① 안 – 밖　② 위 – 아래　③ 앞 – 뒤　④ 옆 – 밑

7. 다음 대화의 밑줄 친 부분이 무엇을 묻는 것인지 고르십시오.

> 가 그 회사가 <u>어디에 있는지</u> 알아요?
> 나 글쎄요, 잘 모르겠는데요.

① 위치　　② 전화번호　　③ 이름　　④ 주위

6 탈것
交通工具

46.mp3

갈아타다
動 [가라타다]

轉乘、換車

버스를 타고 가다가 지하철로 **갈아타야** 해요.
必須搭公車再轉乘地鐵。

- 을/를 - (으) 로 갈아타다
- 에서 - (으) 로 갈아타다

걸리다
動 [걸리다]

需要（時間）、花費（時間）、被卡住

학교에서 집까지 버스로 30분 정도 **걸려요**.
從學校搭公車到家裡需要三十分鐘左右。

- 이/가 걸리다

💡 關於「金錢」不能使用這個動詞。
돈이 걸리다 (X), 돈이 들다 (O) 花錢
시간이 걸리다 (O), 시간이 들다 (X) 費時、花時間

고속도로
名 [고속또로]
漢 高速道路

高速公路

서울에서 부산까지 **고속도로**로 가면 4시간쯤 걸려요.
從首爾到釜山，如果走高速公路大約費時四個鐘頭。

교통
名 [교통]
漢 交通

交通

서울은 **교통**이 좀 복잡해요.
首爾的情況是交通有點擁擠。

關 교통이 복잡하다 交通擁擠、
   교통이 편하다/불편하다 交通方便/不方便
參 교통 신호 紅綠燈／交通號誌、교통사고 交通事故、교통 안내 交通指南、교통 방송 交通廣播電台

353

탈것 • 交通工具

기차
名 [기차]
漢 汽車

火車

서울역에서 **기차**를 타고 부산에 갔어요.
我從首爾搭火車去了釜山。

關 기차를 타다搭火車、기차에서 내리다下火車
參 기차표火車票、기차역火車站

내리다
動 [내리다]

下、降

버스에서 **내려서** 10분 정도 걸어오세요.
下了公車之後，大約走十分鐘左右來。

- 에서 내리다
- 이／가 내리다

反 타다搭乘 ⇨ p.363
反 비가 내리다下雨、눈이 내리다下雪

노약자석
名 [노;약짜석]
漢 老弱者席

博愛座

젊은 사람들은 **노약자석**에 앉으면 안 돼요.
年輕人坐博愛座不行。

놓치다
動 [놓치다]

錯過

공항에 늦게 도착해서 비행기를 **놓쳤어요**.
太晚到機場，錯過了航班。

- 을／를 놓치다

關 기차를 놓치다錯過火車、비행기를 놓치다錯過飛航、기회를 놓치다錯失機會

354

느리다
形 [느리다]

慢的

기차는 비행기보다 **느려요**.
火車比飛機慢。

- 이／가 느리다

反 빠르다快⇨ p.357

다음
名 [다음]

下次、下一個、之後

다음 역은 어디예요?
下一站是哪裡？

參 다음 해翌年、다음 역下一站、다음 시간下一次、다음 번下次

돌아가다
動 [도라가다]

回去、繞路去

집에 **돌아갈** 때는 택시를 타려고 해요.
回家的時候我想搭計程車。

고속도로가 막혀서 국도로 **돌아갔어요**.
高速公路塞車，因而繞國道回去。

- 이／가 돌아가다
- (으) 로 돌아가다

反 돌아오다回來⇨ p.329

막히다
動 [마키다]

被堵塞、被堵住、阻塞

길이 **막혀서** 회사에 늦었어요.
路上塞車，上班遲到了。

- 이／가 막히다

關 길이 막히다道路壅塞、코가 막히다鼻塞

交通／通信 11

탈것 • 交通工具

멈추다
動 [멈추다]

停止

차가 **멈춘** 다음에 내리세요.
請車停後下車。

- 이/가 멈추다

關 차가 멈추다車停、시계가 멈추다時鐘停了／手錶停了

배
名 [배]

船

한강에 가서 **배**를 탈까요?
要不要去漢江搭船？

關 배를 타다搭船、배가 떠나다船離開、배가 도착하다船抵達

버스
名 [버스]

公車、巴士

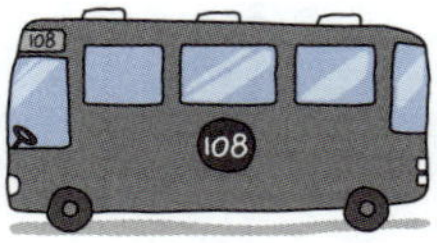

버스보다 지하철이 더 빨라요?
地鐵比公車快嗎？

關 버스를 타다搭公車、버스에서 내리다由公車下車
參 고속버스高速巴士／客運、관광버스觀光巴士、마을버스社區巴士、버스 전용 차선公車專用道

복잡하다
形 [복짜파다]
漢 複雜하다

擁擠的、複雜的

명동은 항상 사람들로 **복잡해요**.
明洞向來人潮擁擠。

- 이/가 복잡하다
- 이/가-(으)로 복잡하다

反 한산하다蕭條的⇨ p.364、간단하다簡單的⇨ p.193

356

불편하다

形 [불편하다]
漢 不便하다

不舒服、不適、不方便

버스 의자가 너무 작아서 앉기에 **불편해요**.
公車座椅太小，坐起來不舒服。

- 이／가 불편하다
- 이／가 -기에 불편하다

反 편하다 舒適、便利⇨ p.407、편안하다 舒適、平安無事⇨ p.27、편리하다 便利⇨ p.353

비행기

名 [비행기]
漢 飛行機

飛機

비행기를 타러 공항에 가요.
去機場搭飛機。

關 비행기를 타다 搭飛機、비행기에서 내리다 下飛機
參 비행기 표 機票、비행기 좌석 飛機座位

빠르다

形 [빠르다]
不 르不規則
⇨ 索引 p.478

快的、迅速的、敏捷的

비행기가 기차보다 **빨라서** 더 편해요.
飛機比火車快而更舒適。

- 이／가 빠르다

反 느리다 緩慢的⇨ p.355

사고

名 [사;고]
漢 事故

事故

교통**사고**가 난 것 같아요. 길이 막히네요.
好像發生了車禍，道路阻塞了。

關 사고가 나다 發生事故、사고를 당하다 遭遇事故
參 교통사고 交通事故、차 사고 車輛事故、비행기 사고 飛機事故

탈것 • 交通工具

서다
動 [서다]

停、站、立

갑자기 버스가 **서서** 놀랐어요.
公車突然停下來，嚇了一跳。

- 이／가 서다

類 멈추다停止、停住➪ p.356

세우다
動 [세우다]

停、立起來

저기 횡단보도를 지나서 **세워** 주세요.
請過了那個斑馬線後停車。

- 을／를 세우다

關 차를 세우다停車

신호
名 [신ː호]
漢 信號

信號、命令

운전할 때 교통 **신호**를 잘 지키세요.
請開車時遵守交通號誌。

動 신호하다打信號、下令
關 신호를 지키다遵守命令
參 신호등紅綠燈、號誌燈

요금

名 [요;금]
漢 料金

費用

택시 **요금**이 얼마 나왔어요?
計程車費用跳多少錢？

關 요금을 내다 繳費
參 택시 요금 計程車費、전화 요금 電話費、버스 요금 公車費、전기 요금 電費

- 요금〈料金〉 費用、酬勞	- 비〈費〉 費	- 금〈金〉 金、定價	- 료〈料〉 費、金
버스 요금 公車費	교통비 交通費	등록금 註冊費	수수료 手續費
택시 요금 計程車費	차비 車資	장학금 獎學金	통행료 過行費
전기 요금 電費	식비 餐費	세금 稅金	사용료 使用費
전화 요금 電話費	하숙비 住宿費	계약금 訂金	입장료 入場費

운전

名 [운;전]
漢 運轉

駕駛、操作

저는 자동차를 **운전**한 지 3년 됐어요.
我開車至今已經三年了。

- 을/를 운전하다

動 운전하다 開車、駕駛
參 자동차 운전 開汽車、버스 운전 駕駛公車、운전 면허증 駕照、음주 운전 酒駕

위험하다

形 [위험하다]
漢 危險하다

危險

비가 오는 날에는 빨리 운전하면 **위험해요**.
下雨天開快車，很危險。

- 이/가 위험하다

反 안전하다 安全的

탈것 • 交通工具

이용

名 [이용]
漢 利用

利用

교통이 복잡한 날에는 대중교통을 **이용**합시다.
交通擁擠的日子，就利用大眾交通運輸工具吧。

- 을/를 이용하다

動 이용하다利用

자가용

名 [자가용]
漢 自家用

私家車

저는 **자가용**을 타고 회사에 갑니다.
我搭私家車去上班。

動 자가용을 타다搭私家車、자가용에서 내리다從私家車上下來、자가용을 이용하다利用私家車

자동차

名 [자동차]
漢 自動車

汽車

길이 좁아서 **자동차**로 갈 수 없어요.
道路狹窄，汽車去不了。

動 자동차를 타다搭汽車、자동차에서 내리다從汽車上下來、자동차를 이용하다利用汽車

자전거

名 [자전거]
漢 自轉車

自行車、腳踏車

저는 **어렸을** 때 자전거를 타고 학교에 다녔어요.
我小時候騎自行車上學。

關 자전거를 타다騎腳踏車
參 두발 자전거二輪自行車, 세발 자전거三輪自行車, 자전거 전용 도로自行車專用道

잡다

動 [잡따]

抓、握、捉、掌握、逮住

출근 시간에는 택시를 **잡기**가 너무 힘들어요.
上班時間要攔一台計程車非常困難。

버스를 타면 손잡이를 꼭 **잡으세요**.
如果搭公車，請務必抓緊把手。

- 을/를 잡다

좌석

名 [좌;석]
漢 座席

座位

버스에 빈 **좌석**이 없어서 서서 갔어요.
公車上沒有空位，我站著去。

關 좌석에 앉다坐在座位上、좌석에서 일어나다從座位上站起來
參 좌석표坐票、對號票

주차

名 [주;차]
漢 駐車

停車、泊車

주차장에 차를 **주차**했어요.
在停車場停車。

- 에 주차하다

動 주차하다停車、泊車
參 주차장停車場、주차 금지禁止停車、주차 문제停車問題、불법 주차違規停車

지하철

名 [지하철]
漢 地下鐵

地鐵、捷運

길이 복잡한 시간에는 **지하철**을 타세요.
交通繁忙的時間請搭乘地鐵。

動 지하철을 타다搭地鐵、지하철에서 내리다下地鐵、지하철을 이용하다利用地鐵
參 지하철역地鐵站、지하철 1호선地鐵一號線、지하철 입구地鐵入口、지하철 출구地鐵出口

交通／通信 11

361

탈것 • 交通工具

직행

名 [지캥]
漢 直行

直行、直達

이 비행기는 서울에서 뉴욕까지 **직행**입니다.
這架飛機是首爾直飛紐約。

動 직행하다 直行、直達
參 직행 버스 直達公車

차

名 [차]
漢 車

車

차가 고장 나서 늦었어요.
車子故障而遲到了。

關 차를 타다 搭車、차에서 내리다 下車

차비

名 [차비]
漢 車費

車資、車費

차를 타기 전에 미리 **차비**를 준비해 두세요.
搭車前，請先準備好車資。

關 차비를 내다 付車資

천천히

副 [천천;히]

慢慢地

뛰지 말고 **천천히** 걷자.
不要跑，慢慢走吧。

反 빨리 快 ⇨ p.265

362

타다

動 [타다]

搭、乘坐

지하철을 **타고** 갈까요?
要不要搭地鐵去？

- 을/를 타다

反 내리다下、降⇨ p.354

택시

名 [택시]

計程車

서울에서는 어디서든지 **택시**를 잡을 수 있어요.
首爾任何一個地方都可以攔計程車。

關 택시를 타다搭計程車、택시를 잡다攔計程車
參 개인 택시個人計程車、모범 택시模範計程車

편도

名 [편도]
漢 片道

單程

서울에서 부산까지 비행기 **편도** 요금이 얼마입니까?
請問首爾到釜山單程機票費用是多少錢？

參 편도 요금單程費用、편도 승차권單程車票
反 왕복來回⇨ p.209

편리하다

形 [펼리하다]
漢 便利하다

方便、便利

출퇴근하기에는 지하철이 **편리해요**.
上下班以搭地鐵方便。

- 이/가 편리하다
- 기에 편리하다

反 불편하다不方便⇨ p.357

交通／通信 11

363

탈것 • 交通工具

한산하다

形 [한산하다]
漢 閑散하다

冷清的、蕭條的

날이 추우니까 거리가 **한산해요**.
天氣冷，街上冷冷清清的。

- 이／가 한산하다

反 복잡하다擁擠⇨ p.356

항공

名 [항;공]
漢 航空

航空

여기에서 오사카까지 가는 **항공**편이 있어요?
請問有從這裡飛往大阪的班機嗎？

參 항공사航空公司、항공기飛機

호선

名 [호선]
漢 號線

號線

지하철 4**호선**은 파란색이에요.
地鐵四號線是藍色的。

參 지하철 1 호선地鐵一號線

複習一下

交通／通信 | 交通工具

✎ 請把下列圖片與正確的單字畫線連接起來。

1.　　　2.　　　3.　　　4.　　　5.

① 지하철　② 자동차　③ 자전거　④ 버스　⑤ 비행기

✎ 請回答下列問題。

6. 다음 중 관계가 다른 하나는 무엇입니까?

① 빠르다 – 느리다　　② 불편하다 – 편하다
③ 잡다 – 놓치다　　　④ 세우다 – 주차하다

7. ㉠과 ㉡에 들어갈 알맞은 말을 고르십시오.

> 가 저 앞에서 사고가 났나 봐요. 길이 많이 _____㉠_____.
> 나 그래요? 그럼 다른 길로 _____㉡_____?
> 가 그래야겠어요.

① ㉠ 막혀요　㉡ 돌아갈까요　② ㉠ 밀려요　㉡ 돌아갈까요
③ ㉠ 막혀요　㉡ 올까요　　　④ ㉠ 밀려요　㉡ 올까요

✎ 請選出可同時填入兩個空白處的選項。

8. 차에서 _____, 겨울에 눈이 _____

① 오다　② 내리다　③ 가다　④ 나다

9. 시간이 오래 _____, 감기에 _____

① 나다　② 내리다　③ 걸리다　④ 세우다

10. 택시를 _____, 계획을 _____

① 타다　② 짜다　③ 오다　④ 세우다

用漢字學韓語・通

✎ 我們來看看韓文詞彙是如何與漢字產生聯繫的。

通 / 통

통하다 — 通暢、通順、通過

통역 (p.190)
口譯

외국어를 우리나라 말로 통역하는 것은 쉽지 않습니다.
將外語口譯成我們的母語不是一件容易的事。

통장 (p.316)
存摺、帳戶

은행에 가서 통장을 만들려고 합니다.
我想去銀行開戶。

통화 (p.351)
通話

민수 씨와 통화할 수 있을까요?
可以跟民秀通話嗎?

보통 (p.165)
普通、通常、一般

저는 보통 지하철로 학교에 갑니다.
我通常搭地鐵去學校。

교통 (p.353)
交通

서울의 교통은 편리하지만 조금 복잡합니다.
雖然首爾交通便利,但有點擁擠。

12 장소
場所

1 건물 建築物
2 길 道路
3 도시 都市
4 동네 社區
5 서울 首爾

用漢字學韓語・場

1 건물
建築物

🔊 47.mp3

건물
名 [건ː물]
漢 建物

建築物

식당은 이 **건물** 2층에 있어요.
餐廳在這棟建築物的二樓。

계단
名 [계단/게단]
漢 階段

樓梯、台階

엘리베이터가 고장 나서 **계단**으로 올라갔어요.
電梯壞掉了爬樓梯上去。

關 계단을 내려가다 走下樓梯、계단을 올라가다 上樓梯

교회
名 [교ː회/교ː훼]
漢 教會

教會

저는 일요일마다 **교회**에 가요.
我每個星期天都會去教會。

낮다
形 [낟따]

低的、矮的

저 산은 **낮지만** 올라가기 힘든 산이에요.
那座山雖然很矮,但卻很難爬。

- 이/가 낮다

反 높다 高 ⇨ p.369

내려가다

動 [내려가다]

下去

2층에서 1층으로 **내려갈** 때는 계단을 이용하세요.

由二樓下一樓，請利用樓梯。

- (으) 로 내려가다

反 올라가다 上去 ⇨ p.336
參 내려오다 下來 ⇨ p.336

높다

形 [놉따]

高的

서울에는 **높은** 빌딩이 아주 많아요.

首爾高樓大廈很多。

- 이／가 높다

反 낮다 矮、低 ⇨ p.368

대사관

名 [대;사관]
漢 大使館

大使館

비자를 받으려면 **대사관**에 가야 돼요.

要拿簽證必須去大使館。

박물관

名 [방물관]
漢 博物館

博物館

김치 **박물관**에 가면 여러 가지 김치를 먹어 볼 수 있어요.

如果去辛奇博物館，可以嚐到各種辛奇。

場所 12

건물・建築物

병원

名 [병ː원]
漢 病院

醫院

감기가 너무 심한 것 같은데, **병원**에 가 보세요.
感冒好像非常嚴重，去醫院看一下吧。

關 병원에 가다去醫院、병원에 입원하다／퇴원하다 （醫院）住院／出院
參 종합 병원綜合醫院、대학 병원大學醫院

빌딩

名 [빌딩]

高樓大廈、大樓

이 **빌딩** 5층에 우리 사무실이 있어요.
我們的辦公室在這棟大樓的五樓。

參 63 빌딩六三大廈
類 건물建築物

소방서

名 [소방서]
漢 消防署

消防局

불이 나면 **소방서**에 전화하세요.
失火的時候，請打電話給消防局。

參 소방관消防員、소방 훈련消防演練

실내

名 [실래]
漢 室內

室內

실내에서는 모자를 벗으세요.
在室內請脫帽子。

反 실외戶外
參 실내 수영장室內游泳池、실내 온도室內溫度、실내화室內鞋

아파트
名 [아파트]

公寓

서울에는 **아파트**가 참 많아요.
在首爾公寓真多。

예식장
名 [예식짱]
漢 禮式場

禮堂、婚宴會館

신랑, 신부가 **예식장**에 들어오고 있어요.
新郎、新娘正步入禮堂。

類 결혼식장結婚禮堂

우체국
名 [우체국]
漢 郵遞局

郵局

외국으로 편지를 보내고 싶은데, **우체국**이 어디에 있지요?
我想寄信到國外,請問郵局在哪裡?

절
名 [절]

寺、寺廟

한국에는 아름다운 **절**이 많습니다.
韓國美麗的寺廟很多。

출입
名 [추립]
漢 出入

出入、進出

그곳은 위험한 곳이라서 **출입** 금지예요.
那個地方因是危險場所而禁止出入。

動 출입하다進出
參 출입구出入口、출입문出入口、출입 금지禁止出入、출입국 관리 사무소出入境管理事務所

場所 12

건물 • 建築物

학원
名 [하권]
漢 學苑

補習班

저는 요리를 배우러 요리 **학원**에 다녀요.
我為了學做料理去上烹飪補習班。

關 학원에 다니다 上補習班
參 영어 학원 英語補習班、요리 학원 烹飪教室

헬스클럽
名 [헬스클럽]

健身房、健身中心

저는 **헬스클럽**에서 운동해요.
我在健身房運動。

호
名 [호;]
漢 號

號、室

한국어 수업은 122**호**에서 해요.
韓語課在 122 號教室上課。

參 11 월 호 잡지 十一月號雜誌、제 7 권 제 2 호 第七冊第二號、101 호 강의실 101 號教室

호텔
名 [호텔]

飯店、酒店

싸고 좋은 **호텔**을 좀 알려 주세요.
請告訴我便宜又不錯的飯店。

회사

名 [회;사/훼;사]
漢 會社

公司

아침 8시까지 **회사**에 출근해야 해요.
我早上八點前必須到公司。

關 회사에 다니다 上班、회사에 출근하다 上班、회사에서 퇴근하다 下班
參 회사원 公司職員／上班族、무역 회사 貿易公司

휴게실

名 [휴게실]
漢 休憩室

休息室

잠깐 **휴게실**에 가서 커피를 한잔하자.
我們去休息室喝杯咖啡吧。

💡「휴계실」是錯誤的拼寫法。

2 길
道路

48.mp3

거리
名 [거리]

街、街道、街頭

밤이 되면 **거리**에 사람들이 별로 없어요.
一到晚上，街道上的人寥寥無幾。

關 거리를 걷다 走在街頭
參 길거리 街道、사거리 十字路口、삼거리 三岔路口

골목
名 [골;목]

巷弄、巷子

우리 집 앞 **골목**에서는 언제나 아이들이 놀고 있어요.
我家前面那條巷子無時無刻都有孩子在那裡玩。

參 먹자 골목 美食街、골목길 巷道

곳
名 [곧]

地方、場所、地點

저는 조용한 **곳**에서 살고 싶어요.
我想住在安靜的地方。

類 장소 場所 ⇨ p.383　데 場所 ⇨ p.375

공사
名 [공사]
漢 工事

施工、工程

공사 중에 불편을 드려서 죄송합니다.
很抱歉施工中造成不便。

類 공사하다 施工
參 아파트 공사 公寓施工、지하철 공사 地鐵工程、공사 중 施工中

374

그늘
名 [그늘]

陰影、影像

나무 **그늘** 아래에서 잠깐 쉬었다 가자.
在樹蔭下休息一下再走吧。

다리
名 [다리]

橋

한강에 **다리**가 몇 개인지 알아요?
你知道漢江上有幾座橋嗎?

關 다리를 건너다 過橋

💡 「다리」有「腿」及「橋」之意。

데
名 [데]

地方、處所

지금 가는 **데**가 어디예요?
現在要去的地方是哪裡?

類 곳 地方 ⇨ p.374、장소 場所 ⇨ p.383

인도
名 [인도]
漢 人道

人行道、道

차는 차도로, 사람은 **인도**로 다녀야 해요.
車應該要走在車道上,人應該要走在人行道上。

反 차도 車道

場所 12

複習一下

場所 | 建築物、道路

✎ 請將意義相同的單字與解釋連接起來。

1. 휴게실 •   • ① 결혼식을 하는 곳
2. 헬스클럽 •   • ② 편지나 소포를 부치는 곳
3. 예식장 •   • ③ 운동을 할 수 있는 곳
4. 우체국 •   • ④ 쉴 수 있는 곳
5. 병원 •   • ⑤ 몸이 아프거나 다쳤을 때 가는 곳

✎ 請回答下列問題。

6. 다음 밑줄 친 단어 ㉠, ㉡과 같은 의미로 연결된 것을 고르십시오.

   가 이 ㉠빌딩이 한국어 학원이 있는 빌딩이에요?
   나 네, 제가 공부하는 ㉡데가 바로 여기예요.

   ① ㉠ 건물 ㉡ 곳   ② ㉠ 회사 ㉡ 곳
   ③ ㉠ 건물 ㉡ 절   ④ ㉠ 회사 ㉡ 절

7. 다음 중 관계가 다른 하나를 고르십시오.

   ① 높다 - 낮다   ② 실내 - 실외
   ③ 대사관 - 박물관   ④ 인도 - 차도

8. 다음 (   )에 들어갈 알맞은 단어를 고르십시오.

   제 사무실은 이 빌딩 5층 502(   )입니다.

   ① 반   ② 호   ③ 번   ④ 동

3 도시
都市

49.mp3

경주
名 [경ː주]
漢 慶州
➪ 索引 p.475

慶州

불국사를 구경하러 **경주**에 갔어요.
我去慶州參觀佛國寺。

광주
名 [광주]
漢 光州
➪ 索引 p.475

光州

제 고향은 전라남도 **광주**예요.
我的家鄉在全羅南道光州。

대구
名 [대구]
漢 大邱
➪ 索引 p.475

大邱

대구는 사과가 맛있는 곳으로 유명해요.
大邱是以蘋果好吃出名的地方。

대전
名 [대전]
漢 大田
➪ 索引 p.475

大田

이 기차는 **대전**으로 가는 기차입니다.
這輛火車是開往大田的列車。

도시
名 [도시]
漢 都市

城市、都市

서울은 정말 아름다운 **도시**예요.
首爾真的是美麗的都市。

反 시골鄉下 ➪ p.382   參 도시 생활都市生活

도시 • 都市

부산
名 [부산]
漢 釜山
➡ 索引 p.475

釜山
한국에서 제일 큰 도시는 서울이고, 두 번째는 **부산**이에요.
韓國最大的都市是首爾,第二大是釜山。

서울
名 [서울]
➡ 索引 p.475

首爾
서울은 한국의 수도입니다.
首爾是韓國的首都。

參 서울시청首爾市政府、서울역 광장首爾站廣場

속초
名 [속초]
漢 束草
➡ 索引 p.475

束草
이번 여름에는 유명한 해수욕장이 많은 **속초**에 가서 쉬세요.
今年夏天請去有許多知名海水浴場的束草休息。

안동
名 [안동]
漢 安東
➡ 索引 p.475

安東
이번 방학에는 **안동**으로 여행을 가고 싶습니다.
我想這次放假去安東旅行。

이천
名 [이천]
漢 利川
➡ 索引 p.475

利川
경기도 **이천**은 맛있는 쌀로 유명해요.
京畿道利川以美味的米聞名。

인천

名 [인천]
漢 仁川
➪ 索引 p.475

仁川

인천에는 인천 국제 공항이 있어요.
在仁川有仁川國際機場。

전주

名 [전주]
漢 全州
➪ 索引 p.475

全州

안나：**전주**는 무엇으로 유명해요?
安娜：全州以什麼聞名？

리에：비빔밥이 가장 유명해요.
理惠：拌飯最有名。

지방

名 [지방]
漢 地方

地方、地區、首都以外的地方

서울은 집 값이 비싸지만 **지방**은 그렇지 않아요.
首爾的房價很貴，但首都以外的地方不貴。

춘천

名 [춘천]
漢 春川
➪ 索引 p.475

春川

춘천에는 드라마 '겨울연가'의 촬영 장소가 있어요.
春川有電視劇《冬季戀歌》的拍攝地點。

4 동네
社區

고향
名 [고향]
漢 故鄉

故鄉、老家

설날이나 추석에는 **고향**에 가는 사람들이 아주 많아요.
過年或中秋回老家的人非常多。

공원
名 [공원]
漢 公園

公園

공원에 가서 산책을 하자.
我們去公園散步吧。

다방
名 [다방]
漢 茶房

茶館、茶房

커피숍을 옛날에는 **다방**이라고 했어요.
咖啡廳以前稱為茶房。

💡 近來已不太使用「다방」這個字。

댁
名 [댁]
漢 宅

宅、家、府上

선생님 **댁**은 어디세요?
請問老師府上在哪?

謙 집家⇨ p.416

동

名 [동]
漢 洞

洞

저는 혜화**동**에 살아요.
我住在惠化洞。

參 동사무소（주민센터）洞事務所（居民中心）

💡 相當於台灣的區公所。

동네

名 [동ː네]

社區、村落、鄰里

우리 **동네**에는 음식점이 많이 있어요.
我們社區有許多餐廳。

類 마을 村子 ⇨ p.381
參 동네 사람 村子裡的人

마을

名 [마을]

村子、村莊

우리는 어렸을 때부터 한 **마을**에서 살았어요.
我們從小就住在同一個村子。

類 동네 社區、村莊、鄰里 ⇨ p.381
參 마을버스 社區巴士

💡 通常用於鄉下地區。

매점

名 [매ː점]
漢 賣店

小賣部、合作社、福利社

매점에 가서 빵하고 우유 좀 사 오세요.
請去小賣部買一些麵包跟牛奶。

參 학교 매점 學校商店、지하철 매점 地鐵店鋪

場所 12

381

동네 • 社區

문구점

名 [문구점]
漢 文具店

文具店、文具行

이 근처에 가까운 **문구점**이 어디에 있어요?
請問這附近比較近的文具店在哪裡？

類 문방구文具店

분식집

名 [분식찝]
漢 粉食집

小吃店、麵食店

분식집에서 김밥과 라면을 사 먹었어요.
我在小吃店買紫菜包飯跟泡麵吃。

서점

名 [서점]
漢 書店

書店、書局

서점에 가서 책을 샀어요.
我去書店買了書。

類 책방書店 ⇨ p.383

시골

名 [시골]

鄉下、農村

시끄럽고 바쁜 도시보다 조용하고 한가한 **시골**이 더 좋아요.
比起喧嘩繁忙的都市，我更喜歡寧靜悠閒的鄉下。

反 도시都市 ⇨ p.377

장소

名 [장소]
漢 場所

場所

약속 **장소**가 어디인지 잊어버렸어요.
我忘記約會的場所在哪裡了。

類 곳地方、場所⇨ p.374
　　데地方⇨ p.375
關 장소를 정하다訂定場所
參 약속 장소約定場所、회의 장소開會場所

주유소

名 [주;유소]
漢 注油所

加油站

주유소에서 기름을 넣고 갑시다.
我們去加油站加油再出發吧。

책방

名 [책빵]
漢 冊房

書店

근처에 **책방**이 없어서 책을 사려면 멀리 가야 해요.
因為附近沒有書店，如果要買書必須走很遠。

類 서점書店⇨ p.382

카페

名 [카페]

咖啡廳

분위기 좋은 **카페**에 가서 커피 한 잔 합시다.
我們去氣氛佳的咖啡廳喝杯咖啡吧。

類 커피숍咖啡店、咖啡廳、咖啡館

場所
12

동네・社區

편의점

名 [펴늬점／
펴니점]
漢 便宜店

便利商店、超商

한국에는 24시간 문을 여는 **편의점**이 많아서 밤에도 물건을 살 수 있어요.

有韓國有許多二十四小時營業的便利商店,所以夜間也可以買到東西。

하숙

名 [하;숙]
漢 下宿

寄宿、小旅店

저는 조용히 지낼 수 있는 **하숙**을 찾고 있어요.

我正在找可以安靜居住的小旅店。

動 하숙하다 寄宿
參 하숙집 寄宿家庭、하숙 생활 寄宿生活、하숙비 寄宿費、하숙생 寄宿生

PC방

名 [피씨방]
漢 PC房

網咖

주말에는 **PC방**에서 게임을 하는 사람들이 많아요.

有很多人周末會在網咖玩遊戲。

제 컴퓨터가 고장 나서 **PC방**에 가서 숙제를 했어요.

我的電腦壞了,所以我去網咖做作業。

5 서울
首爾

경복궁
名 [경;복꿍]
漢 景福宮
➡ 索引 p.476

景福宮
경복궁은 조선 시대에 지은 건물이에요.
景福宮是朝鮮時代建造的建築物。

고속 터미널
名 [고속터미널]
漢 高速 terminal

高速巴士轉運站
고속버스를 타려면 **고속 터미널**로 가세요.
如果想搭高速巴士,請去高速巴士轉運站。

관악산
名 [과낙싼]
漢 冠岳山

冠岳山
이번 주말에 **관악산**으로 등산 가자.
我們這周末去爬冠岳山吧。

교대
名 [교;대]
漢 教大

教育大學、師範大學、教大、師大
지하철 2, 3호선 **교대**역 근처에 서울교육대학교가 있어요.
地鐵二號線、三號線的教大站附近有首爾教育大學。

대학로
名 [대;항노]
漢 大學路
➡ 索引 p.476

大學路
대학로에 가면 소극장들이 많이 있어요.
如果去大學路,有很多小劇場。

서울・首爾

덕수궁

名 [덕쑤궁]
漢 德壽宮
⇨ 索引 p.476

德壽宮

덕수궁은 시청 옆에 있는 궁이에요.
德壽宮是位於市政府旁邊的宮殿。

동대문

名 [동대문]
漢 東大門
⇨ 索引 p.476

東大門

쇼핑을 하러 **동대문** 시장에 갔어요.
我要購物去了東大門市場。

參 동대문 역東大門站、동대문 시장東大門市場

명동

名 [명동]
漢 明洞
⇨ 索引 p.476

明洞

명동은 패션의 거리로 유명해요.
明洞以時尚街聞名。

시내

名 [시;내]
漢 市內

市內、市區

우리 회사는 **시내**에 있지만 아주 조용합니다.
我們公司雖然在市區，但非常安靜。

反 시외郊區

시청

名 [시;청]
漢 市廳
⇨ 索引 p.476

市政廳、市政府

지하철 1, 2호선을 타고 시청 역에서 내리면 서울 **시청**이 있어요.
搭乘地鐵一號線或二號線在市廳站下車，有首爾市政府。

신촌

名 [신촌]
漢 新村
⇨ 索引 p.476

新村

신촌 근처에는 여러 대학교가 있어요.
新村附近有多所大學。

압구정

名 [압꾸정]
漢 狎鷗亭
⇨ 索引 p.476

狎鷗亭

압구정동은 젊은 사람들이 많이 가는 곳이에요.
狎鷗亭是年輕人常去的地方。

여의도

名 [여의도/
여이도]
漢 汝矣島
⇨ 索引 p.476

汝矣島

여의도에는 63빌딩이 있어요.
汝矣島有六三大廈。

을지로

名 [을찌로]
漢 乙支路
⇨ 索引 p.476

乙支路

을지로는 항상 교통이 복잡해요.
乙支路向來交通擁擠。

이태원

名 [이태원]
漢 梨泰院
⇨ 索引 p.476

梨泰院

이태원에는 외국 사람이 많아서 외국 같아요.
在梨泰院外國人很多，就像外國一樣。

場所 12

서울 • 首爾

인사동

名 [인사동]
漢 仁寺洞
➪ 索引 p.476

仁寺洞

인사동에는 한국 전통 음식점들이 많아요.
在仁寺洞有許多韓國傳統餐飲店。

잠실

名 [잠실]
漢 蠶室
➪ 索引 p.476

蠶室

롯데월드 놀이공원은 **잠실**에 있어요.
樂天世界遊樂園位於蠶室。

종로

名 [종노]
漢 鍾路
➪ 索引 p.476

鍾路

종로에는 외국어 학원이 많이 있어요.
鍾路有許多外語補習班。

한강

名 [한;강]
漢 漢江
➪ 索引 p.476

漢江

한강에서 유람선을 타 본 적이 있어요?
你有在漢江搭過遊艇嗎？

複習一下

場所 | 都市、社區、首爾

✏️ 請將左側單字與右側相對應的韓文解釋連接起來。

1. PC방 •　　　　• ① 돈을 내고 컴퓨터를 사용하는 곳
2. 분식집 •　　　　• ② 연필이나 공책 같은 것을 파는 곳
3. 문구점 •　　　　• ③ 차에 기름을 넣는 곳
4. 주유소 •　　　　• ④ 라면이나 김밥 등을 파는 곳

✏️ 請回答下列問題。

5. 다음 문장의 밑줄 친 단어와 바꿔 쓸 수 있는 것을 고르십시오.

> 우리 ㉠ 마을에는 ㉡ 서점이 많아요.

① ㉠동네　㉡카페　　　② ㉠동네　㉡책방
③ ㉠고향　㉡카페　　　④ ㉠고향　㉡책방

6. 다음 중 반대 의미로 연결된 것을 고르십시오.
① 도시 – 시골　　　② 도시 – 서울
③ 서울 – 시내　　　④ 고향 – 시골

用漢字學韓語・場

✎ 我們來看看韓文詞彙是如何與漢字產生聯繫的。

場 / 장 — 장소、場所、地點

장소 (p.383) — 場所
약속 장소를 바꾸고 싶은데요.
我想更改約定地點。

극장 (p.435) — 劇場、戲院、劇院、電影院
어느 극장에 가서 영화를 볼까요?
要去哪個電影院看電影?

시장 (p.304) — 市場
백화점보다 시장 물건이 더 싸지요?
市場的東西比百貨公司便宜吧?

직장 (p.189) — 職場、工作單位
준이치 씨는 아침 9시까지 직장에 출근합니다.
順一早上九點前要到公司。

정류장 (p.332) — 車站、停車場
버스 정류장에서 친구를 기다렸습니다.
我在公車站等朋友。

예식장 (p.371) — 禮堂、婚宴會館
우리 언니는 다음 주 토요일 오후 3시에 행복 예식장에서 결혼을 합니다.
我姐姐下周六下午三點在幸福婚宴會館結婚。

13 집／자연
家／自然

1 동식물 動植物
2 자연환경 自然環境
3 전기／전자 제품 電器／電子產品
4 집안 家內
5 집안 물건／가구 家裡的物品／家具
6 집안 구조 室內結構
7 집안일 家務事

用漢字學韓語・家

1 동식물
動植物

🔊 52.mp3

강아지
名 [강아지]

小狗

우리 집 개가 어제 **강아지** 세 마리를 낳았어요.
我家的狗昨天生了三隻小狗。

💡 개（狗）的小寶寶稱為「강아지」。

개
名 [개;]
⇒ 索引 p.467

狗

저는 **개**를 아주 좋아해서 3마리나 길러요.
我很喜歡狗而養了三隻。

고양이
名 [고양이]

貓

저는 강아지보다 **고양이**가 더 좋아요.
比起小狗，我更喜歡貓。

곰
名 [곰;]

熊

그 사람은 행동이 너무 느려서 **곰** 같아요.
他的行動非常慢，像頭熊。

参 곰인형 玩具熊

기르다

動 [기르다]
不 르不規則
⇨ 索引 p.478

養、培育

우리 집에서는 새도 **기르고** 개도 **길러요**.
我家養鳥也養狗。

- 을/를 기르다

關 꽃을 기르다養花、머리를 기르다留頭髮、손톱을 기르다留指甲、동물을 기르다養動物

꽃

名 [꼳]

花

오늘이 리에 씨 생일이니까 **꽃**을 사 가지고 가자.
今天是理惠生日，我們買束花去吧。

參 꽃다발花束、꽃바구니花籃、꽃잎花瓣

나무

名 [나무]

樹木、樹、柴

식목일에 산에 가서 **나무**를 심었어요.
我在植樹節去山上種了樹。

關 나무를 심다種樹、나무를 하다砍柴
參 나무꾼樵夫

동물

名 [동;물]
漢 動物

動物

강아지나 고양이 같은 **동물**들이 아플 때는 **동물**병원에 데려가요.
小狗或貓咪等動物們生病時，帶去動物醫院。

參 동물 병원動物醫院、동물원動物園

家/自然
13

동식물 • 動植物

말
名 [말]
⇨ 索引 p.467

馬

제주도에 가면 꼭 **말**을 타 보세요.
如果去濟州島，請一定要騎一下馬。

사자
名 [사자]
漢 獅子

獅子

사자를 '동물의 왕'이라고도 불러요.
獅子又稱為「萬獸之王」。

새
名 [새;]

鳥

하늘에 **새** 한 마리가 날고 있어요.
天上有一隻鳥正在飛翔著。

소
名 [소]
⇨ 索引 p.467

牛

열심히 일하는 사람을 **소** 같다고 말해요.
人們說努力工作的人像牛一般。

參 소고기牛肉、소갈비牛排骨

원숭이
名 [원;숭이]
⇨ 索引 p.467

猴子

동물원에 가서 **원숭이**에게 바나나를 주었어요.
我去動物園給了猴子香蕉。

394

잎
名 [입]

葉子

나뭇**잎**이 한 **잎** 두 **잎** 떨어져요.
葉子一片、兩片掉落下來。

參 꽃잎花瓣、나뭇잎樹葉

장미
名 [장미]
漢 薔薇

玫瑰

5월에는 **장미**꽃이 활짝 핍니다.
五月玫瑰花盛開。

쥐
名 [쥐]
⇨ 索引 p.467

老鼠

쥐가 고양이를 보자마자 도망갔어요.
老鼠一看到貓就逃走了。

코끼리
名 [코끼리]

大象

코끼리는 몸이 크고 코가 길어요.
大象的身軀龐大，鼻子長。

토끼
名 [토끼]
⇨ 索引 p.467

兔子

토끼는 귀가 길어요.
兔子耳朵長。

동식물·動植物

피다
動 [피다]

綻放

꽃이 활짝 **피어서** 정말 예뻐요.
花朵綻放開來真的很漂亮。

- 이/가 피다

호랑이
名 [호;랑이]
索引 p.467

老虎

우리 선생님은 무서워서 **호랑이** 선생님이라고 불러요.
我們的老師很兇，我們叫他老虎老師。

2 자연환경
自然環境

53.mp3

가지
名 [가지]

樹枝、茄子

나뭇**가지**에서 잎이 모두 떨어졌어요.
樹枝上葉子全都掉光了。

參 나뭇가지 樹枝

강
名 [강]
漢 江

江、河

서울에 있는 큰 **강**의 이름은 한**강**이에요.
位於首爾的大江名叫漢江。

關 강을 건너다 過河、渡江
參 한강 漢江

깊다
形 [깁따]

深的、深刻的、深厚的

한강은 **깊어서** 수영하기에 위험합니다.
漢江很深，在裡面游泳很危險。

- 이/가 깊다

反 얕다 淺
參 생각이 깊다 深思熟慮／思慮深遠、물이 깊다 水很深

397

자연환경 • 自然環境

낙엽
名 [나겹]
漢 落葉

落葉

가을에 **낙엽**을 밟으며 산책하는 것이 참 좋아요.
秋天踩著落葉散步真愜意。

關 낙엽이 떨어지다落葉掉下來

💡 掉下來的나뭇잎（樹葉）叫做「낙엽（落葉）」。

날다
動 [날다]
不 ㄹ 不規則
⇨ 索引 p.477

飛

새들이 하늘을 **날고** 있어요.
小鳥們在天空飛翔。

- 을/를 날다
- (으)로 날다

💡 날으다 (×), 날다 (○)
날으는 (×), 나는 (○)

바다
名 [바다]

大海、海

겨울에는 **바다**에서 수영할 수 없어요.
冬天無法在海裡游泳。

參 바닷가海邊、海岸

자연
名 [자연]
漢 自然

自然、大自然、自然環境

나무, 꽃, 강, 바다 등 **자연**을 보호해야 합니다.
必須保護樹木、花、江、海等自然環境。

參 자연 보호保護大自然

하늘
名 [하늘]

天空、蒼穹

하늘에 구름이 없어서 아주 맑네요.
天空沒有雲，非常晴朗。

해
名 [해]

年、太陽

오늘은 **해**가 몇시에 떴어요?
今天太陽幾點升起？

지난**해**보다 올**해** 겨울에 눈이 더 많이 왔어요.
跟去年相比，今年冬天下了更多的雪。

參 지난해去年、이번 해這一年、올해今年 ⇨ p.258
類 태양太陽
關 해가 뜨다日出／太陽升起、해가 지다日落／太陽落下

호수
名 [호수]
漢 湖水

湖水、湖

호수에 오리가 있어요.
湖水上面有鴨子。

參 호숫가湖畔、湖邊

환경
名 [환경]
漢 環境

環境

주변 **환경**을 깨끗이 정리하세요.
請把周遭環境整理乾淨。

關 환경이 좋다／나쁘다環境佳／環境差、
　 환경이 깨끗하다環境乾淨
參 주변 환경周邊環境、환경 보호環境保護、환경 운동環保運動

複習一下

家／自然 ｜動植物、自然環境

✎ 請從範例中找出可填入空白處的正確單字。

| 例 | 호랑이 | 개 | 소 | 곰 |

1. 열심히 일하는 사람을 _____ 같다고 해요.
2. 행동이 아주 느린 사람을 _____ 같다고 해요.
3. 무서운 사람을 _____ 같다고 해요.

✎ 請選出可同時填入空白處的單字。

4. 강아지를 _____.
   머리를 _____.
   손톱을 _____.

   ① 키우다　② 기르다　③ 데리다　④ 고치다

5. 한강이 _____.
   그 사람은 생각이 _____.

   ① 크다　② 넓다　③ 깊다　④ 무겁다

✎ 請從範例中找出可填入空白處的正確單字。

| 例 | 환경 | 자연 | 하늘 | 한강 |

6. 나무, 꽃, 강, 바다 등 _____을/를 보호해야 합니다.
7. 주변 _____을/를 깨끗이 하세요.

3 전기/전자 제품
電器／電子產品

54.mp3

가습기
名 [가습끼]
漢 加濕器

加濕器

방이 너무 건조하니까 **가습기**를 켭시다.
房間非常乾燥，我們開加濕器吧。

關 가습기를 켜다／끄다 開加濕器／關加濕器、
가습기를 틀다 開加濕器

가전제품
名 [가전제품]
漢 家電製品

家電用品、家電產品

냉장고나 세탁기, 텔레비전 같은 **가전제품**을 사야 해요.
必須購買冰箱、洗衣機、電視機等家電用品。

고장
名 [고ː장]
漢 故障

故障

텔레비전이 **고장**이 나서 안 나와요.
電視壞了，所以沒有畫面。

關 고장이 나다 故障、壞掉

고치다
動 [고치다]

修理、修繕、糾正

고장 난 시계를 **고쳤어요**.
我修理了壞掉的時鐘。

- 을/를 고치다
類 수리하다 修理、維修

401

전기 / 전자 제품・電器／電子產品

냉장고

名 [냉ː장고]
漢 冷藏庫

冰箱

냉장고에 시원한 맥주가 있어요.
冰箱裡有涼爽的啤酒。

關 냉장고에 넣다放入冰箱、
　냉장고에 두다放在冰箱裡、냉장고에서 꺼내다從冰箱裡拿出來
參 김치 냉장고辛奇冰箱

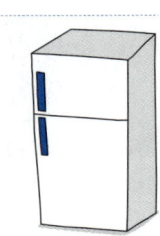

노트북

名 [노트북]

筆記型電腦

대학교 입학 선물로 **노트북**을 사 주세요.
我的大學入學禮物請買筆記型電腦給我。

다리미

名 [다리미]

熨斗

옷을 **다리미**로 잘 다려 주세요.
請用熨斗幫我燙衣服。

關 다리미로 다리다用熨斗熨
參 다림질＝다리미질燙衣服（的行為）

드라이어

名 [드라이어]

吹風機

머리를 감은 후에 **드라이어**로 말려요.
洗完頭候用吹風機吹乾。

關 드라이어로 말리다用吹風機吹乾

라디오

名 [라디오]

收音機、廣播

운전할 때 **라디오**를 들으면 지루하지 않아요.
開車時聽廣播，就不會覺得無聊。

402

사용하다

使用

제가 이 컴퓨터를 좀 **사용해도** 될까요?
請問我可以用一下這台電腦嗎？

- 을/를 사용하다

類 쓰다使用、寫   參 사용 중使用中

動 [사용하다]
漢 使用하다

선풍기

電風扇、電扇

여름에는 더워서 **선풍기**가 꼭 필요해요.
夏天很熱，一定需要電風扇。

關 선풍기를 켜다/끄다開電風扇/關電風扇

名 [선풍기]
漢 扇風機

신제품

新產品

신제품을 좀 보여 주세요.
請讓我看一下新產品。

名 [신제품]
漢 新製品

에어컨

冷氣、空調

더우니까 **에어컨**을 좀 켭시다.
天氣熱，開一下冷氣吧。

關 에어컨을 켜다/끄다開冷氣/關冷氣

名 [에어컨]

전기

電、電力

전기 주전자는 물을 빨리 끓일 수 있어서 좋아요.
快煮壺可以快速煮水，還不錯。

關 전기가 들어오다來電了、전기가 나가다停電
參 전기 주전자快煮壺/電子壺、전기세電費、전기 요금電費

名 [전:기]
漢 電氣

家/自然
13

403

전기 / 전자 제품 • 電器／電子產品

전자

名 [전;자]
漢 電子

電子

전자사전은 사용하기가 아주 편리합니다.
電子辭典使用起來十分便利。

參 전자 제품電子產品、전자사전電子辭典、전자레인지微波爐

전화기

名 [전;화기]
漢 電話機

電話

전화기에서 벨 소리가 울렸습니다.
電話鈴聲響起。

關 전화기가 울리다電話響起

💡 近來人們稱「전화기」為「전화」。

텔레비전

名 [텔레비전]

電視

하루 종일 **텔레비전**만 봤어요.
整天只看電視。

類 TV

4 집안
家內

55.mp3

계시다
動 [계ː시다]

在（尊待語）

교수님은 지금 댁에 **계실** 거예요.
教授現在應該在府上吧。

- 이／가 - 에 계시다

謙 있다在、有 ⇨ p.407

깨끗하다
形 [깨끄타다]

乾淨的、整潔的

방을 청소해서 아주 **깨끗해요**.
打掃了房間十分乾淨。

- 이／가 깨끗하다

反 더럽다骯髒的、汙穢的 ⇨ p.406

넓다
形 [널따]

寬敞的、寬廣的

왕위 씨 집의 거실은 정말 **넓어요**.
王偉家的客廳真的很寬敞。

- 이／가 넓다

謙 좁다窄的、狹小的 ⇨ p.407

놓이다
動 [노이다]

被放置

식탁 위에 수저가 **놓여** 있어요.
湯匙筷子擺放在餐桌上。

- 이／가 - 에 놓이다

405

집안 • 家內

더럽다

形 [더럽따]
不 ㅂ不規則
⇨ 索引 p.478

髒的、汙穢的、不乾淨的

집 안이 너무 **더러우니까** 청소를 좀 해야겠어요.
家裡太髒了，得打掃一番。

- 이／가 더럽다

反 깨끗하다乾淨的⇨ p.405

살다

動 [살;다]
不 ㄹ不規則
⇨ 索引 p.477

生活、居住

저는 서울에 **살아요**.
我住在首爾。

- 이／가 - 에 살다

시끄럽다

形 [시끄럽따]
不 ㅂ不規則
⇨ 索引 p.478

吵鬧的、喧嘩的

안나:밖이 왜 이렇게 **시끄럽지**?
安娜：外面怎麼這麼吵？

리에:아이들이 놀아서 그래.
理惠：孩子們在玩，所以才吵吵鬧鬧的。

- 이／가 시끄럽다

反 조용하다安靜的、寧靜的⇨ p.407

없다

形 [업;따]

沒有的、不在、無

방 안에는 아무도 **없습니다**.
房間裡什麼人也沒有。

- 이／가 없다

反 있다有、在⇨ p.407

있다

動 形 [읻따]

有、存在

오늘 오후에 집에 **있어요**.
我今天下午在家。

오늘 왕위 씨에게 좋은 일이 **있는** 것 같아요.
今天王偉似乎有好事情的樣子。

- 이／가 - 에 있다

反 없다沒有 ⇨ p.406

💡 「있다」有「가지고 있다（持有）」跟「（장소）에 있다位於某某場所」的意思。

조용하다

形 [조용하다]

安靜的、平靜的

우리 집 주변은 아주 **조용해요**.
我家周圍非常安靜。

- 이／가 조용하다

反 시끄럽다吵鬧、喧嘩⇨ p.406

좁다

形 [좁따]

狹窄的、狹小的

내 방은 **좁아서** 불편해요.
我房間窄，住起來不舒適。

- 이／가 좁다

反 넓다寬敞的⇨ p.405

편하다

形 [편하다]
漢 便하다

舒服的、便利的

이 옷은 크고 **편해서** 집에서 입기에 좋아요.
這件衣服又大又舒服，適合在家裡穿。

- 이／가 편하다

反 불편하다不方便的、不舒服的⇨ p.357

💡 「편하다」有「편리하다（方便）」跟「편안하다（舒適）」兩種意思。

家／自然
13

4 집안 물건／가구
家裡的物品／家具

56.mp3

가구
名 [가구]
漢 家具

家具

침대나 옷장 같은 **가구**들은 제가 결혼할 때 사 왔어요.
床鋪、衣櫃等家具是我結婚時買的。

參 가구점家具行、중고 가구二手家具

상
名 [상]
漢 床

桌

배가 고프니까 빨리 **상**을 차려서 밥을 먹을까요?
我肚子餓了，要不要快點上菜吃飯了？

關 상을 차리다擺桌／準備飯桌、상을 치우다清理桌面
參 밥상飯桌、책상書桌

서랍
名 [서랍]
漢 舌盒

抽屜

지우개나 연필은 책상 **서랍**에 넣으세요.
請把橡皮擦或鉛筆放進書桌抽屜。

關 서랍을 열다開抽屜、서랍을 닫다關抽屜、서랍에 넣다放進抽屜
參 책상 서랍書桌抽屜

소파
名 [소파]

沙發

손님들이 거실에 있는 **소파**에 앉아 있어요.
客人們坐在客廳的沙發上。

408

수도

名 [수도]
漢 水道

水管、自來水管道

수도를 덜 잠갔는지, 물 떨어지는 소리가 들리네요.
或許是水龍頭沒關緊，我聽到水滴落的聲音。

關 수도를 틀다扭開水龍頭、수도를 잠그다關水龍頭
參 수돗물自來水、수도꼭지水龍頭、상수도上水道、하수도下水道

식탁

名 [식탁]
漢 食桌

餐桌

음식을 **식탁**에 차리세요.
請把餐點擺到餐桌上。

關 식탁을 차리다準備餐桌、식탁에 음식을 차리다在餐桌上擺放餐點／上菜
參 밥상飯桌、상桌⇨ p.408

실

名 [실;]

線、絲

단추를 달아 줄게. 바늘하고 **실**을 가지고 와.
我幫你縫扣子，你把針線拿來。

액자

名 [액짜]
漢 額子

相框、畫框、鏡框、扁額

벽에 **액자**를 걸었습니다.
把相框掛在牆上。

열쇠

名 [열;쐬／열;쒜]

鑰匙

열쇠가 없어서 집에 못 들어갔어요.
沒有鑰匙進不了家門。

反 자물쇠鎖　　參 열쇠고리鑰匙圈

家／自然
13

집안 물건 / 가구 • 家裡的物品／家具

우산
名 [우;산]
漢 雨傘

雨傘

비가 오니까 **우산**을 가지고 가세요.
下雨了，請帶傘去。

關 우산을 쓰다撐傘、우산을 펴다撐傘／開傘、우산을 접다收傘／摺傘
參 양산陽傘

인형
名 [인형]
漢 人形

玩偶、洋娃娃

아기가 **인형**을 안고 자요.
孩子抱著娃娃睡覺。

參 곰 인형玩具熊、인형놀이玩洋娃娃

장난감
名 [장난깜]

玩具

동생 생일 선물로 **장난감**을 샀어요.
我買玩具作為弟弟的生日禮物。

參 장난감 기차玩具火車、장난감 로봇玩具機器人

책장
名 [책짱]
漢 冊欌

書櫃

책은 **책장**에 꽂으세요.
請把書插在書櫃裡。

關 책장에 꽂다插在書櫃、插在書架

초
名 [초]
漢 燭

蠟燭

생일 케이크에 **초**를 몇 개 꽂을까요?
生日蛋糕要插幾根蠟燭？

關 초를 꽂다 插蠟燭、초를 켜다 點蠟燭、초를 끄다 熄滅蠟燭
參 촛불 燭火、燭光

침대
名 [침;대]
漢 寢臺

床、床鋪

저는 잘 때 가끔 **침대**에서 떨어져요.
我睡覺的時候偶爾從床上掉下來。

關 침대에 눕다 躺在床上、침대에서 일어나다 從床上起身

칼
名 [칼]

刀子

사과 깎아 줄게. **칼**을 가지고 와.
我幫你削蘋果，拿刀子來。

關 칼로 깎다 用刀子削、칼로 썰다 用刀子切

커튼
名 [커튼]

窗簾

방 안이 어두우니까 **커튼**을 걷어 주세요.
房間裡面很暗，請把窗簾拉開。

關 커튼을 치다 拉上窗簾、커튼을 내리다 放下窗簾、커튼을 걷다 收起窗簾

집안 물건 / 가구 • 家裡的物品／家具

탁자
名 [탁짜]
漢 桌子

桌子

커피 잔을 **탁자** 위에 놓았어요.
把咖啡杯放在桌子上。

類 테이블 桌子 ⇨ p.412

테이블
名 [테이블]

桌子

거실에 **테이블**이 하나 놓여 있어요.
臥室裡面放了一張桌子。

類 탁자 桌子 ⇨ p.412

피아노
名 [피아노]

鋼琴

저는 **피아노**를 아주 잘 쳐요.
我很會彈鋼琴。

關 피아노를 치다 彈鋼琴

휴지
名 [휴지]
漢 休紙

衛生紙

휴지로 코를 닦았어요.
用衛生紙擦鼻子。

類 화장지 衛生紙
參 휴지통 垃圾桶、廢紙簍

複習一下

家／自然｜電器／電子產品、家內、家裡的物品／家具

✏️ 請回答下列問題。

1. 다음 중 관계가 <u>다른</u> 것은 무엇입니까?

　① 시끄럽다 – 조용하다　　② 좁다 – 넓다
　③ 있다 – 없다　　　　　　④ 편하다 – 더럽다

2. 다음 　　　　에 공통으로 들어갈 단어를 고르십시오.

> 저는 어렸을 때 피아노를 잘 ＿＿＿＿＿＿.
> 방이 너무 밝아서 커튼을 ＿＿＿＿＿＿.

　① 뛰었어요　② 쳤어요　③ 때렸어요　④ 내렸어요

✏️ 請問下列選項中，哪一個可以跟畫底線部份的單字替換使用？

3.
> <u>새로 나온 물건</u>이 있으면 보여 주세요.

　① 신제품　　② 가전제품　　③ 전기　　④ 드라이어

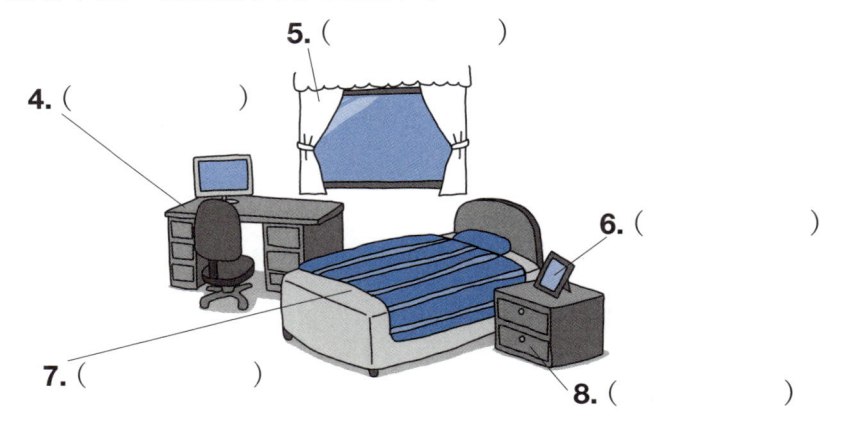

✏️ 請看下圖，在括弧中填入正確單字。

4. (　　　　)
5. (　　　　)
6. (　　　　)
7. (　　　　)
8. (　　　　)

6 집안 구조
室內結構

57.mp3

거실
名 [거실]
漢 居室

客廳
가족들이 모두 **거실**에서 텔레비전을 봐요.
全家人都在客廳看電視。

닫다
動 [닫따]

關、關閉、合攏
창문 좀 **닫아** 주시겠어요?
請問可以幫我關一下窗戶嗎？

- 을/를 닫다

反 열다打開、開啟 ⇨ p.415

마당
名 [마당]

院子、庭院
우리 집 **마당**에 나무가 있어요.
我家院子有棵樹。

문
名 [문]
漢 門

門
나갈 때 **문**을 꼭 닫고 나가세요.
外出時，請務必關上門再離開。

關 문을 열다開門、문을 닫다關門、문을 잠그다鎖門
參 자동문自動門、정문正門、후문後門、대문大門、현관문玄關／前門

414

방

名 [방]
漢 房

房間

우리 집에는 **방**이 3개 있어요.

我家有三個房間。

關 방이 넓다房間寬敞、방이 좁다房間狹窄
參 PC방網咖⇨ p.384、노래방KTV、안방內宅／閨房、주방廚房、공부방書房、온돌방暖炕房⇨ p.416

벽

名 [벽]
漢 壁

牆壁

벽에 액자를 좀 걸어 주세요.

請把相框掛到牆壁上。

參 벽지壁紙

부엌

名 [부엌]

廚房

엄마는 **부엌**에서 식사 준비를 하고 계세요.

媽媽在廚房裡準備餐點。

類 주방廚房

열다

動 [열;다]
不 ㄹ不規則
⇨ 索引 p.477

打開、開啟

이 열쇠로 문을 **열어** 주세요.

請用這把鑰匙開門。

- 을/를 열다

反 닫다關閉⇨ p.414

家／自然 13

415

집안 구조・室內結構

온돌방

名 [온돌빵]
漢 온돌房

暖炕房、火炕房

온돌방에 누우면 바닥이 아주 따뜻해요.
如果躺在暖炕房，地板非常暖和。

정원

名 [정원]
漢 庭院

庭院、院子

우리 집 **정원**에는 꽃과 나무가 많이 있어요.
我家院子有許多花跟樹。

지하

名 [지하]
漢 地下

地下

이 건물 **지하**에는 주차장이 있어요.
這棟建築物的地下有停車場。

參 지하 1 층地下一樓、지하 주차장地下停車場、지하실地下室

집

名 [집]

家

학교 끝나고 바로 **집**에 와요.
下課後馬上回家。

尊 댁府上、宅 ⇨ p.380
關 집을 짓다蓋房子
參 하숙집寄宿家庭

짓다

動 [짇;따]
不 ㅅ不規則
⇨ 索引 p.479

建造、製做

저는 바닷가 근처에 집을 **짓고** 싶어요.
我想在海邊附近蓋房子。

- 을/를 짓다

關 집을 짓다蓋房子、약을 짓다製藥、이름을 짓다取名字

416

창문

名 [창문]
漢 窓門

窗戶

그 방은 **창문**이 없어서 여름에 답답해요.
那個房間沒有窗戶，所以夏天很悶。

關 창문을 열다 開窗戶、창문을 닫다 關窗戶

화장실

名 [화장실]
漢 化粧室

化妝室、洗手間、廁所

배가 아픈데, **화장실**에 가도 돼요?
我肚子痛，可以上廁所嗎？

關 화장실에 가다 去廁所

7 집안일
家務事

58.mp3

깨지다
動 [깨ː지다]

破、碎裂、破碎

설거지를 하다가 그릇이 **깨졌어요**.
洗著碗碗破了。

- 이/가 깨지다

꺼내다
動 [꺼ː내다]

取出、拿出

세탁기에서 빨래를 **꺼냈어요**.
從洗衣機裡拿出洗滌物。

- 에서 - 을/를 꺼내다

反 넣다 放入、裝進 ⇨ p.419

꽂다
動 [꼳따]

插

꽃을 꽃병에 **꽂으세요**.
請把花插在花瓶裡。

- 에 - 을/를 꽂다

反 빼다 抽出、除去、刪掉

끄다
動 [끄다]
不 으 不規則
⇨ 索引 p.480

關閉、熄滅

집에서 나가기 전에 불을 모두 **끄세요**.
從家裡出去之前，請把燈全部關閉。

- 을/를 끄다

反 켜다 打開 ⇨ p.424

418

넣다
動 [너;타]

放進去、置入

겨울옷은 옷장에 **넣으세요**.
請把冬衣放進衣櫃裡。

- 에 - 을／를 넣다

反 빼다 抽出、除去、刪掉
　 꺼내다 拿出、吐露 ⇨ p.418

놓다
動 [노타]

放置、鬆（手）、放下

책상 위에 책을 **놓으세요**.
請把書放在書桌上。

- 에 - 을／를 놓다

다리다
動 [다리다]

熨、燙、燙平

다리미로 제 셔츠를 **다려** 주세요.
請幫我用熨斗燙一下我的襯衫。

- 을／를 다리다

關 옷을 다리다 熨衣服
參 다림질 熨衣服（的行為）、다리미질 熨衣服（的行為）

닦다
動 [닥따]

擦拭、抹拭

구두를 깨끗이 **닦아서** 신고 다니세요.
請把皮鞋擦拭乾淨再穿出門。

- 을／를 닦다

關 이를 닦다 刷牙、차를 닦다 洗車、창문을 닦다 擦窗戶

집안일·家務事

두다
動 [두다]

放、置

이 꽃병은 어디에 **둘까요**?
請問要把這個花瓶擺在哪裡？

- 에 - 을/를 두다

떨어지다
動 [떠러지다]

掉、掉落、陷入

방바닥에 물이 **떨어져서** 걸레로 닦았어요.
水滴在地板上，因此用抹布擦拭了。

- 이/가 떨어지다

關 시험에 떨어지다 考試不及格

말리다
動 [말리다]

晾乾、勸解

옷을 말릴 시간이 없어서 다리미로 **말렸어요**.
因為沒有晾衣服的時間，所以用熨斗弄乾。

- 을/를 말리다

關 빨래를 말리다 晾衣服、머리를 말리다 擦頭髮

불
名 [불]

燈、火

어두우니까 **불**을 켭시다.
有點暗，開燈吧。

關 불을 켜다/끄다 點火/熄火、불이 나다 起火
參 촛불 燭火

420

비누
名 [비누]

肥皂

비누로 얼굴을 깨끗이 씻으세요.
請用肥皂把臉洗乾淨。

參 물비누液態肥皂、빨랫비누洗衣肥皂、가루비누粉狀肥皂

빨래
名 [빨래]

洗衣服

일주일 동안 **빨래**를 안 해서 입을 옷이 없어요.
一周沒有洗衣服，所以沒有衣服穿。

類 세탁洗衣服⇨ p.421
關 빨래를 하다洗衣服
參 손빨래手洗衣服、빨랫비누洗衣肥皂

설거지
名 [설거지]

洗碗

밥을 먹고 난 후에 **설거지**를 바로 하세요.
飯後請立刻洗碗。

動 설거지하다洗碗

세탁
名 [세;탁]

洗衣服

흰 옷은 색깔 옷과 따로 **세탁**하세요.
白衣請和有色衣分開洗滌。

動 세탁하다洗衣服
類 빨래洗滌衣物⇨ p.421
參 세탁기洗衣機、세탁소洗衣店

집안일・家務事

수리
名 [수리]
漢 修理

修理

세탁기가 고장 나서 **수리**해야 돼요.
洗衣機壞掉了，必須要修理。

- 을/를 수리하다
- 이/가 수리되다

動 수리하다修理／維修、수리되다被修理／被維修
參 수리비維修費、수리 기사維修技師／維修工人、
　수리 센터維修中心

💡「수리（修理）」主要用於修理機械；「수선（修繕）」主要
用於修補衣服或包包、鞋子等物品。

심부름
名 [심;부름]

跑腿、幫忙

엄마 **심부름**으로 시장에 갔다 왔어요.
我幫媽媽跑腿，去了一趟市場。

動 심부름하다跑腿
關 심부름을 시키다差使別人、심부름을 가다幫別人跑腿

쓰레기
名 [쓰레기]

垃圾

길에다 **쓰레기**를 버리지 맙시다.
請別在路上亂丟垃圾。

關 쓰레기를 버리다丟垃圾　　參 쓰레기통垃圾桶

이사
名 [이사]
漢 移徙

搬家

제 친구는 서울로 **이사**를 왔어요.
我朋友搬來首爾了。

- (으)로 이사하다

動 이사하다搬家　關 이사(를) 가다/오다搬去／搬來
參 이삿짐搬家行李、이삿짐센터搬家公司

422

정리

名 [정니]
漢 整理

整理

책상이 너무 지저분해서 **정리**를 했어요.
書桌太亂而整理了一下。

- 을/를 정리하다
- 이/가 정리되다

動 정리하다整理、정리되다被整理
類 정돈收拾／整飭、정리정돈整理整頓
參 책상 정리整理書桌、집안 정리整理家裡、교통정리整頓交通、통장 정리整理存摺、서류 정리整理資料

집들이

名 [집뜨리]

喬遷宴

새 집으로 이사하고 나서 **집들이**를 했어요.
搬到新家之後，舉辦了喬遷宴。

動 집들이하다辦喬遷宴
參 집들이 선물喬遷禮物

💡 在韓國去參加別人的喬遷宴時，通常送「清潔劑」或「衛生紙」等東西。

집안일

名 [지반닐]

家務、家事

요즘은 남편들도 **집안일**을 많이 도와줘요.
近來丈夫也常常幫忙做家事。

關 집안일을 돕다幫忙做家事、집안일을 하다做家事

청소

名 [청소]
漢 清掃

打掃、清掃

집 안을 여기저기 깨끗하게 **청소**하세요.
請把家裡各個地方都打掃乾淨。

動 청소하다打掃
參 청소기吸塵器、대청소大掃除、화장실 청소打掃化妝室、청소 도구打掃工具

家／自然 13

집안일・家務事

초대
名 [초대]
漢 招待

招待

제 생일 파티에 친구들을 **초대**했어요.
我招待朋友們參加我的生日派對。

- 을/를 초대하다
- 에 초대되다

動 초대하다招待、초대되다被招待
關 초대를 받다受到招待
參 초대장邀請函／請帖、초대 손님受邀賓客

켜다
動 [켜다]

打開（電源）、鋸、熄火

텔레비전을 **켜** 주세요.
請打開電視。

- 을/를 켜다

反 끄다關、熄滅 ⇨ p.418

複習一下

家／自然 | 室內結構、家務事

✎ 請回答下列問題。

1. 다음 밑줄 친 단어와 바꿔쓸 수 있는 말을 고르십시오.

> 테이블 위에 꽃병이 있어요.

① 책상　② 탁자　③ 소파　④ 액자

2. 다음 중 반대말끼리 연결된 것이 아닌 것을 고르십시오.

① 열다 – 닫다　② 켜다 – 끄다
③ 깨지다 – 짓다　④ 꽂다 – 빼다

✎ 請選出可同時填入空白處的選項。

3.
> 집을 _____.
> 이름을 _____.

① 하다　② 짓다　③ 두다　④ 놓다

✎ 請回答下列問題。

4. 다음 밑줄 친 단어와 비슷한 말을 고르십시오.

> 세탁기가 고장 났어요. 고쳐 주세요.

① 수리해　② 바꿔　③ 버려　④ 말려

用漢字學韓語・家

✏️ 我們來看看韓文詞彙是如何與漢字產生聯繫的。

家 가 | 집 / 家、房子

가구 — 家具 (p.408)
새로 이사를 해서 가구를 많이 사야 해요.
因為剛搬新家，所以得買很多家具。

가족 — 家族、家人 (p.12)
우리 가족은 모두 다섯 명이에요.
我家總共五個人。

가전제품 — 家電用品 (p.401)
요즘 가전제품의 가격이 조금 싸졌습니다.
最近家電用品的價格有稍微便宜了一點。

자가용 — 私家車、自用小客車 (p.360)
피터 씨는 자가용으로 출퇴근을 합니다.
彼得開私家車上下班。

화가 — 畫家 (p.55)
이 그림은 유명한 화가가 그린 그림이에요.
這幅畫是知名畫家畫的畫。

ations # 14 문화 文化

1 대중 매체 大眾媒體
2 사회 社會
3 영화／연극 電影／戲劇
4 예술／문학 藝術／文化
5 전통문화 傳統文化

用漢字學韓語・動

1 대중 매체
大眾媒體

59.mp3

광고
名 [광ː고]
漢 廣告

廣告

인터넷 **광고**를 보고 옷을 샀습니다.
我看了網路廣告而買了衣服。

- 을/를 광고하다

動 광고하다 打廣告、宣傳
參 신문 광고 報紙廣告、텔레비전 광고 電視廣告、인터넷 광고 網路廣告、신제품 광고 新品廣告、모집 광고 招聘廣告、광고 모델 廣告模特兒

뉴스
名 [뉴스]

新聞

저는 보통 저녁 9시에 텔레비전 **뉴스**를 봅니다.
我通常在晚間九點看電視新聞。

參 텔레비전 뉴스 電視新聞、인터넷 뉴스 網路新聞

드라마
名 [드라마]

戲劇、影劇

요즘 재미있는 **드라마**가 뭐예요?
最近有趣的戲劇是哪一齣？

參 텔레비전 드라마 電視連續劇、역사 드라마 歷史劇、아침 드라마 晨間劇

방송

名 [방ː송]
漢 放送

節目、廣播、播放

지금 텔레비전에서 축구 경기를 **방송**하고 있습니다.
現在電視正在播放足球比賽。

- 을/를 방송하다
- 이/가 방송되다

動 방송하다播放、방송되다被播放
參 방송국電視台／廣播電台、라디오 방송無線電廣播、텔레비전 방송電視節目、생방송直播、녹화 방송錄影廣播

신문

名 [신문]
漢 新聞

報紙

리에 씨는 아침마다 **신문**을 읽습니다.
理惠每天早晨都閱讀報紙。

關 신문을 보다看報紙、신문을 읽다閱讀報紙

이메일

名 [이메일]

電子郵件、E-mail

저는 고향에 계신 부모님과 **이메일**로 연락을 합니다.
我用電子郵件與住家鄉的父母連絡。

類 전자 우편電子郵件、전자 메일電子郵件
關 이메일을 쓰다寫電子郵件、이메일을 보내다／받다寄電子郵件／收電子郵件、이메일을 읽다讀電子郵件、이메일을 확인하다確認電子郵件、이메일로 연락하다用電子郵件聯絡
參 이메일 주소電子郵件地址

인터넷

名 [인터넷]

網際網路

왕위 씨는 **인터넷**으로 중국의 뉴스를 봅니다.
王偉用網際網路看中國新聞。

參 인터넷 홈페이지網際網路首頁、인터넷 광고網際網路廣告、인터넷 신문網際網路新聞、인터넷 게임網際網路遊戲、인터넷 쇼핑網際網路購物

文化 14

대중 매체 • 大眾媒體

잡지
名 [잡찌]
漢 雜誌

雜誌

이 옷을 **잡지**에서 보고 샀습니다.
我在雜誌看到這件衣服，然後就買了。

關 잡지를 보다看雜誌、잡지를 읽다閱讀雜誌
參 패션 잡지時尚雜誌、잡지사雜誌社

정보
名 [정보]
漢 情報

資訊、情報、訊息

저는 인터넷으로 한국의 **정보**를 많이 찾았어요.
我透過網路大量找到韓國的資訊。

參 관광 정보觀光資訊、생활 정보生活情報、날씨 정보天氣資訊

컴퓨터
名 [컴퓨터]

電腦

컴퓨터로 이메일을 보내고 싶은데 어떻게 해야 돼요?
我想用電腦寄電子郵件，我該怎麼做呢？

關 컴퓨터를 사용하다使用電腦、컴퓨터를 켜다/끄다開電腦/關電腦
參 컴퓨터실電腦室、컴퓨터 하다使用電腦

홈페이지
名 [홈페이지]

網頁、首頁、網站

저도 **홈페이지**를 만들고 싶어요.
我也想架網站。

關 홈페이지를 만들다架網站、建網頁
參 회사 홈페이지公司網頁、개인 홈페이지個人網頁

2 사회
社會

🔊 **60**.mp3

국립
名 [궁닙]
漢 國立

國立

이번 주 토요일에 **국립** 박물관에 갈 거예요.
我這周六要去國立博物館。

參 국립 박물관國立博物館、국립 국악원國立國樂院、국립 대학교國立大學

기회
名 [기회/기훼]
漢 機會

機會

한국 문화를 배울 **기회**가 거의 없었어요.
我幾乎沒有學習韓國文化的機會。

關 기회가 있다有機會、기회가 없다沒機會、기회를 만들다製造機會、기회를 잡다／놓치다抓住機會／錯過機會

나타나다
動 [나타나다]

出現、顯露、呈現、表達

이곳의 환경 문제가 심각한 것으로 **나타났습니다**.
這個地方的環境問題呈現出嚴峻的狀態。

- 이/가 나타나다

關 결과가 나타나다結果顯露

돕다
動 [돕ː따]
不 ㅂ不規則
⇨索引 p.478

幫助、協助、照顧

무엇을 **도와**드릴까요?
請問需要什麼協助?

- 을/를 돕다

關 도와주다幫忙／援助、도와드리다幫忙／援助（尊待語）

431

사회・社會

마찬가지
名 [마찬가지]

同樣、一樣

안나: 서울은 교통이 복잡해요. 뉴욕은 어때요?
安娜：首爾交通擁擠，紐約怎麼樣？

피터: 뉴욕도 **마찬가지**예요.
彼得：紐約也是一樣。

법
名 [법]
漢 法

法、法律、道理

다른 나라에 가면 그 나라의 **법**을 지켜야 합니다.
如果去其他國家，就必須遵守該國法律。

關 법을 만들다制定法律、법을 지키다守法、법을 따르다依法行事、법을 어기다違法

변하다
動 [변;하다]
漢 變하다

變化、改變

왕위 씨의 입맛이 한국 사람처럼 **변해서** 이제는 김치도 잘 먹어요.
王偉的口味變得像韓國人一樣，如今辛奇也吃得很起勁。

- 이/가 변하다

關 입맛이 변하다口味改變、성격이 변하다個性改變、기온이 변하다氣溫變化

사실
名 [사;실]
漢 事實

事實、其實

거짓말하지 말고 **사실**대로 이야기해 보세요.
請別說謊，依照事實描述。

432

사업

名 [사ː업]
漢 事業

事業、生意

저는 취직을 하지 않고 **사업**을 하고 싶어요.
我不想找工作，我想創業。

動 사업하다 經營事業
參 사업가 企業家

신고

名 [신고]
漢 申告

申報、申告、呈報、報案

불이 나면 119로 **신고**하세요.
如果發生火災，請撥 119 報案。

動 신고하다 舉報

인구

名 [인구]
漢 人口

人口

서울의 **인구**는 몇 명쯤 돼요?
首爾的人口大約有幾名？

關 인구가 많다／적다 人口眾多／人口稀少

文化

14

433

複習一下

文化 | 大眾媒體、社會

✎ 請回答下列問題。

1. 다음은 무엇과 관련이 있는 단어입니까?

> 인터넷　　　홈페이지　　　이메일

① 뉴스　　② 드라마　　③ 컴퓨터　　④ 잡지

✎ 請將下列題目與右側相對應的選項連接起來。

2. 홈페이지를　•　　•　① 하다

3. 인테넷을　•　　•　② 보내다

4. 이메일을　•　　•　③ 만들다

✎ 請從範例中找出適合填入空白處的正確單字。

> **보기**　사실　　정보　　차례　　마찬가지　　인구

5. _____을/를 지켜서 줄을 서야 표를 빨리 살 수 있습니다.

6. 요즘에 저는 인터넷이나 신문을 보고 _____을/를 찾습니다.

7. 피터 씨는 거짓말을 하지 않고 항상 _____을/를 말합니다.

8.
> 가 한국의 _____은/는 얼마나 돼요?
> 나 4,700만 명쯤 돼요.

9.
> 가 오늘 시험이 너무 어려워서 잘 못 봤어요.
> 나 저도 _____이에요/예요.
> 　 앞으로 더 열심히 공부해야겠어요.

3 영화／연극
電影／戲劇

🔊 61.mp3

공포
名 [공ː포]
漢 恐怖

恐怖、恐懼

리에 씨는 **공포** 영화 보는 것을 좋아합니다.
理惠喜歡看恐怖電影。

參 공포 영화恐怖電影、공포 소설恐怖小說

극장
名 [극짱]
漢 劇場

劇場、電影院、劇院

영화를 보려고 **극장**에 가서 표를 예매했어요.
我想看電影而去電影院預購了電影票。

類 영화관電影院

매진
名 [매ː진]
漢 賣盡

售罄、售完、銷售一空

주말이라서 영화표가 모두 **매진**됐습니다.
因為是周末，所以電影票全部銷售一空。

動 매진되다售罄、售完、銷售一空

멜로
名 [멜로]

愛情片、通俗劇

안나 씨는 **멜로** 영화를 좋아해요.
安娜喜歡愛情片。

參 멜로 영화愛情電影、멜로 드라마通俗電視劇

435

영화 / 연극 • 電影／戲劇

보다

動 [보다]

看、看到、見

이 연극을 **보려면** 어느 극장으로 가야 해요?
如果想看這齣話劇，應該要去哪個劇場？

- 을／를 보다

關 영화를 보다看電影、연극을 보다看話劇、텔레비전을 보다看電視、공연을 보다看公演、책을 보다看書、신문을 보다看報紙

보이다①

動 [보이다]

被看見、呈現

앞이 잘 **보이는** 자리에 앉고 싶어요.
我想坐在可以看清楚前方的座位。

- 이／가 보이다

關 산이 보이다看得見山、하늘이 보이다看得見天空、글씨가 보이다字跡可見

보이다②

動 [보이다]

給…看、讓看

어제 친구가 저에게 영화를 **보여** 주었습니다.
昨天朋友給我看了電影。

- 에게 - 을／를 보이다

關 보여 주다秀給…看、展現

상영

名 [상;영]
漢 上映

上映、放映

지금 **상영**되고 있는 영화 중에서 제일 재미있는 영화가 뭐예요?
現在上映的電影中，最有趣的是什麼？

動 상영하다上映、상영되다上映
參 상영 시간上映時間、상영 중上映中

💡 電影是「상영하다（上映）」，話劇是「공연하다（演出、表演）」，電視劇或電視節目是「방영하다（放映、播放）」。

436

서양

名 [서양]
漢 西洋

西洋、西方、西式

요즘 **서양** 사람들도 한국 영화에 관심이 많습니다.
近來西方人對韓國電影很感興趣。

參 서양 음악西洋音樂、서양 사람西方人

소극장

名 [소ː극짱]
漢 小劇場

小劇場

연극은 보통 **소극장**에서 공연을 많이 합니다.
話劇通常多在小劇場裡演出。

액션

名 [액션]

動作、武打、開拍

저는 **액션** 영화를 별로 좋아하지 않아요.
我不太喜歡動作片。

參 액션 영화動作片

연극

名 [연ː극]
漢 演劇

話劇、戲劇

저는 영화보다 **연극**을 더 좋아합니다.
比起電影，我更喜歡話劇。

動 연극하다演戲、作秀
參 연극 공연話劇公演、연극 배우話劇演員

文化 14

437

영화 / 연극・電影／戲劇

영화
名 [영화]
漢 映畫

電影

이번 주말에 **영화** 보러 갈까요?
這個周末要不要去看電影？

關 영화를 보다看電影
參 영화 상영電影上映、영화 배우電影演員

예매
名 [예;매]
漢 豫賣

預訂、預購

사람이 많으니까 먼저 표를 **예매**합시다.
人很多，我們預先購票吧。

動 예매하다預售
參 영화표 예매預購電影票、비행기표 예매預購機票、기차표 예매預購火車票、입장권 예매預購入場券

💡「예매（預購）」用於事先購買票券；「예약（預約）」用於事先訂好餐廳等地的座位。

장면
名 [장면]
漢 場面

場面、場景

어제 본 영화에서 어떤 **장면**이 제일 좋았어요?
昨天看的那部電影，你最喜歡哪個橋段？

코미디
名 [코미디]

喜劇

제 동생은 보면서 많이 웃을 수 있는 **코미디** 영화를 좋아합니다.
我弟弟喜歡可以邊看邊笑的喜劇電影。

參 코미디 영화喜劇片、喜劇電影

438

4 예술/문학
藝術／文化

62.mp3

뮤지컬
名 [뮤지컬]

音樂劇

준이치 씨는 **뮤지컬**을 좋아해요.
順一喜歡音樂劇。

關 뮤지컬 배우音樂劇演員

미술
名 [미ː술]
漢 美術

美術

일주일에 두 번 **미술** 학원에서 그림을 그립니다.
我一周在美術補習班畫兩次畫。

參 미술관美術館、현대 미술現代美術、미술 학원美術補習班

박수
名 [박쑤]
漢 拍手

鼓掌、拍手

공연을 보고 사람들이 모두 일어나서 **박수**를 쳤어요.
看了演出之後，人們全都站起來鼓掌。

關 박수를 치다拍手、박수를 받다收到掌聲

소설
名 [소ː설]
漢 小說

小說

한국 역사에 대해 쓴 **소설**책을 읽고 싶어요.
我想讀描述有關韓國歷史的小說。

關 소설을 쓰다寫小說、소설을 읽다看小說
參 소설가小說家、소설책小說 (指書)、역사 소설歷史小說、과학 소설科學小說

439

예술 / 문학 • 藝術／文化

수필

名 [수필]
漢 隨筆

隨筆、散文

수필은 어떻게 쓰는 게 좋아요?
散文要怎麼寫才好？

關 수필을 쓰다寫散文、수필을 읽다閱讀隨筆
參 수필가隨筆作家、수필집隨筆集

시

名 [시]
漢 詩

詩

제 취미는 **시**를 쓰는 것입니다.
我的興趣是寫詩。

關 시를 쓰다寫詩、시를 읽다讀詩
參 시집詩集、시인詩人

오페라

名 [오페라]

歌劇

오페라하고 뮤지컬은 어떻게 달라요?
歌劇跟音樂劇如何不同？

關 오페라를 보다看歌劇
參 오페라 공연歌劇表演、오페라 배우歌劇演員

전시회

名 [전ː시회／
  전ː시훼]
漢 展示會

展示會、展覽會

미술 **전시회**에 가서 그림을 보려고 합니다.
我想去美術展覽會看畫。

類 전람회展覽會
關 전시회를 하다辦展覽會
參 미술 전시회美術展覽會、사진 전시회攝影展覽會

5 전통문화
傳統文化

도자기
名 [도자기]
漢 陶瓷器

陶器、瓷器、陶瓷器

지난번에 소풍을 가서 **도자기**를 만들었습니다.
上次去遠足的時候做了陶瓷器。

參 도자기 공장陶瓷器工廠、도자기 전시회陶瓷器展示會

문화
名 [문화]
漢 文化

文化

한국의 **문화**에 대해서 공부하고 싶어요.
我想就韓國文化研究。

參 전통문화傳統文化、한국 문화韓國文化、외국 문화外國文化

복
名 [복]
漢 福

福

새해 **복** 많이 받으세요.
新年快樂。

關 복을 받다得到福氣、복이 많다福氣滿滿、복이 없다無福、복이 나가다福氣出走

설날
名 [설;랄]

春節、大年初一

한국 사람들은 **설날** 아침에 떡국을 먹습니다.
韓國人在大年初一早上會吃年糕湯。

전통문화 • 傳統文化

세배
名 [세ː배]
漢 歲拜

拜年

설날 아침에 아이들은 어른들께 **세배**를 합니다.

大年初一早上，孩子們向長輩們拜年。

動 세배하다 拜年
關 세배를 드리다 (向長輩) 拜年、세배를 받다 接受拜年、세배를 다니다 去拜年
參 세뱃돈 壓歲錢

아리랑
名 [아리랑]

阿里郎

외국 사람들이 가장 많이 아는 한국 노래는 **아리랑**입니다.

外國人最熟悉的韓國歌曲是阿里郎。

왕
名 [왕]
漢 王

王、大王、國王、老大

박물관에 가면 옛날 **왕**들의 물건을 볼 수 있습니다.

去博物館，可以看到從前國王們的物品。

類 임금 君主、國君

윷놀이
名 [윤ː노리]

擲柶戲

새해에는 친척들이 모여서 **윷놀이**를 하면서 놀아요.

新年親戚們聚集在一起玩擲柶戲。

動 윷놀이하다 玩擲柶戲

442

전통

名 [전통]
漢 傳統

傳統

한국의 **전통**문화를 배우고 싶어서 한국에 왔습니다.

我想學習韓國傳統文化而來韓國。

參 전통적傳統的、전통문화傳統文化、전통 음악傳統音樂、전통 놀이傳統遊戲

차례

名 [차례]
漢 茶禮

祭祀、順序

추석과 설날에는 가족들이 모두 모여 **차례**를 지냅니다.

中秋跟新年的時候，家人全部都聚集在一起舉行祭祀活動。

關 차례를 지내다祭祀
參 차례상供桌

추석

名 [추석]
漢 秋夕

中秋節、中秋

추석은 음력 8월 15일이에요.

中秋節是農曆八月十五日。

💡 中秋節是韓國重大節日之一。

축제

名 [축쩨]
漢 祝祭

慶典、節

한국의 대학교들은 보통 5월에 **축제**를 합니다.

韓國的大學通常在五月份舉行慶典活動。

關 축제를 하다舉辦慶典、축제가 열리다舉辦慶典
參 문화 축제文化慶典、거리 축제街頭慶典

文化 14

전통문화・傳統文化

탈
名 [탈;]

面具、假面

탈을 쓰고 추는 춤을 **탈**춤이라고 합니다.
帶著面具跳的舞蹈叫做假面舞。

關 탈을 쓰다戴面具、탈을 벗다脫面具
參 탈춤假面舞

태권도
名 [태권도]
漢 跆拳道
⇨ 索引 p.464

跆拳道

태권도는 외국에서도 인기가 많습니다.
跆拳道在國外也很受歡迎。

關 태권도를 하다踢跆拳、태권도를 배우다學跆拳
參 태권도장跆拳道館、태권도 경기跆拳道競賽

판소리
名 [판쏘리]

板索里、韓國說唱

어제 **판소리** 공연을 봤어요.
我昨天看了板索里表演。

動 판소리하다唱板索里
參 판소리 공연板索里公演

풍습
名 [풍습]
漢 風習

風俗習慣、風俗

나라마다 문화와 **풍습**이 달라요.
每個國家的文化與風俗都不一樣。

444

複習一下

文化 | 電影／戲劇、藝術／文化、傳統文化

✎ 請從範例中找出相對應的單字，填入空格中。

| 例 | 공포 영화　　코미디 영화　　액션 영화　　멜로 영화 |

1.  (　　　)　2.  (　　　)　3.  (　　　)　4.  (　　　)

✎ 請從範例中找出相對應的單字，填入空格中。

| 例 | 도자기　　　태권도　　　탈　　　판소리 |

5.  (　　　)　6.  (　　　)　7.  (　　　)　8.  (　　　)

✎ 請從範例中找出相對應的單字，填入空格中。

| 例 | 상영　　　　뮤지컬　　　　극장 |

9. 음악과 노래, 춤을 모두 좋아하면 _____을/를 보세요.

10. 지금 _____되고 있는 영화 중에서 무슨 영화가 재미있어요?

11. 연극이나 영화는 _____에서 볼 수 있습니다.

用漢字學韓語・動

✏️ 我們來看看韓文詞彙是如何與漢字產生聯繫的。

動物 p.393
가장 좋아하는 동물이 뭐예요?
你最喜歡動物是什麼動物？
동물

運動 p.221
건강을 위해서 아침마다 운동하기로 했어요.
我為了健康決定每天早上運動。
운동

動 동 | 움직이다
移動、行動

活動 p.34
저는 등산 동호회에서 활동하고 있어요.
我活躍於登山社團。
활동

자동판매기 p.188
自動販賣機
자동판매기에서 커피를 뽑아서 마셨어요.
我在自動販賣機投幣買咖啡喝。

자동차 p.360
汽車
아침에 자동차로 회사에 갑니다.
我早上開汽車去公司上班。

15 기타 其他

1 기타 其他

1 기타
其他

🔊 **64**.mp3

가장
副 [가장]

最、極、非常

제가 **가장** 좋아하는 과일은 사과예요.
我最喜歡的水果是蘋果。

類 제일最、第一⇨ p.457

같다
形 [갇따]

相同的、一致的、吻合的、一樣的

우리는 **같은** 고향에서 왔어요.
我們來自相同的家鄉。

- 이/가 같다

反 다르다不同的、不一致的、相左的⇨ p.30

거의
名 副 [거의/거이]

幾乎

감기가 **거의** 다 나아서 지금은 괜찮아요.
感冒幾乎都好了，現在沒事了。

굉장히
副 [굉장히/궹장히]
漢 宏壯히

特別、非常、十分

학교 앞에 새로 지은 빌딩이 **굉장히** 높네요.
學校前面新建的大樓非常高。

形 굉장하다宏偉的、壯觀的、了不起的

그냥

副 [그냥]

就那樣、只是、就那麼

집에 가자마자 아무것도 하지 않고 **그냥** 잤어요.
一回家什麼都不做就（純）睡覺。

그래

感 [그래]

好啊、對啊、是啊

안나 : 우리 같이 도서관에 갈까?
安娜：我們一起去圖書館吧？

왕위 : **그래**. 같이 가자.
王偉：好，一起去吧。

너무

副 [너무]

太、過於

그건 **너무** 매워서 먹을 수가 없어요.
那個太辣了吃不了。

動 너무하다 過分、過頭
類 아주 完全、徹底、非常、極其 ⇨ p.453
　　되게 很、非常、十分
　　매우 很、非常、太 ⇨ p.451

누가

代 [누가]

誰

누가 이 그림을 그렸어요?
是誰畫了這幅畫？

💡 누구 + 가 → 누가

其他

15

449

기타 • 其他

무엇
代 [무얻]

什麼、何

점심에 **무엇**을 먹고 싶어요?
你午餐想要吃什麼？

縮 뭐

💡 무엇＋을→뭘　　무엇＋에→뭐에
　무엇＋이→뭐가　무엇＋인지→뭔지

도망가다
動 [도망가다]
漢 逃亡가다

逃走、逃跑

도둑은 경찰을 보자마자 창문으로 **도망갔어요**.
小偷一看到警察就從窗戶逃跑了。

- 이／가 도망가다
- (으) 로 도망가다

도둑
名 [도둑]

小偷、竊賊

집에 **도둑**이 들었어요.
家裡遭小偷了。

關 도둑이 들다 遭小偷、도둑 맞다 被偷／失竊／遭竊

덜
副 [덜;]

不夠、不太、（程度）不及

리에：책을 다 읽었어요?
理惠：你書看完了嗎？

왕위：아니요, 아직 **덜** 읽었어요.
王偉：沒有，還沒看完。

리에：오늘이 어제보다 더 추운 것 같아요.
理惠：今天似乎比昨天更冷。

왕위：그래요?전 어제보다 **덜** 추운 것 같은데요.
王偉：有嗎？我覺得好像比昨天更不冷。

💡 「덜」的後面如果是動詞，它的反義詞就是「다」；「덜」的後面如果是形容詞，它的反義詞就是「더」。

등

名 [등;]
漢 等

（列舉）等

우리 학교에는 미국 사람, 일본 사람, 중국 사람 **등** 여러 나라 학생들이 있어요.

我們學校有美國人、日本人、中國人等各個國家的學生。

말다

動 [말;다]
不 ㄹ 不規則
⇨ 索引 p.477

別、不要

걱정하지 **마세요**.

請別擔心。

왕위 씨 **말고** 리에 씨가 하세요.

不要王偉，請讓理惠做。

- 지 말다
《名詞》+ 말고 +《名詞》

매우

副 [매우]

很、非常、十分

그 사람은 **매우** 착하고 성실합니다.

那個人非常善良且實在。

類 아주 完全、徹底、非常、極其 ⇨ p.453
되게 很、非常、十分

몹시

副 [몹;씨]

很、非常、十分

기분이 **몹시** 나빠요.

心情非常差。

類 대단히 非常、了不起、十分

💡 通常於負面意義情況。

其他 15

451

기타 • 其他

무척
副 [무척]

很、非常、十分、極為

그 소식을 듣고 **무척** 기뻤어요.
聽到那消息非常開心。

類 아주 很、非常、完全 ⇨ p.453
　　매우 很、非常、太 ⇨ p.451

아
感 [아]

啊

앤디 : 오늘 회의가 취소됐어요.
安迪：今天的會議取消了。

피터 : **아**, 그래요?
彼得：啊，是喔？

아무리
副 [아;무리]

不管怎樣、儘管、怎麼

공부를 **아무리** 열심히 해도 성적이 오르지 않아요.
不管我怎麼努力念書，成績還是上不來。

아이고
感 [아이고]

哎唷喂、哎呀

아이고, 지갑을 집에 놓고 나왔네!
哎呀，我把錢包忘在家裡了！

💡 韓國人通常說「아이구」。

아주
副 [아주]

完全、徹底、非常、極其

요시코 씨는 노래를 **아주** 잘 불러요.
順子很會唱歌。

類 매우很／非常／太 ⇨ p.451、참真／實在／相當 ⇨ p.458、되게很、非常、十分

💡 交談時，通常比較常說「되게」。

안
副 [안]

不、沒

오늘은 별로 **안** 추워요.
今天不怎麼冷。

💡 如果是名詞動詞化，「名詞＋하다」，它的否定為「名詞＋안 하다」。
공부하다→공부 안 하다（○）
안 공부하다（×）

않다
動 形 [안타]

不、沒

일요일에는 회사에 가지 **않아요**.
星期天不用去公司。

회사 일이 쉽지 **않아요**.
公司的工作不輕鬆。

- 지 않다

어느
冠 [어느]

哪個、某個、什麼

이 모자들 중에서 **어느** 것이 마음에 들어요?
這些帽子中，你最喜歡哪一頂？

어느＋名詞

💡 用於必須做選擇的問句中。

기타 • 其他

어떤
冠 [어떤]

哪種、哪些、什麼樣

그 사람이 **어떤** 사람인지 얘기해 주세요.
請跟我說說他是什麼樣的人。

💡 需要解說的問題使用「어떤」；詢問種類的時候用「무슨」。
리에：어떤 영화를 좋아해요？
理惠：你喜歡哪類電影？
안나：재미있고 잘생긴 사람이 나오는 영화를 좋아해요.
安娜：我喜歡看有趣并且有帥哥美女演出的電影。
안나：무슨 영화를 좋아해요？
安娜：你喜歡什麼樣的電影？
리에：액션 영화나 공포 영화를 좋아해요.
理惠：我喜歡動作片或恐怖片。

어휴
感 [어휴]

唉、唉呀

어휴, 이렇게 많은 일을 언제 다 하지요？
唉呀，這麼多的工作什麼時候才能全部做完？

여러
冠 [여러]

各、好幾

백화점에는 **여러** 가지 물건들이 많이 있어요.
百貨公司有很多各式各樣的商品。

여러＋名詞

參 여러 가지各種、여러분各位、여러 개多個、여러 명好幾名、여러 번好幾次

왜
副 [왜ː]

為什麼

그 사람은 **왜** 안 왔어요？
他為什麼沒來／不來？

음
感 [음]

嗯

준이치 : 맛이 어때?
順一：味道如何？

올가 : **음**, 조금 짠 것 같아.
奧爾加：嗯，好像有點鹹。

類 어哦

응
感 [응]

嗯、好

피터 : 이따가 전화해.
待會給我電話。

올가 : **응**, 알았어.
嗯，知道了。

尊 예是⇨ p.69
　　네是⇨ p.66

자
感 [자]

好、那麼

자, 우리 이제 출발합시다.
好，我們現在出發吧。

잘
副 [잘]

好、很

올가 씨는 매운 음식을 아주 **잘** 먹어요.
奧爾加很會吃辛辣食物。

저는 그 식당에 **잘** 가요.
我常去那家餐廳。

기타 • 其他

저
感 [저;]

那個、哎

저, 혹시 지금 몇 시인지 아세요?
那個，請問您知道現在幾點嗎？

적어도
副 [저;거도]

至少、起碼

그 사람은 **적어도** 40세는 되었을 거예요.
那個人至少有四十歲了。

전혀
副 [전혀]
漢 全혀

根本、全然

저는 고기는 **전혀** 안 먹어요.
我完全不吃肉。

💡 總是會跟「안」、「못」、「-지 않다」、「-지 못하다」等負面詞或後綴字一起使用。

정말
名 副 感 [정말]

真話、實話、事實、真的

그 말이 **정말**이에요?
那句話是真話嗎？

난 너를 **정말** 사랑해.
我真的愛你。

큰일났네, **정말**!
出大事了，真的！

제일

名 [제;일]
漢 第一

最、第一

세계에서 **제일** 높은 산은 에베레스트 산이에요.
世界上最高的山是聖母峰。

類 가장 最、非常 ⇨ p.448
　　최고로 最高、最好、第一

좀

副 [좀]

有點、稍微、些許、略為

연필 **좀** 빌려주시겠어요?
可以跟您借一下鉛筆嗎？

이건 **좀** 이상해요.
這個有點奇怪。

💡 請託時，使用「좀」會比較好。

주로

副 [주로]
漢 主로

基本上、主要

저는 시간이 있으면 **주로** 운동을 해요.
我如果有時間，主要做運動。

줍다

動 [줍;따]
不 ㅂ不規則
⇨ 索引 p.478

撿、拾

저기 떨어진 공 좀 **주워** 주세요.
請幫我撿一下掉在那裡的球。

- 을／를 줍다

기타 • 其他

진짜
名 副 [진짜]

真的

장난감 총을 **진짜**처럼 만들었어요.
玩具槍做得像真的一樣。

영화가 **진짜** 지루했어요.
電影真的很無聊。

反 가짜假的
類 정말真的⇨ p.456

쯤
詞 [쯤]

左右、大約

12월 20일**쯤** 연락할게요.
我大約12月20號左右跟您連絡。

類 정도左右、大約⇨ p.332

참
名 副 感 [참]

真、真是、實在、相當

경치가 **참** 좋아요.
景色真美。

그 말이 **참**이에요? 거짓이에요?
那句話是真的嗎？還是假的？

이것 **참**! 큰일 났네요.
這真的是！出大事了啊。／糟了！

反 거짓虛假、偽
類 진실真實、事實

複習一下

✏️ 請從範例裡找出正確單字,填入空格中。

| 例 | 왜 | 어느 | 누가 | 어떤 | 무엇 |

1. 가 _____이 일을 하기로 했지요?
   나 준이치 씨가 하기로 했어요.

2. 이 셋 중에서 _____ 것이 마음에 들어?

3. 그 사람은 _____ 사람인지 말해 주세요.

✏️ 請選出無法填入空白處的選項。

4. 리에 씨는 노래를 _____ 잘 불러요.

   ① 매우   ② 되게   ③ 참   ④ 전혀

5. 세계에서 인구가 _____ 많은 나라는 중국이에요.

   ① 제일   ② 가장   ③ 주로   ④ 최고로

✏️ 請選出可與畫底線部分替換使用的選項。

6. 그 영화는 <u>진짜</u> 재미있었어요.

   ① 가짜   ② 정말   ③ 혹시   ④ 훨씬

7. 집에 가자마자 <u>아무것도 하지 않고</u> 잤어요.

   ① 너무   ② 그냥   ③ 몹시   ④ 혹시

부록
附錄

- **추가 어휘** 延伸單字
- **불규칙동사·형용사 활용표**
  不規則動詞・形容詞活用表
- **정답** 正確解答
- **색인** 索引

■ 추가 어휘 延伸單字

국가명 國名

대한민국 大韓民國	 **중국** 中國	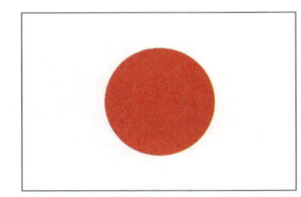 **일본** 日本
 **인도** 印度	 **몽골** 蒙古	 **네팔** 尼泊爾
 **터키** 土耳其	 **필리핀** 菲律賓	 **베트남** 越南
 **태국** 泰國	 **인도네시아** 印尼	 **말레이시아** 馬來西亞
 **대만** 臺灣	 **싱가포르** 新加坡	 **우즈베키스탄** 烏茲別克斯坦

러시아 俄羅斯	**캐나다** 加拿大	**미국** 美國
영국 英國	**독일** 德國	**프랑스** 法國
호주 澳洲	**뉴질랜드** 紐西蘭	**나이지리아** 奈及利亞
남아프리카공화국 南非共和國	**브라질** 巴西	**멕시코** 墨西哥
페루 秘魯	**이탈리아** 義大利	**아르헨티나** 阿根廷

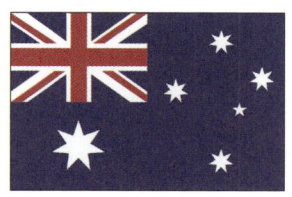

색깔 顔色

빨간색 紅色		하얀색(흰색) 白色	
주황색 橘紅色		까만색(검은색) 黑色	
노란색 黃色		초록색(녹색) 綠色	
파란색 藍色		하늘색 藍色	
연두색 淺綠色		회색 灰色	
보라색 紫色		살구색 杏色	
자주색 紫紅色		금색 金色	
분홍색 粉紅色		은색 銀色	
갈색 棕色、褐色		밤색 褐色	

운동 運動

축구를 하다 踢足球

농구를 하다 打籃球

야구를 하다 打棒球

수영을 하다 游泳

요가를 하다 練瑜伽

배구를 하다 打排球

태권도를 하다 打跆拳道

검도를 하다 劍道

스키를 타다 滑雪

스노보드를 타다 滑單板滑雪   **스케이트를 타다** 滑冰   **골프를 치다** 打高爾夫球

테니스를 치다 打網球   **탁구를 치다** 打桌球   **볼링을 치다** 打保齡球

가계도 家族關係表

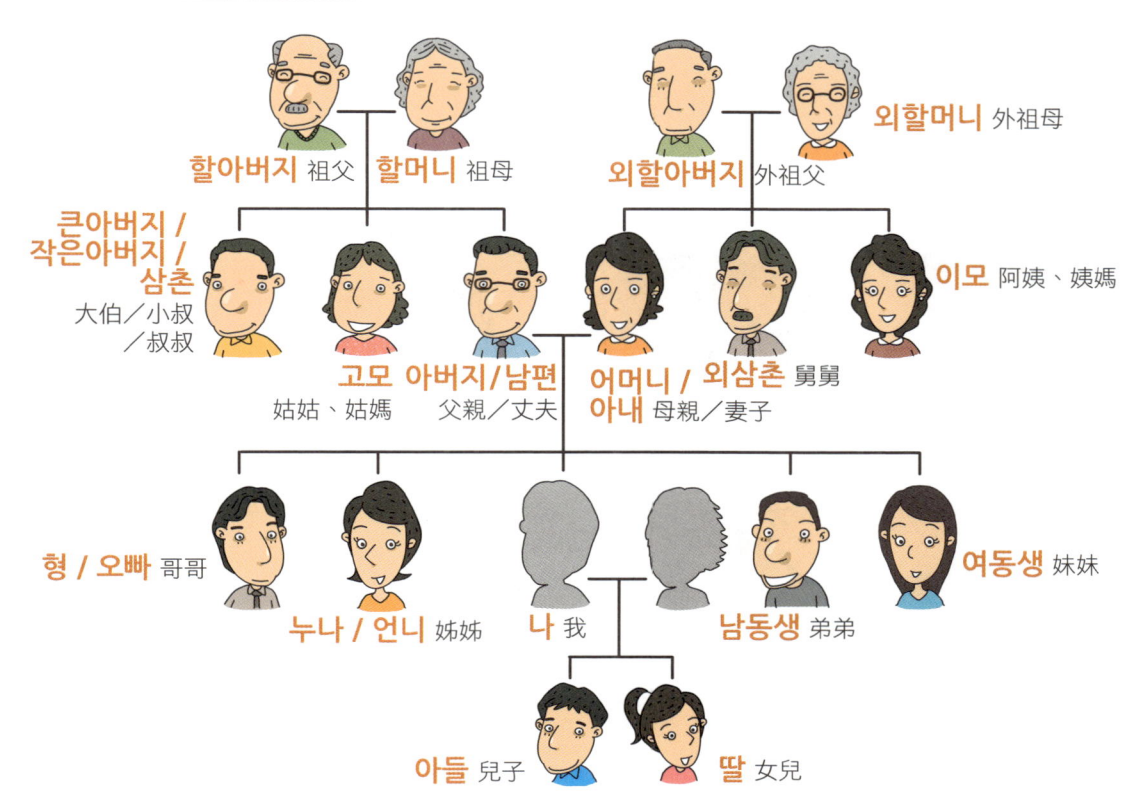

- **할아버지** 祖父
- **할머니** 祖母
- **외할아버지** 外祖父
- **외할머니** 外祖母
- **큰아버지 / 작은아버지 / 삼촌** 大伯／小叔／叔叔
- **고모** 姑姑、姑媽
- **아버지/남편** 父親／丈夫
- **어머니/아내** 母親／妻子
- **외삼촌** 舅舅
- **이모** 阿姨、姨媽
- **형 / 오빠** 哥哥
- **누나 / 언니** 姊姊
- **나** 我
- **남동생** 弟弟
- **여동생** 妹妹
- **아들** 兒子
- **딸** 女兒

신체 부위 명칭 身體部位名稱

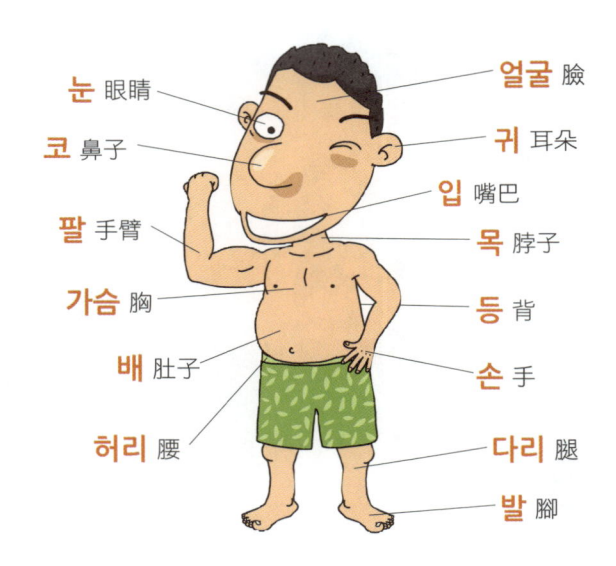

- 눈 眼睛
- 얼굴 臉
- 코 鼻子
- 귀 耳朵
- 입 嘴巴
- 팔 手臂
- 목 脖子
- 가슴 胸
- 등 背
- 배 肚子
- 손 手
- 허리 腰
- 다리 腿
- 발 腳

착용 동사 穿戴動詞

- 쓰다 撑（傘）
- 쓰다 戴（眼鏡）
- 매다 繫（領帶）
- 입다 穿（西裝）
- 들다 拿（公事包）
- 신다 穿（皮鞋）
- 쓰다 戴（帽子）
- 끼다 戴（戒指）
- 하다 戴（項鍊、耳環、手鍊）
- 메다 揹（包包）
- 입다 穿（洋裝）
- 신다 穿（高跟鞋）

띠 生肖

쥐 鼠、子 　　소 牛、丑 　　호랑이 虎、寅 　　토끼 兔、卯

용 龍、辰 　　뱀 蛇、巳 　　말 馬、午 　　양 羊、未

원숭이 猴、申 　　닭 雞、酉 　　개 狗、戌 　　돼지 豬、亥

요일 星期

일요일 星期日　　목요일 星期四
월요일 星期一　　금요일 星期五
화요일 星期二　　토요일 星期六
수요일 星期三

월 月份

일월 一月　　　칠월 七月
이월 二月　　　팔월 八月
삼월 三月　　　구월 九月
사월 四月　　　시월 十月
오월 五月　　　십일월 十一月
유월 六月　　　십이월 十二月

숫자 數字

	漢字數字	固有數字		漢字數字	固有數字
1	일	하나 (한)	20	이십	스물(스무)
2	이	둘 (두)	30	삼십	서른
3	삼	셋 (세)	40	사십	마흔
4	사	넷 (네)	50	오십	쉰
5	오	다섯	60	육십	예순
6	육	여섯	70	칠십	일흔
7	칠	일곱	80	팔십	여든
8	팔	여덟	90	구십	아흔
9	구	아홉	100	백	백
10	십	열	1000	천	천

접속부사 連接副詞

連接副詞	例句
그래도 但是、可是、不過	큰 소리로 친구의 이름을 다시 불렀습니다. **그래도** 친구는 듣지 못했습니다. 我用比較大的聲音再次呼喊朋友的姓名，可是朋友沒聽到。
그래서 所以、因此、於是	어제는 많이 아팠어요. **그래서** 친구를 못 만났어요. 我昨天很不舒服，所以沒辦法跟朋友碰面。
그러나 可是、但是、然而	저는 여행을 가고 싶습니다. **그러나** 시간이 없어서 갈 수 없습니다. 我想去旅行，然而沒有時間，所以去不了。
그러니까 因此、所以、換句話說	오늘은 좀 바빠요. **그러니까** 다음에 만납시다. 最近有點忙，所以我們下次再約吧。
그러면 那麼、那就、如果那樣的話	지하철 6번 출구로 나가세요. **그러면** 병원이 보일 거예요. 請從地鐵六號出口出去，那麼你就會看到醫院了。
그런데 可是、不過、但是	동생은 키가 커요. **그런데** 저는 키가 작아요. 弟弟的個子高，不過我的個子矮。
그렇지만 但是、可是、然而	친구를 만나도 돼요. **그렇지만** 집에 일찍 와야 해요. 你也可以跟朋友碰面，但是必須要早點回家。
그리고 而且、還有、以及	아침에 밥을 먹었습니다. **그리고** 이를 닦았습니다. 我早上吃了飯，而且刷了牙。

왜냐하면 因為	오늘 오후에 시간이 없어요. **왜냐하면** 비자 때문에 대사관에 가야 해요. 今天下午沒有空，因為簽證的關係我必須去一趟大使館。
하지만 但是、可是	한국어 공부는 어려워요. **하지만** 아주 재미있어요. 韓語課程好難，但是非常有趣。

준말 縮寫

完整的文字	縮寫	完整的文字	縮寫
저는 我	전	이것을 (把)這個	이걸
저의 我的	제	그것을 (把)那個	그걸
저를 (把)我	절	저것을 (把)那個	저걸
나는 我(是)	난	이 아이 這孩子	얘
나의 我的	내	그 아이 那孩子	걔
나를 (把)我	날	저 아이 那孩子	쟤
너는 你(是)	넌	무엇 什麼、何	뭐
너의 你的	네	무엇을 (把)什麼	뭘
너를 (把/將)你	널	가지다 擁有、拿	갖다
이것이 這個	이게	아니요 不	아뇨
그것이 那個	그게	이야기 話、故事	얘기
저것이 那個	저게	요즈음 最近	요즘
이것은 這個(是)	이건	왜냐하면 因為	왜냐면
그것은 那個(是)	그건	아주머니 大嬸	아줌마
저것은 那個(是)	저건	그저께 前天	그제
그런데 但是、可是	근데	처음 第一次	첨

469

반의어 反義詞

形容詞		
덥다 ↔ 춥다 熱 ↔ 冷	**복잡하다 ↔ 한산하다** 擁擠 ↔ 冷清	**무겁다 ↔ 가볍다** 重 ↔ 輕
같다 ↔ 다르다 相同 ↔ 不同	**멀다 ↔ 가깝다** 遠 ↔ 近	**넓다 ↔ 좁다** 寬 ↔ 窄
충분하다 ↔ 부족하다 充分 ↔ 不足	**깨끗하다 ↔ 더럽다** 乾淨 ↔ 髒	**밝다 ↔ 어둡다** 明 ↔ 暗
어렵다 ↔ 쉽다 難 ↔ 易	**길다 ↔ 짧다** 長 ↔ 短	**있다 ↔ 없다** 有 ↔ 無
바쁘다 ↔ 한가하다 忙 ↔ 閒	**시끄럽다 ↔ 조용하다** 嘈雜 ↔ 安靜	**크다 ↔ 작다** 大 ↔ 小
편하다 ↔ 불편하다 舒服 ↔ 不舒服	**맛있다 ↔ 맛없다** 好吃 ↔ 不好吃	**많다 ↔ 적다** 多 ↔ 少
기쁘다 ↔ 슬프다 高興 ↔ 傷心	**강하다 ↔ 약하다** 強 ↔ 弱	**안전하다 ↔ 위험하다** 安全 ↔ 危險
유창하다 ↔ 서투르다 流暢 ↔ 不熟練	**부지런하다 ↔ 게으르다** 勤快 ↔ 懶惰	**날씬하다 ↔ 뚱뚱하다** 苗條 ↔ 胖
좋다 ↔ 나쁘다 好 ↔ 壞	**좋다 ↔ 싫다** 喜歡 ↔ 討厭	**잘생기다 ↔ 못생기다** 長得好看 ↔ 醜八怪
젊다 ↔ 늙다 年少 ↔ 年老	**달다 ↔ 쓰다** 甜 ↔ 苦	**뜨겁다 ↔ 차갑다** 熱 ↔ 冷
배고프다 ↔ 배부르다 飢餓 ↔ 飽	**맑다 ↔ 흐리다** 晴 ↔ 陰	**얇다 ↔ 두껍다** 薄 ↔ 厚
싸다 ↔ 비싸다 賤／便宜 ↔ 貴	**느리다 ↔ 빠르다** 慢 ↔ 快	**높다 ↔ 낮다** 高 ↔ 低

動詞		
알다 ↔ **모르다** 知道 ↔ 不知道	**시작하다** ↔ **끝나다/끝내다** 開始 ↔ 結束	**사다** ↔ **팔다** 買 ↔ 賣
앉다 ↔ **서다** 坐 ↔ 站	**가르치다** ↔ **배우다** 教 ↔ 學	**닫다** ↔ **열다** 關 ↔ 開
넣다 ↔ **꺼내다/빼다** 放進去 ↔ 拿出來	**(가격) 오르다** ↔ **내리다** （價格）上漲 ↔ 下跌	**들어가다** ↔ **나오다** 進去 ↔ 出來
도착하다 ↔ **출발하다** 到達 ↔ 出發	**주다** ↔ **받다** 出席 ↔ 接受	**맞다** ↔ **틀리다** 對 ↔ 錯
기억하다 ↔ **잊어버리다** 記得 ↔ 忘記	**출석하다** ↔ **결석하다** 出席 ↔ 缺席	**묻다** ↔ **답하다** 詢問 ↔ 回答
입다 ↔ **벗다** 穿 ↔ 脫	**잡다** ↔ **놓다** 抓 ↔ 放	**비다** ↔ **차다** 空 ↔ 滿
타다 ↔ **내리다** 騎乘 ↔ 下	**살다** ↔ **죽다** 活 ↔ 死	**만나다** ↔ **헤어지다** 見面 ↔ 分手
이기다 ↔ **지다** 贏 ↔ 輸	**좋아하다** ↔ **싫어하다** 喜歡 ↔ 厭惡	**끄다** ↔ **켜다** 熄／關 ↔ ／燃／開

其他

아까 ↔ 이따가 剛才 ↔ 待會	같이 ↔ 따로 一起 ↔ 分別	많이 ↔ 조금 多 ↔ 少
빨리 ↔ 천천히 快 ↔ 慢	벌써 ↔ 아직 已經 ↔ 還沒	위 ↔ 아래 上 ↔ 下
일찍 ↔ 늦게 早 ↔ 晚	가끔 ↔ 자주 偶爾 ↔ 經常	앞 ↔ 뒤 前 ↔ 後
시작 / 처음 ↔ 끝 始／第一次 ↔ 終	신랑 ↔ 신부 新郎 ↔ 新娘	어린이 ↔ 어른 (아이) 孩童 ↔ 成人
남편 ↔ 아내 丈夫 ↔ 妻子	예습 ↔ 복습 預習 ↔ 複習	찬성 ↔ 반대 贊成 ↔ 反對
입학 ↔ 졸업 入學 ↔ 畢業	입원 ↔ 퇴원 住院 ↔ 出院	진짜 ↔ 가짜 真 ↔ 假
직접 ↔ 간접 直接 ↔ 間接	출근 ↔ 퇴근 上班 ↔ 下班	왕복 ↔ 편도 往返 ↔ 單程
밤 ↔ 낮 夜晚 ↔ 白天	도시 ↔ 시골 城市 ↔ 鄉下	먼저 ↔ 나중저 首先 ↔ 以後
새 ↔ 헌 新 ↔ 舊	오전 ↔ 오후 上午 ↔ 下午	무료 ↔ 유료 免費 ↔ 收費
입구 ↔ 출구 入口 ↔ 出口	안 ↔ 밖 裡 ↔ 外	실내 ↔ 실외 室內 ↔ 室外

유의어 類義詞

單字	類義詞	單字	類義詞
가격 價格	값	선택하다 選擇	고르다
같이 一起	함께	수리하다 修理	고치다
고민 心煩	걱정	(나이) 어리다 年幼	적다
곧 馬上	금방	연기하다 延期	다음으로 미루다
(집을) 구하다 找(房子)	찾다	올해 今年	금년
궁금하다 想知道	알고 싶다	유명하다 有名	사람들이 많이 알고 있다
근처 附近	가까운 곳	음료수 飲料	마실 것
다음 해 明年、翌年	내년	이야기하다 說話	말하다
마치다 結束	끝내다	이해하다 明白	알아 듣다
만원이다 客滿	사람이 많다	잘 지내다 過得好	잘 있다
매일 每天	날마다	전화를 걸다 打電話	전화를 하다
모두 全部	다	주차하다 停車	차를 세우다
배우다 學習	공부하다	지각하다 遲到	늦다
(신문, 책) 보다 看(報紙、書)	읽다	지난해 去年	작년
부치다 寄	보내다	출근하다 上班	회사에 가다
사용하다 使用	쓰다	친하다 親近	사이가 좋다
삼십 분 三十分鐘	반	항상 總是	언제나
선물을 하다 送禮	선물을 주다		

단위명사 量詞

物品	量詞	範例
물건 東西、物品	**개** 個	한 개, 두 개, 세 개
책 / 공책 書／筆記本	**권** 本、卷	한 권, 두 권, 세 권
병 瓶	**병** 瓶	한 병, 두 병, 세 병
사람 人	**사람** 人 **명** 名 **분** 位	한 사람, 두 사람, 세 사람 한 명, 두 명, 세 명 한 분, 두 분, 세 분
커피 / 물 / 맥주 咖啡／水／啤酒	**잔** 杯	한 잔, 두 잔, 세 잔
종이 / 우표 / 표 紙／郵票／票	**장** 張	한 장, 두 장, 세 장
연필 / 볼펜 鉛筆／原子筆	**자루** 支	한 자루, 두 자루, 세 자루
꽃 花	**송이** 束	한 송이, 두 송이, 세 송이
시간 時間	**시간** 小時	한 시간, 두 시간, 세 시간
시 點、時	**시** 點、時	한 시, 두 시, 세 시
신발 / 양말 / 장갑 鞋子／襪子／手套	**켤레** 雙	한 켤레, 두 켤레, 세 켤레
옷 衣服	**벌** 套	한 벌, 두 벌, 세 벌
나이 年齡	**살** 歲	한 살, 두 살, 세 살 세 일 세, 이 세, 삼 세
자동차 / 텔레비전 / 세탁기 汽車／電視／洗衣機	**대** 台	한 대, 두 대, 세 대
동물 動物	**마리** 隻	한 마리, 두 마리, 세 마리
번 次、回、遍	**번** 次、回、遍	한 번, 두 번, 세 번
달 月	**달** 月 **개월** 個月	한 달, 두 달, 세 달 일 개월, 이 개월, 삼 개월
년 年	**년** 年	일 년, 이 년, 삼 년
분 分	**분** 分	일 분, 이 분, 삼 분
주 週	**주일** 星期	일주일, 이주일, 삼주일
음식 飲食	**인분** 人份	일 인분, 이 인분, 삼 인분
방 번호 房號	**호(실)** 號房	일 호(실), 이 호(실), 삼 호(실)

전국 지도 全國地圖 (韓國地圖)

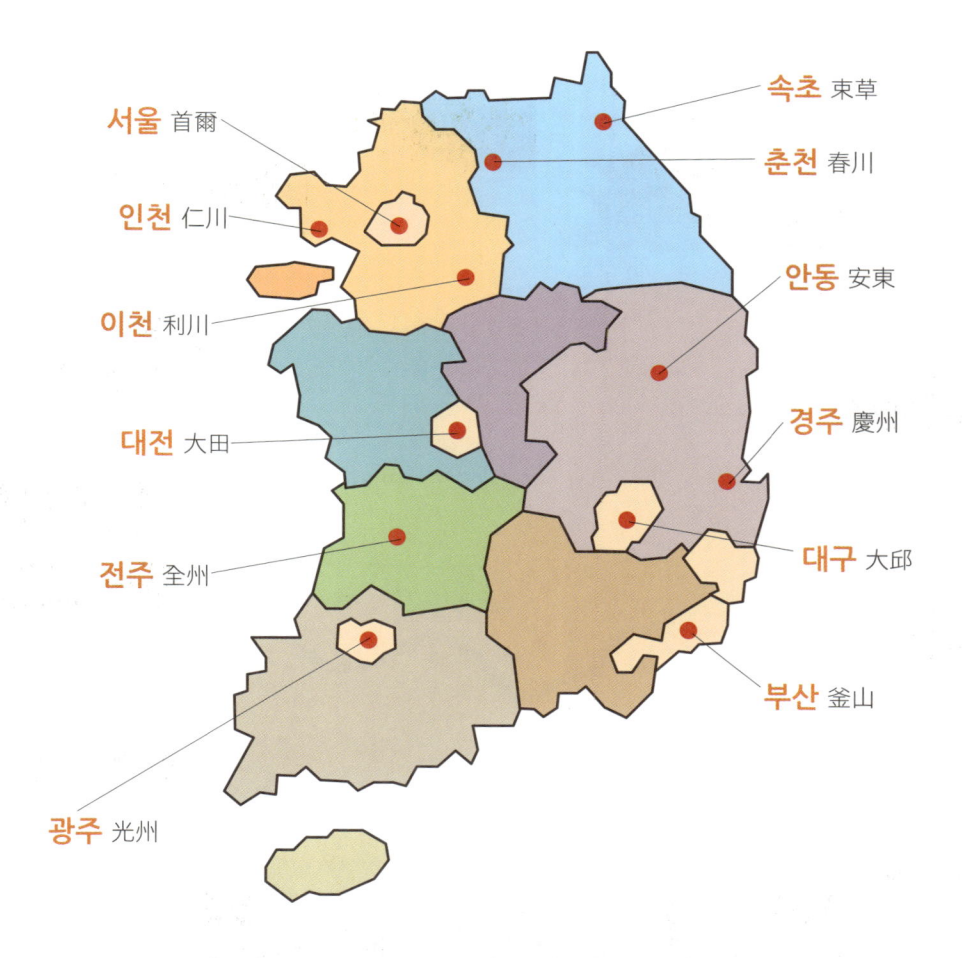

- 서울 首爾
- 인천 仁川
- 이천 利川
- 대전 大田
- 전주 全州
- 광주 光州
- 속초 束草
- 춘천 春川
- 안동 安東
- 경주 慶州
- 대구 大邱
- 부산 釜山

서울 지도 首爾地圖

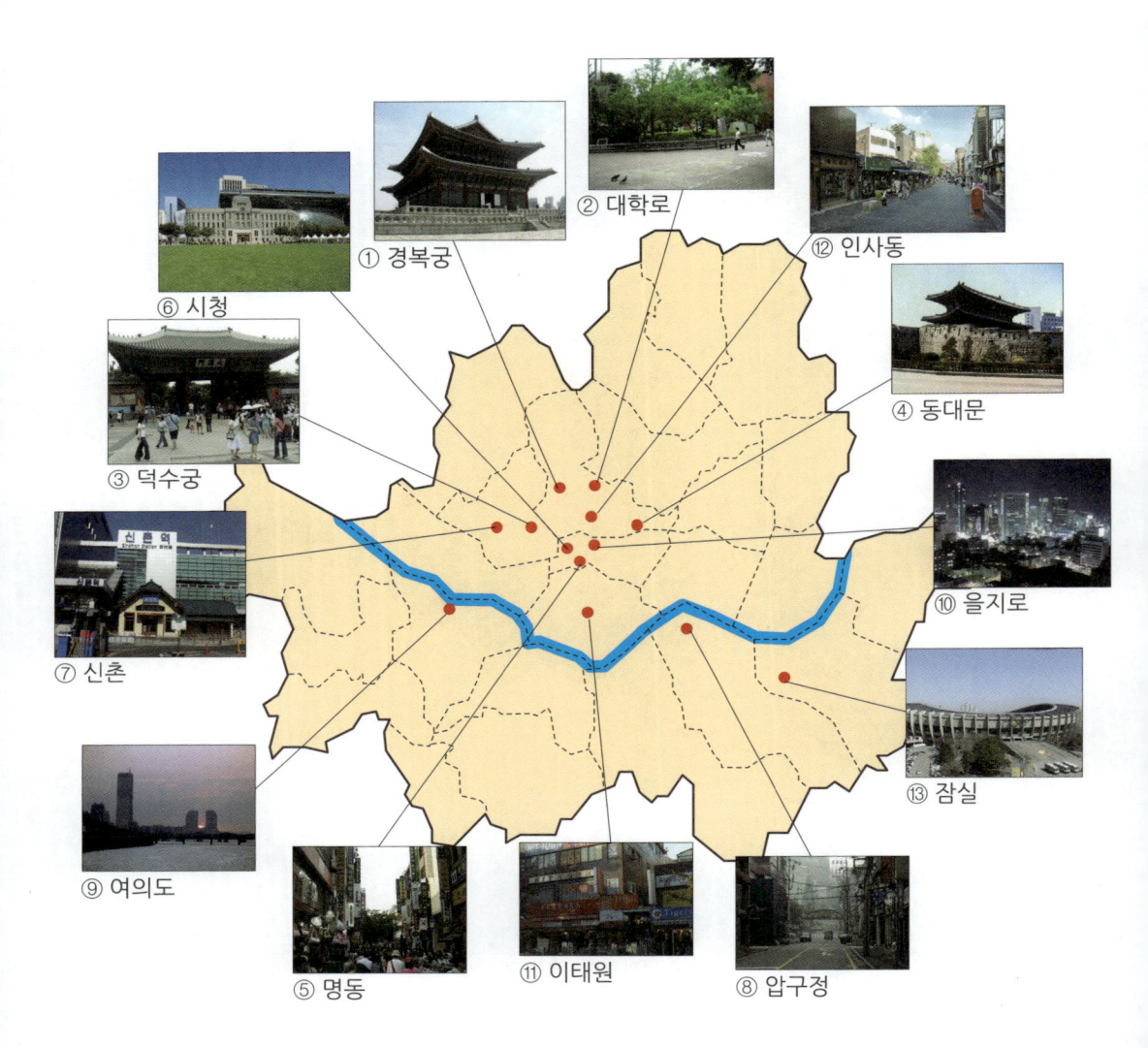

② 대학로
① 경복궁
⑫ 인사동
⑥ 시청
④ 동대문
③ 덕수궁
⑩ 을지로
⑦ 신촌
⑬ 잠실
⑨ 여의도
⑤ 명동
⑪ 이태원
⑧ 압구정

① **경복궁** 景福宮　　② **대학로** 大學路　　③ **덕수궁** 德壽宮
④ **동대문** 東大門　　⑤ **명동** 明洞　　　　⑥ **시청** 市廳、市政府
⑦ **신촌** 新村　　　　⑧ **압구정** 狎鷗亭　　⑨ **여의도** 汝矣島
⑩ **을지로** 乙支路　　⑪ **이태원** 梨泰院　　⑫ **인사동** 仁寺洞
⑬ **잠실** 蠶室　　　　⑭ **종로** 鍾路　　　　⑮ **한강** 漢江

476

불규칙 동사·형용사 활용표 不規則動詞·形容詞活用表

ㄷ 不規則

듣다 + -아/어요 → 들어요
(모음·母音)

		-아/어/여요	-(으)ㄹ까요?	-(으)ㄴ/는	-(으)니까	-(스)ㅂ니다
걷다	動	걸어요	걸을까요?	걷는	걸으니까	걷습니다
듣다	動	들어요	들을까요?	듣는	들으니까	듣습니다
묻다	動	물어요	물을까요?	묻는	물으니까	묻습니다
알아듣다	動	알아들어요	알아들을까요?	알아듣는	알아들으니까	알아듣습니다

ㄹ 不規則

① 만들다 + -ㅂ니다 → 만듭니다
② 만들다 + -세요 → 만드세요
③ 만들다 + -니까 → 만드니까

		-아/어/여요	-(으)ㄹ까요?	-(으)ㄴ/는	-(으)니까	-(스)ㅂ니다
걸다	動	걸어요	걸까요?	거는	거니까	겁니다
길다	形	길어요	길까요?	긴	기니까	깁니다
날다	動	날아요	날까요?	나는	나니까	납니다
놀다	動	놀아요	놀까요?	노는	노니까	놉니다
달다	形	달아요	달까요?	단	다니까	답니다
돌다	動	돌아요	돌까요?	도는	도니까	돕니다
들다	動	들어요	들까요?	드는	드니까	듭니다
떠들다	動	떠들어요	떠들까요?	떠드는	떠드니까	떠듭니다
떨다	動	떨어요	떨까요?	떠는	떠니까	떱니다
만들다	動	만들어요	만들까요?	만드는	만드니까	만듭니다
말다	動	말아요	말까요?	마는	마니까	맙니다
멀다	形	멀어요	멀까요?	먼	머니까	멉니다
벌다	動	벌어요	벌까요?	버는	버니까	법니다
불다	動	불어요	불까요?	부는	부니까	붑니다
살다	動	살아요	살까요?	사는	사니까	삽니다
썰다	動	썰어요	썰까요?	써는	써니까	썹니다
알다	動	알아요	알까요?	아는	아니까	압니다
열다	動	열어요	열까요?	여는	여니까	엽니다
울다	動	울어요	울까요?	우는	우니까	웁니다

| 졸다 | 動 | 졸아요 | 졸까요? | 조는 | 조니까 | 좁니다 |
| 팔다 | 動 | 팔아요 | 팔까요? | 파는 | 파니까 | 팝니다 |

르 不規則

부르다 + -아/어요 → 불러요
　ㄹ ㄹ　(모음・母音)

		-어/아/여요	-(으)ㄹ까요?	-(으)ㄴ/는	-(으)니까	-(스)ㅂ니다
게으르다	形	게을러요	게으를까요?	게으른	게으르니까	게으릅니다
고르다	動	골라요	고를까요?	고르는	고르니까	고릅니다
기르다	動	길러요	기를까요?	기르는	기르니까	기릅니다
누르다	動	눌러요	누를까요?	누르는	누르니까	누릅니다
다르다	形	달라요	다를까요?	다른	다르니까	다릅니다
들르다	動	들러요	들를까요?	들르는	들르니까	들릅니다
마르다	形	말라요	마를까요?	마른	마르니까	마릅니다
모르다	動	몰라요	모를까요?	모르는	모르니까	모릅니다
바르다	動	발라요	바를까요?	바르는	바르니까	바릅니다
부르다	動	불러요	부를까요?	부르는	부르니까	부릅니다
빠르다	形	빨라요	빠를까요?	빠른	빠르니까	빠릅니다
서두르다	動	서둘러요	서두를까요?	서두르는	서두르니까	서두릅니다
오르다	動	올라요	오를까요?	오르는	오르니까	오릅니다
자르다	動	잘라요	자를까요?	자르는	자르니까	자릅니다

ㅂ 不規則

덥다 + -어요 → 더워요　　(※돕다 + -아요 → 도와요)
　우　(모음・母音)　　　　　　오　(모음・母音)

		-아/어/여요	-(으)ㄹ까요?	-(으)ㄴ/는	-(으)니까	-(스)ㅂ니다
가깝다	形	가까워요	가까울까요?	가까운	가까우니까	가깝습니다
가볍다	形	가벼워요	가벼울까요?	가벼운	가벼우니까	가볍습니다
고맙다	形	고마워요	고마울까요?	고마운	고마우니까	고맙습니다
굽다	動	구워요	구울까요?	굽는	구우니까	굽습니다
귀엽다	形	귀여워요	귀여울까요?	귀여운	귀여우니까	귀엽습니다
그립다	形	그리워요	그리울까요?	그리운	그리우니까	그립습니다
눕다	動	누워요	누울까요?	눕는	누우니까	눕습니다
더럽다	形	더러워요	더러울까요?	더러운	더러우니까	더럽습니다
덥다	形	더워요	더울까요?	더운	더우니까	덥습니다
돕다	動	도와요	도울까요?	돕는	도우니까	돕습니다
두껍다	形	두꺼워요	두꺼울까요?	두꺼운	두꺼우니까	두껍습니다
뜨겁다	形	뜨거워요	뜨거울까요?	뜨거운	뜨거우니까	뜨겁습니다

맵다	形	매워요	매울까요?	매운	매우니까	맵습니다
무겁다	形	무거워요	무거울까요?	무거운	무거우니까	무겁습니다
무섭다	形	무서워요	무서울까요?	무서운	무서우니까	무섭습니다
미끄럽다	形	미끄러워요	미끄러울까요?	미끄러운	미끄러우니까	미끄럽습니다
반갑다	形	반가워요	반가울까요?	반가운	반가우니까	반갑습니다
부끄럽다	形	부끄러워요	부끄러울까요?	부끄러운	부끄러우니까	부끄럽습니다
부럽다	形	부러워요	부러울까요?	부러운	부러우니까	부럽습니다
쉽다	形	쉬워요	쉬울까요?	쉬운	쉬우니까	쉽습니다
시끄럽다	形	시끄러워요	시끄러울까요?	시끄러운	시끄러우니까	시끄럽습니다
싱겁다	形	싱거워요	싱거울까요?	싱거운	싱거우니까	싱겁습니다
아름답다	形	아름다워요	아름다울까요?	아름다운	아름다우니까	아름답습니다
어둡다	形	어두워요	어두울까요?	어두운	어두우니까	어둡습니다
어렵다	形	어려워요	어려울까요?	어려운	어려우니까	어렵습니다
외롭다	形	외로워요	외로울까요?	외로운	외로우니까	외롭습니다
줍다	動	주워요	주울까요?	줍는	주우니까	줍습니다
즐겁다	形	즐거워요	즐거울까요?	즐거운	즐거우니까	즐겁습니다
차갑다	形	차가워요	차가울까요?	차가운	차가우니까	차갑습니다
춥다	形	추워요	추울까요?	추운	추우니까	춥습니다

ㅅ不規則

낫다 + -아/어요 → 나아요
(모음 · 母音)

		-아/어/여요	-(으)ㄹ까요?	-(으)ㄴ/는	-(으)니까	-(스)ㅂ니다
낫다	動	나아요	나을까요?	낫는	나으니까	낫습니다
붓다	動	부어요	부을까요?	붓는	부으니까	붓습니다
짓다	動	지어요	지을까요?	짓는	지으니까	짓습니다

으 不規則

쓰다 + -아/어요 → 써요
(모음·母音)

		-아/어/여요	-(으)ㄹ까요?	-(으)ㄴ/는	-(으)니까	-(스)ㅂ니다
고프다	形	고파요	고플까요?	고픈	고프니까	고픕니다
기쁘다	形	기뻐요	기쁠까요?	기쁜	기쁘니까	기쁩니다
끄다	動	꺼요	끌까요?	끄는	끄니까	끕니다
나쁘다	形	나빠요	나쁠까요?	나쁜	나쁘니까	나쁩니다
바쁘다	形	바빠요	바쁠까요?	바쁜	바쁘니까	바쁩니다
배고프다	形	배고파요	배고플까요?	배고픈	배고프니까	배고픕니다
슬프다	形	슬퍼요	슬플까요?	슬픈	슬프니까	슬픕니다
쓰다(편지를 쓰다)	動	써요	쓸까요?	쓰는	쓰니까	씁니다
쓰다(맛이 쓰다)	形	써요	쓸까요?	쓴	쓰니까	씁니다
아프다	形	아파요	아플까요?	아픈	아프니까	아픕니다
예쁘다	形	예뻐요	예쁠까요?	예쁜	예쁘니까	예쁩니다
크다	形	커요	클까요?	큰	크니까	큽니다

ㅎ 不規則

① 노랗다 + -아/어요 → 노래요
(모음·母音·vowel)
② i) 노랗다 + -ㄴ → 노란
ii) 그렇다 + -ㄹ까요? → 그럴까요?

		-아/어/여요	-(으)ㄹ까요?	-(으)ㄴ/는	-(으)니까	-(스)ㅂ니다
그렇다	形	그래요	그럴까요?	그런	그러니까	그렇습니다
동그랗다	形	동그래요	동그랄까요?	동그란	동그라니까	동그랗습니다
어떻다	形	어때요?	어떨까요?	어떤	어떠니까	어떻습니까?
이렇다	形	이래요	이럴까요?	이런	이러니까	이렇습니다
저렇다	形	저래요	저럴까요?	저런	저러니까	저렇습니다

정답 正確解答

01 | 사람 人

1 가족 / 친척 家人／親戚
1. 식구   2. 부모(님)   3. 고모
4. 할머니   5. 조카   6. 이모   7. ④

2 감정 感情
1. ④   2. ①   3. ①   4. ②

3 성격 性格
1. 친절하다 - ③   2. 서두르다 - ②
3. 무섭다 - ①   4. ②   5. ③   6. ③

4 외모 外貌
1. 크다 - ②   2. 길다 - ①
3. 뚱뚱하다 - ③   4. ②   5. ①

5 인생 人生
1. ③   2. 태어나다   3. 취직하다
4. 데이트하다   5. 결혼하다   6. 죽다
7. ①

6 직업 職業
1. ③   2. ⑤   3. ②   4. ①
5. ④   6. 가수   7. 승무원   8. 교수
9. 기자   10. 의사

7 친구/주변 사람 朋友／周遭的人
1. ④   2. 이분   3. 저분   4. 교포 - ②
5. 동창 - ③   6. 선배 - ①

02 | 교육 教育

1 교실 용어 教室用語
1. 읽다   2. 조용히 하다   3. 듣다
4. 책을 펴다   5. 다시   6. 따라 하세요
7. 질문 하세요   8. 자리

2 수업 上課
1. 결석   2. 지각   3. 예습   4. 복습
5. ④   6. ②   7. ①   8. ③

3 시험 考試
1. ①   2. ②   3. ③   4. ①
5. ②   6. ④   7. ①

4 학교 學校 **5 학습 도구** 學習用品
1. ㉠ - 초등학교, ㉡ - 고등학교, ㉢ - 대학원
2. ③   3. 분실물   4. 도시락   5. 도서관
6. 규칙   7. ③   8. ④   9. ②   10. ①

03 | 건강 健康

1 병원/약국 醫院／藥局
1. 안과   2. 내과   3. 치과   4. 소아과
5. 정형외과   6. ②   7. ③   8. ①

2 증상/증세 症狀／病情
1. ①   2. 기침을 해요   3. 콧물이 나요
4. 땀이 나요   5. ②   6. ①

481

04 | 식생활 飮食生活

1 간식 零食　**2 과일/채소** 水果／蔬菜
3 맛 味道
1. 사과　2. 수박　3. 포도　4. 복숭아
5. ②　6. ④　7. 싱싱하다　8. 독해서
9. 써요.

4 식당 餐廳、食堂　**5 요리** 料理
6 음료/차 飮料／茶　**7 음식** 食物
1. ④　2. ②　3. ①
4. ①ⓒ　②ⓔ　③ⓖ　④ⓛ
5. ③　6. ①

8 재료 材料
1. 소금　2. 설탕　3. 미역　4. 고추
5. 쌀　6. 배추　7. 오징어　8. ②
9. ①

05 | 일상생활 日常生活

1 약속하기 約定
1. ②　2. ①　3. ④　4. ③　5. ①
6. ③

2 인간관계 人際關係
1. ①　2. ②　3. ①　4. 성함
5. 똑똑합니다　6. 사과했습니다
7. 사귑니다　8. 잃어버렸습니다

3 직장 생활 職場生活
1. 출근하다　2. 퇴근하다　3. 근무하다
4. 출장가다　5. ④　6. ④
7. ①　8. ③

4 하루 일과 每日行事
1. 일어나다　2. 세수하다　3. 갈아입다

4. 나가다　5. ③　6. 배가 고프다
7. 간단하다　8. 들르다

06 | 여가 생활 休閒生活

1 여행 旅行
1. ①　2. 사진을 - ③　3. 가방을 - ②
4. 계획을 - ④　5. 구경을 - ① 하다
6. ②　7. ④

2 운동 運動
1. 하다　2. 치다　3. 타다　4. ②　5. ①

3 음악 音樂　**4 취미** 興趣
1. ④　2. ①　3. ②　4. ②　5. ④
6. ②

07 | 날씨 天氣

1 계절 季節　**2 일기 예보** 天氣預報
1. ④　2. ③　3. ④　4. ②　5. ①
6. ④

08 | 시간 時間

1 날짜 日期
1. 그저께/그제, 내일　2. 작년, 내년
3. 화요일, 수요일, 금요일, 일요일
4. ④　5. ③　6. ②　7. ①

2 시간 時間
1. ①　2. ②　3. ④　4. ③　5. ②
6. ④

482

09 | 패션 時尚

1 미용 美容　**2 소품** 小飾物
1. 하다　2. 쓰다　3. 신다　4. 매다/하다
5. ①　6. ②　7. ④

3 의류 服裝
1. ①　2. ③　3. ④　4. 티셔츠
5. 치마　6. 바지　7. 양복

10 | 경제 활동 經濟活動

1 가게/시장 商店／市場
1. ④　2. ③　3. ④　4. ①　5. ②

2 경제 經濟　**3 쇼핑** 購物
1. ②　2. ①　3. ④　4. ③　5. ①
6. ②　7. ④　8. ②

11 | 교통/통신 交通／通信

1 길 찾기 尋路　**2 방향** 方向
1. ②　2. ①　3. ③　4. ③　5. ②
6. ①

3 우편 郵遞　**4 위치** 位置　**5 전화** 電話
1. ④　2. ②　3. ③　4. ②　5. ①
6. ④　7. ①

6 탈것 交通工具
1. ④　2. ⑤　3. ③　4. ②　5. ①
6. ④　7. ①　8. ③　9. ③　10. ④

12 | 장소 場所

1 건물 建築物　**2 길** 道路
1. ④　2. ③　3. ①　4. ②　5. ⑤
6. ①　7. ③　8. ②

3 도시 都市　**4 동네** 社區　**5 서울** 首爾
1. ①　2. ④　3. ②　4. ③　5. ②
6. ①

13 | 집/자연 家／自然

1 동식물 動植物　**2 자연환경** 自然環境
1. 소　2. 곰　3. 호랑이　4. ②　5. ③
6. 자연　7. 환경

3 전기/전자 제품 電器／電子產品
4 집안 家
5 집안 물건/가구 家裡的物品／家具
1. ④　2. ②　3. ①　4. 책상　5. 커튼
6. 액자　7. 침대　8. 서랍

6 집안 구조 室內結構　**7 집안일** 家務事
1. ②　2. ③　3. ②　4. ①

14 | 문화 文化

1 대중 매체 大眾媒體　**2 사회** 社會
1. ③　2. ③　3. ①　4. ②　5. 차례
6. 정보　7. 사실　8. 인구　9. 마찬가지

3 영화/연극 電影／戲劇
4 예술/문학 藝術／文化
5 전통문화 傳統文化
1. 액션 영화　2. 멜로 영화　3. 코미디 영화

4. 공포 영화   5. 탈   6. 도자기
7. 태권도   8. 판소리   9. 뮤지컬
10. 상영   11. 극장

15 | 기타 其他

1 기타 其他
1. 누가   2. 어느   3. 어떤   4 . ④
5. ③
6. ②   7. ②

색인 索引

ㄱ

가게	298
가격	318
가구	408
가깝다	342
가끔	259
가다	328
가르치다	73
가방	280
가볍다	398
가수	51
가습기	401
가요	226
가운데	342
가위	101
가을	236
가장	448
가전제품	401
가족	12
가지	397
가지다	73
각	84
간단하다	193
간식	124
간장	156
간호사	51
갈비	149
갈아입다	193
갈아타다	353
감기	108
감상	226
감자	156
갑자기	164
값	318
강	397
강아지	392
강연회	73
강하다	29
같다	448
같이	164
개	392
개다	239
개월	250
개인	29
거기	342
거리	374
거스름돈	318
거실	414
거의	448
거짓말	29
거품	142
걱정	21
건강	108

건강보험증	108	경험	202	고치다	401
건너	342	계단	368	고향	380
건너가다	328	계란	156	곧	259
건물	368	계산	318	곧장	335
걷다	328	계속	259	골목	374
걸다	349	계시다	405	골프	215
걸리다	353	계절	236	곰	392
겁	29	계획	202	곳	374
게으르다	30	고기	156	공	215
게임	229	고르다	319	공무원	51
겨울	236	고맙다	170	공부	92
결석	73	고모	12	공사	374
결혼	43	고민	43	공연	229
경기	215	고생하다	43	공원	380
경복궁	385	고속도로	353	공중전화	349
경제	311	고속 터미널	385	공책	101
경주	377	고양이	392	공포	435
경찰	51	고장	401	과거	260
경치	202	고추	157	과일	127

과자	124	교회	368	규칙	92
과장	180	구경	203	귤	127
과학자	52	구두	298	그	298
관광	203	구름	239	그것	299
관심	229	구멍	286	그곳	343
관악산	385	구하다	180	그냥	449
광고	428	국	149	그늘	375
광주	377	국내	203	그동안	260
괜찮다	170	국립	431	그래	449
굉장히	448	국물	142	그렇다	299
교과서	101	국적	203	그릇	142
교대	385	국제	204	그리다	229
교문	92	군대	43	그림	230
교수	52	군인	52	그립다	21
교실	92	굶다	134	그만	180
교외	343	굽다	142	그분	57
교통	353	궁금하다	74	그저께	250
교포	57	귀고리	280	그치다	239
교환	319	귀엽다	36	극장	435

487

근무	180	기침	116	꾸다	193
근처	343	기타	226	꿀	157
글	84	기회	431	꿈	44
글쎄	170	기후	240	끄다	418
글자	84	길	329	끓다	108
금년	250	길다	36	끓이다	143
금방	260	김	149	끝	74
급하다	30	김치	149	끝나다	74
기간	260	깊다	397	끝내다	74
기다리다	164	깎다	299		
기르다	393	깜짝	22		
기름	143	깨끗하다	405	**ㄴ**	
기분	21	깨지다	418		
기쁘다	22	꺼내다	418	나	12
기숙사	93	껌	124	나가다	194
기술자	52	꼭	165	나다	116
기억	164	꽂다	418	나라	204
기자	53	꽃	393	나무	393
기차	354	꽤	299	나쁘다	240

나오다	194	낮다	368	넥타이	280
나이	44	내과	109	년	251
나중	260	내년	251	노래	227
나타나다	431	내다	300	노력하다	75
낙엽	398	내려가다	369	노약자석	354
낚시	230	내리다	354	노트	101
날	250	내용	84	노트북	402
날다	398	내일	251	녹차	146
날씨	240	냄비	143	놀다	230
날씬하다	36	냄새	134	놀라다	22
날짜	251	냉면	150	놀이	230
남기다	134	냉장고	402	농구	216
남다	181	너	58	농담	30
남동생	13	너무	449	농부	53
남자	57	넓다	405	높다	369
남편	13	넘어지다	109	놓다	419
남해	204	넣다	419	놓이다	405
낫다	116	네	66	놓치다	354
낮	261	네모	36	누가	449

누구 58	다리미 402	닭 157
누나 13	다방 380	닮다 37
누르다 349	다시 66	담배 109
눈 240	다양하다 319	답답하다 23
눕다 194	다음 355	답장 339
뉴스 428	다이어트 37	답하다 85
느끼다 22	다지다 143	당근 157
느리다 355	다치다 109	대구 377
늦다 75	다행 171	대답하다 75
님 53	닦다 419	대사관 369
	단골 300	대신 181
	단어 66	대전 377
	단풍 204	대학로 385
ㄷ	닫다 414	대학원 93
	달 252	대화 181
다 300	달다 131	대회 216
다니다 181	달러 311	댁 380
다르다 30	달력 252	더 300
다리 375	달리다 216	더럽다 406
다리다 419		

덕분	171	돌아가다	355	두다	420
덕수궁	386	돌아오다	329	뒤	343
덜	450	돌잔치	44	드디어	261
덥다	241	돕다	431	드라마	428
데	375	동	381	드라이어	402
데리다	205	동그랗다	37	드리다	182
데이트하다	44	동네	381	듣다	66
도둑	450	동대문	386	들	58
도망가다	450	동료	182	들다	135, 206, 312
도서관	93	동물	393	들르다	194
도시	377	동물원	205	들리다	67
도시락	93	동생	13	들어가다	195
도자기	441	동안	261	들어오다	195
도장	311	동전	312	등	94, 451
도착	205	동창	58	등록	94
독서	231	동해	205	등산	216
독하다	131	돼지	158	디자인	286
돈	311	되다	45	따뜻하다	241
돌다	329	두껍다	286	따라 하다	67

491

따로 135	뜻 67	마지막 262
딸 14		마찬가지 432
딸기 127		마치다 76
땀 117	**ㄹ**	마침 262
때 261		마침내 262
때때로 262	라디오 402	막내 14
때문 109	라면 150	막히다 355
떠나다 206		만나다 165
떠들다 75		만년필 102
떡 124	**ㅁ**	만두 125
떨다 241		만들다 144
떨어지다 420	마늘 158	만지다 301
또 301	마당 414	만화 231
똑같다 37	마라톤 217	많다 301
똑똑하다 171	마르다 38	많이 301
똑바로 335	마사지 276	말 76, 252, 394
뚱뚱하다 38	마시다 135	말다 451
뛰다 217	마을 381	말리다 420
뜨겁다 135	마음 286	말씀 76

말하다	76	멋	287	모자	280
맑다	241	메뉴	136	모자라다	319
맛	131	메모	182	목걸이	281
맛있다	131	메시지	349	목도리	281
맞다	67	멜로	435	목마르다	136
맞은편	344	며칠	253	목소리	39
매	252	면접	182	목욕	195
매우	451	명동	386	몹시	451
매운탕	150	명랑하다	31	못	117
매일	252	몇	330	무겁다	302
매점	381	모두	302	무게	302
매진	435	모든	217	무늬	287
맥주	146	모레	253	무료	320
맵다	132	모르다	77	무리	183
먹다	136	모습	38	무섭다	23
먼저	262	모시다	14	무슨	236
멀다	329	모양	38	무엇	450
멀리	344	모이다	94	무역	312
멈추다	356	모임	94	무척	452

493

문 —— 414	미역 —— 158	바지 —— 287
문구점 —— 382	미용 —— 276	박물관 —— 369
문장 —— 85	민속촌 —— 206	박수 —— 439
문제 —— 85	믿다 —— 172	밖 —— 344
문화 —— 441	밑 —— 344	반 —— 95, 287
묻다 —— 330	밑줄 —— 86	반갑다 —— 172
물 —— 136		반대 —— 86
물가 —— 312		반말 —— 172
물건 —— 302		반바지 —— 288
물냉면 —— 150	ㅂ	반지 —— 281
물론 —— 165	바꾸다 —— 320	반찬 —— 151
물어보다 —— 77	바뀌다 —— 320	반팔 —— 288
물음 —— 85	바나나 —— 127	받다 —— 195
뮤지컬 —— 439	바다 —— 398	발라드 —— 227
미끄럽다 —— 242	바라다 —— 45	발음 —— 77
미래 —— 263	바람 —— 242	발표 —— 77
미리 —— 263	바로 —— 263	밝다 —— 263
미술 —— 439	바르다 —— 276	밤 —— 128, 264
미안하다 —— 171	바쁘다 —— 183	밥 —— 151

494

방	415	백화점	320	보통	165
방금	264	버스	356	복	441
방문	183	번개	242	복사	184
방법	144	번역	184	복숭아	128
방송	429	번호	350	복습	78
방학	95	벌다	313	복잡하다	356
방해	183	벌써	264	볶다	144
방향	335	법	432	볼링	218
배	128, 356	벽	415	볼펜	102
배고프다	137	변하다	432	봄	237
배구	217	변호사	54	봉투	340
배낭	206	별로	137	뵙다	173
배달	339	별일	172	부끄럽다	31
배드민턴	218	병	110	부럽다	23
배부르다	137	병원	370	부르다	227
배우	53	보기	86	부모	14
배우다	95	보내다	339	부분	86
배추	158	보다	436	부산	378
배탈	117	보이다	436	부엌	415

부자 313	붙이다 184	빨리 265
부족하다 313	블라우스 288	빵 125
부지런하다 31	비 243	빵집 303
부치다 340	비누 421	
부탁 184	비다 96	
북쪽 335	비디오 231	
분 264	비밀번호 313	ㅅ
분식집 382	비밀 173	사거리 330
분실물 95	비빔밥 151	사계절 237
분위기 137	비서 54	사고 357
불 420	비슷하다 39	사과 128, 173
불고기 151	비싸다 303	사귀다 173
불국사 207	비행기 357	사다 303
불다 242	빈대떡 152	사람 59
불안 23	빈칸 87	사랑 24
불친절하다 31	빌딩 370	사무실 185
불편하다 357	빌리다 78	사실 432
붓다 117, 144	빠르다 357	사업 433
붕대 110	빨래 421	사용하다 403

사이다	146	새해	253	서점	382
사자	394	색연필	102	선글라스	282
사장	185	샌들	281	선물	303
사전	102	생각	32	선배	59
사진	207	생기다	39	선생님	96
사탕	125	생년월일	45	선선하다	243
산	207	생선	152	선수	218
산책	218	생신	45	선택	321
살	39	생일	46	선풍기	403
살다	406	생활	196	설거지	421
삼계탕	152	샤워	196	설날	441
삼촌	15	샴푸	276	설렁탕	152
상	408	서늘하다	243	설명	78
상영	436	서다	358	설사	118
상처	110	서두르다	32	설악산	207
상쾌하다	24	서랍	408	설탕	158
상품	321	서류	185	섬	207
새	288, 394	서양	437	섭섭하다	24
새로	289	서울	378	성격	32

497

성별	46	소파	408	수첩	102
성함	174	소포	340	수필	440
세배	442	소풍	96	숙녀	59
세수	196	소화	118	숙제	79
세우다	358	속	289	숟가락	138
세일	321	속초	378	술	146
세탁	421	손님	304	숨	118
셔츠	289	손수건	282	숫자	87
소	394	쇼핑	321	쉬다	196
소개	174	수고	185	쉽다	87
소고기	159	수도	409	슈퍼마켓	304
소극장	437	수리	422	스웨터	289
소금	159	수박	128	스카프	282
소리	350	수업	78	스케이트	219
소방서	370	수영	219	스케줄	166
소설	439	수영복	219	스키	219
소식	340	수영장	219	스타킹	282
소아과	110	수저	138	스트레스	186
소주	146	수집	231	스파게티	152

스포츠	220	식다	138	신촌	387
슬리퍼	283	식당	139	신호	358
슬프다	24	식빵	125	신혼	47
습관	32	식사	139	실	409
승무원	54	식탁	409	실내	370
승진하다	186	식혜	147	실례	186
시	265, 440	식후	265	실수	187
시간	166	신경	33	싫다	220
시계	283	신고	433	싫어하다	220
시골	382	신기하다	208	심부름	422
시끄럽다	406	신나다	25	심심하다	25
시내	386	신랑	46	심하다	118
시원하다	243	신문	429	싱겁다	132
시작	186	신발	283	싱싱하다	129
시장	304	신부	46	싸다	304
시청	386	신사	59	싸우다	174
시키다	138	신용 카드	314	쌀	159
시험	87	신제품	403	쌀쌀하다	244
식구	15	신청	314	쌓이다	244

썰다	145	아래	345	안경	283
쓰기	88	아르바이트	187	안과	111
쓰다	79, 132	아름답다	208	안내	208
쓰레기	422	아리랑	442	안녕	166
씨	60	아무	220	안동	378
씻다	197	아무리	452	안약	111
		아버지	16	앉다	68
		아이	16	않다	453
		아이고	452	알다	68

ㅇ

		아이스크림	125	알리다	350
아	452	아저씨	60	알맞다	88
아가씨	60	아주	453	알아듣다	79
아기	15	아주머니	60	알아보다	174
아까	265	아직	266	압구정	387
아끼다	314	아침	266	앞	345
아내	15	아파트	371	액션	437
아니다	68	아프다	119	액자	409
아니요	68	안	345, 453	야구	221
아들	16	안개	244	야채	129

약 — 111	어서 — 305	여러 — 454
약국 — 111	어울리다 — 277	여러분 — 69
약도 — 330	어제 — 253	여름 — 237
약사 — 111	어젯밤 — 266	여보세요 — 350
약속 — 166	어휴 — 454	여의도 — 387
약하다 — 119	언니 — 17	여자 — 61
양말 — 284	언제 — 254	여행 — 209
양복 — 289	언제나 — 267	여행사 — 209
양파 — 159	얼른 — 267	역 — 331
어느 — 453	얼마 — 305	연고 — 112
어둡다 — 266	얼마나 — 331	연극 — 437
어디 — 331	엄마 — 17	연락 — 350
어떤 — 454	없다 — 406	연세 — 47
어떻다 — 305	에어컨 — 403	연습 — 80
어렵다 — 88	엑스레이 — 112	연필 — 103
어른 — 16	여권 — 208	연휴 — 237
어리다 — 47	여기 — 345	열 — 119
어린이 — 47	여기저기 — 346	열다 — 415
어머니 — 17	여동생 — 17	열쇠 — 409

열심히 — 80	오빠 — 18	외식하다 — 139
염색하다 — 277	오이 — 129	외우다 — 69
영수증 — 322	오전 — 267	외출 — 197
영화 — 438	오징어 — 159	외투 — 290
옆 — 346	오페라 — 440	왼쪽 — 336
예 — 69	오후 — 268	요금 — 359
예매 — 438	옥수수 — 129	요리 — 145
예쁘다 — 40	온돌방 — 416	요일 — 254
예습 — 80	올라가다 — 336	요즘 — 268
예식장 — 371	올림 — 341	용돈 — 315
예약 — 209	올림픽 — 221	우리 — 18
예의 — 187	올해 — 254	우산 — 410
옛날 — 267	옷 — 290	우울하다 — 25
오늘 — 254	와이셔츠 — 290	우유 — 147
오다 — 197	왕 — 442	우체국 — 371
오래 — 267	왕복 — 209	우체부 — 54
오렌지 — 129	왜 — 454	우편 — 341
오르다 — 314	외국 — 210	우표 — 341
오른쪽 — 336	외롭다 — 25	우회전 — 331

502

운	48	유학	97	이것	306
운동	221	유행	277	이곳	347
운동장	96	육교	332	이기다	222
운전	359	윷놀이	442	이따가	268
울다	26	은행	315	이렇다	306
웃다	26	은행원	55	이름	175
원숭이	394	을지로	387	이리	336
원피스	290	음	455	이메일	429
월	255	음력	255	이모	18
월급	315	음료수	147	이민	48
월말	255	음식	153	이발	278
웨딩드레스	291	음악	227	이번	268
웬일	175	응	455	이분	61
위	346	응원	221	이사	422
위로하다	61	의논	187	이상하다	278
위치	346	의미	88	이야기	175
위험하다	359	의사	55	이용	360
유럽	210	의자	103	이유	69
유명하다	210	이	305	이제	269

503

이쪽	337
이천	378
이태원	387
이틀	255
이해	70
익숙하다	188
인구	433
인기	33
인도	375
인사	176
인사동	388
인삼	147
인천	379
인터넷	429
인형	410
일	188
일기	97
일기예보	244
일어나다	197
일주일	256
일찍	269
읽다	70
잃다	176
입구	332
입원	112
입장	222
입학	97
있다	407
잊다	167
잎	395

ㅈ

자	455
자가용	360
자기	176
자다	198
자동차	360
자동판매기	188
자랑	33
자르다	278
자리	70
자세하다	80
자신	33
자연	398
자장면	153
자전거	360
자주	269
작년	256
작다	40
잔돈	306
잔치	48
잘	455
잘못	89
잘생기다	40
잘하다	98

잠 198	저것 306	전통 443
잠깐 269	저곳 347	전하다 341
잠바 291	저금 315	전혀 456
잠시 270	저기 347	전화 351
잠실 388	저녁 270	전화기 404
잡다 361	저렇다 307	절 371
잡수시다 139	저번 270	젊다 40
잡지 430	저분 62	점 89
잡채 153	저울 307	점수 89
장갑 284	저쪽 337	점심 271
장난감 410	저희 18	점원 322
장마 245	적다 81, 307	점점 271
장면 438	적어도 456	접시 140
장미 395	전 270	젓가락 140
장소 383	전공 98	정도 332
재료 160	전기 403	정류장 332
재미 232	전시회 440	정리 423
재즈 228	전자 404	정말 456
저 61, 347, 456	전주 379	정문 98

505

정보 … 430	졸업 … 98	주소 … 333
정원 … 416	좀 … 457	주스 … 147
정장 … 291	좁다 … 407	주위 … 348
정하다 … 167	종로 … 388	주유소 … 383
정형외과 … 112	종업원 … 140	주인 … 308
정확하다 … 167	종이 … 103	주일 … 256
젖다 … 245	좋다 … 222	주차 … 361
제목 … 81	좋아하다 … 223	죽다 … 49
제일 … 457	좌석 … 361	준비 … 82
조건 … 188	좌회전 … 333	줄 … 322
조금 … 308	죄송하다 … 177	줍다 … 457
조깅 … 222	주다 … 308	중 … 82
조끼 … 291	주로 … 457	중간 … 89
조심 … 113	주말 … 256	중고 … 308
조용하다 … 407	주머니 … 291	중심 … 348
조용히 … 70	주무시다 … 198	중요하다 … 316
조카 … 19	주문 … 140	쥐 … 395
졸다 … 81	주부 … 55	즐겁다 … 26
졸리다 … 81	주사 … 113	즐기다 … 232

증세 119	직접 145	찍다 211
지각 82	직행 362	찢다 292
지갑 284	진지 153	
지금 271	진짜 458	
지나가다 333	진찰 113	**ㅊ**
지나다 271	질문 71	
지난주 256	짐 211	차 148, 362
지내다 167	집 416	차갑다 141
지도 210	집다 141	차다 245
지루하다 26	집들이 423	차례 443
지방 379	집안일 423	차리다 145
지식 99	짓다 416	차비 362
지우개 103	짜다 132	착하다 34
지키다 177	짜리 309	참 458
지하 416	짧다 41	참가 223
지하철 361	쪽 337	참다 34
직업 55	쭉 337	참외 130
직원 189	쯤 458	창문 417
직장 189	찌개 154	창피하다 27

507

찾다	82	추석	443	치료	114
채소	130	추억	211	치마	292
책	103	축구	223	친구	62
책방	383	축제	443	친절	34
책상	104	축하	49	친척	19
책장	410	춘천	379	친하다	62
처방	113	출구	333	침대	411
처음	272	출근	189		
천둥	245	출발	211		
천사	34	출입	371		
천천히	362	출장	189	**ㅋ**	
철	238	춤	232	카드	316
첫날	257	춥다	246	카메라	212
청바지	292	충분하다	316	카페	383
청소	423	취미	232	칼	411
쳐다보다	177	취소하다	168	커튼	411
초	411	취직	49	커피	148
초대	424	치과	114	컴퓨터	430
초콜릿	126	치다	90, 223	컵	141

케이크	126	
켜다	424	
코끼리	395	
코미디	438	
코트	292	
콘서트	228	
콜라	148	
콧물	120	
크기	309	
크다	41	
크리스마스	238	
큰일	190	
클래식	228	
키	41	

탁구	224
탁자	412
탈	444
태권도	444
태어나다	49
태풍	246
택시	363
테니스	224
테이블	412
테이프	104
텔레비전	404
토끼	395
토마토	130
통역	190
통장	316
통화	351
퇴근	190
특별하다	178
특별히	120

특히	212
튼튼하다	41
틀리다	90
티셔츠	293
팀	224

파	160
파마	278
파스	114
파인애플	130
파티	177
판매	322
판소리	444
팔다	323
팔리다	323
팔찌	284

타다 363

팝송	228	피다	396	한가하다	190
팩스	351	피아노	412	한강	388
펴다	71	피우다	114	한라산	213
편도	363	피자	154	한번	309
편리하다	363	필요	317	한복	293
편안하다	27	필통	104	한산하다	364
편의점	384			한식	154
편지	341			한참	272
편찮다	120	**ㅎ**		한턱	191
편하다	407			할머니	19
평일	257	하늘	399	할아버지	19
포도	130	하루	257	함께	168
포장	323	하숙	384	항공	364
표	212	학교	99	항상	272
푹	120	학기	99	해	399
풀리다	120	학년	99	해수욕장	213
풍경	212	학생	100	해외	213
풍습	444	학원	372	핸드백	284
피곤	198	한	334	햄버거	126

행	337	화려하다	293	휴게실	373
행복	27	화장	279	휴대폰	351
향수	279	화장실	417	휴일	257
헤어지다	168	확인	213	휴지	412
헬스클럽	372	환경	399	흐리다	246
현금	317	환영	100		
현재	272	환자	114		
형	19	환전	317		
호	372	활동	34		

기타

호랑이	396
호선	364
호수	399
호텔	372
혹시	178
혼자	62
홈페이지	430
홍차	148
화	27
화가	55

회사	373
회식	191
회의	191
회전	334
횡단보도	334
후	272
후식	154
후추	160
훨씬	224
휴가	191

PC방 ... 384

台灣廣廈 國際出版集團
Taiwan Mansion International Group

國家圖書館出版品預行編目（CIP）資料

新韓檢單字大全. 初級 / 安雪姬, 閔珍英, 金珉成著.
-- 初版. -- 新北市：國際學村, 2025.04
　　面；　公分
ISBN 978-986-454-414-1（平裝）
1.CST: 韓語 2.CST: 詞彙 3.CST: 能力測驗

803.289　　　　　　　　　　　　　114001249

國際學村

新韓檢單字大全．初級

作　　　者／安雪姬、閔珍英、金珉成	編輯中心編輯長／伍峻宏・編輯／邱麗儒
審　　　定／楊人從	封面設計／何偉凱・內頁排版／菩薩蠻數位文化有限公司
翻　　　譯／蔡佳吟	製版・印刷・裝訂／東豪・弼聖・紘億・秉成

行企研發中心總監／陳冠蒨　　　線上學習中心總監／陳冠蒨
媒體公關組／陳柔彣　　　　　　企製開發組／張哲剛
綜合業務組／何欣穎

發　行　人／江媛珍
法律顧問／第一國際法律事務所 余淑杏律師・北辰著作權事務所 蕭雄淋律師
出　　版／國際學村
發　　行／台灣廣廈有聲圖書有限公司
　　　　　地址：新北市235中和區中山路二段359巷7號2樓
　　　　　電話：（886）2-2225-5777・傳真：（886）2-2225-8052
讀者服務信箱／cs@booknews.com.tw

代理印務・全球總經銷／知遠文化事業有限公司
　　　　　地址：新北市222深坑區北深路三段155巷25號5樓
　　　　　電話：（886）2-2664-8800・傳真：（886）2-2664-8801
郵政劃撥／劃撥帳號：18836722
　　　　　劃撥戶名：知遠文化事業有限公司（※單次購書金額未達1000元，請另付70元郵資。）

■出版日期：2025年04月　　　ISBN：978-986-454-414-1
　　　　　　　　　　　　　　版權所有，未經同意不得重製、轉載、翻印。

2000 Essential Korean Words for Beginners, by Darakwon, Inc.
Copyright © 2008, Ahn Seol-hee, Min Jin-young, Kim Min-sung
All rights reserved.

Traditional Chinese Language Print and distribution right © 2025, Taiwan Mansion Publishing Co., Ltd.
This traditional Chinese language published by arrangement with Darakwon, Inc. through MJ Agency